KB234857

그녀들의 방

Vanessa and Virginia

Copyright © 2008 by Susan Sellers

All rights reserved.

No part of this book may be used or reproduced in any manner
whatsoever without written permission except in the case or brief quotations
embodied in critical articles or reviews.

Korean Translation Copyright © 2015 By Annapurna Publishing Co.
Korea edition is Published by arrangement with Jenny Brown Associates
through Imprima Korea Agency

이 책의 한국어판 저작권은 Imprima Korea Agency를 통해
Jenny Brown Associates사와의 독점 계약으로 안나푸르나 출판사에 있습니다.
저작권법에 의해 한국 내에서 보호를 받는 저작물이므로
무단전재와 무단복제를 금합니다.

그녀들의 방

수전 셀러스   강수정 옮김

안나푸르나

사랑하는 제레미와 벤 설로에게

사랑하는 제레미와 벤 설로에게

1

나는 풀밭에 등을 대고 누워 있다. 토비의 따뜻한 몸이 옆구리를 지그시 누른다. 눈을 뜨자 거인과 궁전과 날개 달린 전설의 동물 모양을 한 구름이 앞서거니 뒤서거니 하며 하늘을 가로지른다. 뭔가 살랑거리는 것이 뺨을 간질인다. 팔꿈치를 괴고 몸을 일으켜 토비가 손에 쥔 풀대를 낚아채려 한다. 토비는 얼른 몸을 피하고, 까르르 웃으며 투닥거리는 사이 우리는 어느 것이 토비의 다리이고 어느 것이 내 손인지 모르게 뒤엉킨다. 문득 멈추고 보니 토비의 얼굴이 내 가슴에 올라와 있다. 갈비뼈를 누르는 머리의 무게가 느껴진다. 햇살을 받은 토비의 머리카락이 황금빛으로 빛나고 올려다본 하늘엔 눈부신 순백의 천사가 떠 있다. 양팔로 토비를 끌어안는다. 태어나 처음으로 축복이라는 말의 뜻을 실감한다.

그때 그림자가 드리우고 나의 천사는 사라진다. 뱀처럼 파란 너의 눈. 너는 우리 사이에 눕겠다고 고집을 피우고, 내가 밀어내자 벌떡 일어나 토비의 귀에 무슨 말인가 속삭인다. 토비가 고개를 들고 너를 본다. 네 말이 솔깃한 눈치다. 넌 무모한 계획으로 그를 내게서 꾀어낼 작정이다. 나는 엎드려 풀밭에 얼굴을 묻는다. 눈두덩을 찔러대는 풀잎의 날카로움에만 온 신경을 집중한다. 다시 몸을 돌렸을 때 너희 둘은 이미 떠나고 없다. 일어나 앉자 돌담에 위태롭게 올라선 토비의 모습이 보인다. 토비는 머리 위의 나뭇가지를 움켜쥐고 애써 균형을 잡는다. 겁이 나는데도 호기롭게 소리를 지른다. 풀밭으로 돌아와 나랑 놀자고 해볼까. 그때, 토비의 다리를 붙잡고 그 옆으로 올라서는 네가 보인다. 너는 잠시 휘청이는가 싶더니 균형을 잡는다. 이제 고개를 돌려 보란 듯이 나한테 손을 흔들겠지. 관심 없는 척 다시 드러눕는다. 무슨 일이 있어도 너한테 눈물을 보일 수는 없다.

J

고개를 들어 창밖을 내다본다. 유리창에 햇살이 나부낀다. 얼핏 너의 얼굴이 보인 것 같다. 장난기 가득하던 예전의 그 얼굴로 글을 쓰는 나를 보며 미소를 짓는 것 같다. 빛이 흩어지고 눈앞엔 텅 빈 유리창뿐이다. 놀이방에 쏟아놓고 놀던 어머니의 바느질 바구니 속 실감개와 천 조각마냥, 기억이 뒤엉킨다. 색색의 리본과 떨어진 단추들 틈에서 세모난 보라색 레이스를 집어 든다.

J

　어머니. 어머니는 여왕처럼 놀이방으로 들어선다. 여왕의 병사인 우리는 사열을 위해 늘어서서 초조한 마음으로 순서를 기다린다. 가운데 가르마를 타고 가지런히 묶은 머리를 목덜미께에서 그물로 고정한 어머니. 난로 울에 널어놨던 젖은 옷가지를 거두고 바닥에 널린 퍼즐 조각을 쓸어 상자에 담으며 방 안을 거니는 어머니의 검은 드레스가 낙엽처럼 바스락거린다. 놀이방 보모들에게 얘기할 땐 반지 낀 손가락이 춤을 춘다. 어머니가 보모들에게 확인하는 것들은 이제 외울 정도다. 나도 나중에 인형들을 앉혀놓고 어머니처럼 맑고 낭랑한 목소리로 피마자기름과 옷 수선에 대해 물어봐야지. 고개를 똑바로 들고 허리를 곧게 펴고 서 있자니 급기야 어깨를 다리미판에 핀으로 고정한 것 같은 느낌이 든다. 마침내 어머니가 난로 옆의 의자에 앉아 우리를 부른다.

　언제나처럼 토비가 제일 먼저다. 어머니 품에 안기는 토비를 바라보다가 눈을 감고 비단 같은 드레스의 감촉, 라벤더와 연녹색 풀처럼 싱그러운 체취를 상상한다. 눈을 뜨니 어머니가 토비의 머리를 쓰다듬고 있다. 어째서 늘 토비가 제일 먼저인지, 에이드리언이 태어난 뒤로는 또 왜 그 애가 토비 다음인지 따지지 않는다. 그게 세상의 이치이고, 내 바람 따위는 하잘것없는 모양이라고 체념한다. 그래도 토비가 입을 맞추고 물러난 후 어머니가 너한테 손을 내밀 땐 기대가 와르르 허물어진다.

배가 조이고 뜨거운 분노가 뺨으로 치받친다. 언니는 난데. 너보다 내가 먼저여야 마땅한데. 어머니가 너를 들어 무릎에 앉힌다. 어머니 목의 리본을 만지려던 너는 어머니가 눈살을 찌푸리자 몸을 기울여 입을 맞춘다. 어머니의 미소는 겨울날 오후의 햇살처럼 빛난다. 너는 그 품에서 영영 내려오지 않을 것만 같다. 손뼉을 치며 동시를 외우는 너를 칭찬하는 어머니를 보면서, 불똥이 네 옷에 튀면 어떤 일이 벌어질까 상상한다. 네 옷에 불이 붙고 네 빨간 머리가 활활 탈 때 어머니가 나를 와락 끌어안는 모습을 상상한다.

그때 문 두드리는 소리. 계단을 오르느라 숨이 조금 가쁜 기색의 엘런이 쟁반에 받친 카드를 내민다. 어머니는 한숨을 쉬며 카드를 집는다. 다 읽은 카드를 다시 쟁반에 놓은 어머니가 엘런에게 곧 내려가겠다고 말한다. 너를 무릎에서 내려놓고 보모들에게 마지막 지시를 하고는 엘런을 따라 밖으로 나간다.

눈으로 어머니를 따라간다. 나를 향해 기어 온 네가 내 구두 장식을 향해 손을 뻗는다. 나는 번개처럼 발끝을 들고 그 바람에 네 손가락이 내 구두에 눌린다. 너의 울부짖음을 나는 온몸으로 느낀다. 다섯까지 세고 발을 든다. 그런 다음 몸을 숙여 너를 안고 어머니가 앉았던 의자로 간다. 나직한 자장가 선율처럼 새근거리며 잠이 들 때까지 너를 무릎에 앉히고 가만히 어른다.

J

내 손에 처음 분필을 쥐어준 건 의붓언니 스텔라다. 언니와 나는 생일이 같다. 언니의 주머니를 뒤져서 거기 있다는 걸 이미 알고 있었던 선물 꾸러미를 꺼낸다. 이리저리 돌려보는 사이에 갈색 포장지가 구겨진다. 안에는 색색의 뭉뚝한 손가락 여섯 개가 들어 있다. 스텔라 언니가 겨드랑이에 감추고 있던 흑판을 꺼내더니 그 위에 그림을 그린다. 흑판에 나타나는 구불구불한 선이 신기해서 내가 직접 그려보려고 분필을 집는다. 그러곤 아침 나절 내내 이 새로운 재미에 푹 빠진다. 서툰 손놀림이지만 흑판이 다 덮일 때까지 멈추지 않는다. 선들이 서로 가로지르고 만나면서 삼각형이 되고 다이아몬드가 되고 사각형이 되는 게 신기하다. 뒤로 물러나 내 작품을 바라본다. 칙칙한 검은색이던 흑판이 무지개색으로 변하고, 다채로운 형태들은 금방이라도 튀어나올 것 같다. 흡족한 마음으로 흑판을 안 보이는 곳에 숨긴다. 나의 발견을 아무에게도 알려주고 싶지 않다.

J

우리는 산책 준비를 하고 현관에 서 있다. 거울을 보게 해달라고 부탁했더니 엘런이 우리를 들어서 의자에 올려준다. 같은 화가가 같은 사람을 다른 각도에서 그린 것처럼, 아니면 별로 정교하지 못한 모사화처럼, 우리의 얼굴은 어정쩡하게 닮은 꼴이다. 나보다는 네가 예쁘고 이목구비가 섬세하며 또랑또랑한 눈동자가 영리하다. 세상과 맞설 때 너와 나는 자연스레 동지가 된다. 너는 아직 할 수 없는 걸 내가 해낼 때, 그런 나를 바라보는 너의 눈빛은 사랑스럽다. 절망, 나를 따라잡아 넘어뜨리려는 욕망, 우러르던 마음에 어두운 그림자를 드리우는 그런 감정들은 아직 보이지 않는다.

J

"언니는 누가 더 좋아, 어머니 아니면 아버지?" 너의 질문은 느닷없다. 나는 뜨거운 물주전자를 들어 올리다 말고 너를 쳐다본다. 욕실 매트 위에 무릎을 꿇고 앉은 너의 살갗은 윤기가 돌고 뜨거운 김에 발갛게 달아올랐다. 머리끝이 젖었고 어깨에는 수건을 둘렀다. 당돌한 네 질문에 허를 찔린 기분이다. 나는 주전자의 물을 천천히 욕조에 따른다.

"어머니." 따뜻한 물속으로 몸을 담근다.

너는 머리에서 물기를 짜내며 내 대답을 곰곰이 궁리한다.

"나는 아버지."

"아버지라고?" 나는 당장 몸을 일으킨다. "어떻게 아버지를 더 좋아할 수 있어? 그 비위를 맞추기가 얼마나 힘든데."

"최소한 모호하진 않잖아." 너는 몸을 빙그르 돌리더니 내 눈을 똑바로 쳐다본다. 이 토론이 재미있는 눈치다.

"하지만 어머니는……." 적당한 말이 얼른 생각나지 않는다. 방에 들어서는 어머니의 목선, 어머니가 식탁에 앉는 순간 달라지는 분위기를 떠올린다.

"어떤데?" 너의 눈빛은 어느새 도전적으로 변한다.

"아름다워." 나는 그 말을 가만히 입 밖으로 밀어낸다.

"그게 무슨 의미가 있는데?" 너는 경멸하는 기색을 굳이 감추지 않는다. "어머니는 아버지만큼 똑똑하지 않고, 그만큼 책도 안 읽어. 최소한 아버지는 뭔가에 몰입하면 딴 데 한눈을 팔지는 않잖아."

그 말에 반박하고 싶다. 맞받아치고 싶다. 아버지가 얼마나 자기중심적이냐고 따지고 싶다. 어머니의 덕목을 칭송하고, 한없는 책임감, 모든 게 뒤죽박죽일 때조차 질서를 되찾는 능력을 지적하고 싶다. 하지만 그러는 대신 잔잔한 수면을 응시한다. 시선의 가장자리로 빙그레 웃는 네가 보인다.

"뭐, 최소한 우리끼리 좋아하는 사람을 놓고 다툴 필요는 없겠네." 승리를 확신한 너의 목소리는 이제 달래는 투다. 나는 욕조에서 나와 수건으로 몸을 감싼다. 번번이 그렇듯이, 이번에도 너와의 언쟁은 나를 비참하게 만든다. 유리창에 이마를 댄 채 하늘을 배경으로 엇갈린 무늬를 그리는 나뭇가지를 바라본다. 삶이 마치 단순한 수학 문제라도 되는 것처럼 어머니의 장점과 아버지의 잘못을 따지며 감정을 체로 거르는 게 나는 싫다. 너의 그 똑똑한 머리가 너를 어디로 이끌지, 새삼 두려워진다.

J

어떻게 하면 그 시절의 기운을 고스란히 전달할 수 있을까. 권위적인 아버지의 존재, 위층 서재를 거니는 발소리, 하염없이 들려오는 요란한 푸념 소리. 책상에서 글을 쓰며 혼자만의 세계에 몰두한 어머니. 마치 그림처럼 한 장면이 떠오른다. 전체적인 색조는 검정, 회색, 적갈색과 포도주색으로 이루어져 어둡고, 벽난로 불빛만이 진홍색으로 타오른다. 맨 위에는 은빛 하늘이 얼룩처럼 떠 있다. 우리는 앞쪽에 무릎을 꿇고 있다. 어머니, 아버지, 의붓오빠들인 조지와 제럴드는 뒤에 둥그렇게 둘러서서 석상처럼 우리를 짓누른다. 표정은 어렴풋하지만 우리의 윤곽은 알아볼 수 있다. 토비는 내 앞으로 팔을 뻗었는데, 무슨 장난감, 실을 감은 얼레나 나무 기차를 집으려는 듯하다. 로라 언니는 토비에 가렸고, 스텔라 언니는 자신을 보호하려는 듯이 두 팔로 몸을 감쌌다. 아직 갓난아기인 에이드리언은 요람에서 자고 있다. 네 머리는 불처럼 붉고 드레스에 은빛 하늘이 어린다. 단조로운 칙칙함 속에서 너 혼자 불거진다. 그런 도드라짐이 너도 어쩔 수 없었던 것인지 아니면 네가 의도한 것인지, 나는 알지 못한다.

J

"집중해야지, 바네사!" 몽상에 빠져 있던 나는 어머니의 꾸지람에 화들짝 놀라 허둥지둥 수업을 따라간다. 우리는 어머니에게서 역사를 배우는 중이다. 어머니의 등은 막대처럼 곧고, 손은 무릎 위에 얌전히 포갰다. 그것도 수업의 일부다. 항상 몸가짐을 조심하고 주의를 게을리하지 말아야 한다는 가르침. 내 마음은 어머니가 큰 소리로 읊는 항목들을 따라가지 못하고, 그 위로 스르르 미끄러진다. 어머니가 펼친 책의 윗부분엔 왕관 사진이 있는데, 나도 모르게 섬세한 왕관의 모양에 넋을 잃는다.

"바네사! 벌써 두 번째로구나! 일어나서 잉글랜드의 왕과 여왕을 연도 순으로 정확하게 외워보렴." 나는 자리에서 벌떡 일어난다. 내게서 눈을 떼지 않는 너의 표정은 내가 제대로 기억하길 바라는 눈치다. 나는 윌리엄과 헨리와 스티븐 같은 이름들을 우물거리다 멈춘다. 어머니의 타박이 시작되기 전에, 네가 나를 구하러 나선다.

"어머니, 질문이 있어요." 우리는 둘 다 어머니를 바라본다. 어머니가 고개를 끄덕인다.

"엘리자베스 1세가 잉글랜드 역사상 가장 위대한 여왕이라는 게 정말인가요? 정말 그렇게 훌륭한 군주였나요?" 어머니는 너의 말솜씨에 빙긋이 웃고, 슬그머니 자리에 앉는 내 마음엔 안도와 낙담이 교차한다. 계속해보라는 어머니의 허락에 너

의 눈은 승리감으로 반짝인다. 이제 너를 막을 수 있는 건 아무
것도 없다.

"엘리자베스 1세가 그렇게 많은 업적을 남긴 건 여자이기 때
문일까요? 그러니까, 끝내 결혼을 하지 않은 건 사실이잖아요.
저는 그녀에 견줄 만큼 뛰어난 왕은 없었다고 생각해요. 만약
엘리자베스 1세가 결혼을 했다면 아이를 낳느라 바빴을 테고,
그랬으면 국정을 돌볼 시간이 없었을 거예요. 사람들은 엘리자
베스 1세에게 '글로리아나'라는 애칭을 붙여줬고, 그런 그녀에
겐 자신만의 좌우명이 있었어요."

"셈페르 에어뎀!" 아버지가 문가에 서서 박수를 친다. 우리
에게 가르칠 수학책을 옆구리에 끼고 있다. "언제나 한결같이.
묘비에 새긴 좌우명이지. 엘리자베스 1세 얘기하는 거 맞지?
처녀 여왕. 아무래도 너는 나를 따라오는 게 좋겠구나. 아버지
서재에 가서 네가 읽을 만한 게 있는지 찾아보자."

너는 자리에서 일어나 아버지가 내민 손을 잡는다. 아버지와
함께 방을 나서는 너의 발걸음이 가볍다. 문이 닫히고, 나는 어
머니에게로 눈을 돌린다. 다시 왕과 여왕의 이름을 외기 시작
하는 어머니의 한숨을 나는 애써 무시한다.

J

가족 앨범을 넘기다 로라 언니의 사진에서 손을 멈춘다. 아
버지가 첫 번째 결혼에서 얻은 딸. 아홉 살이나 열 살쯤으로 보

이는 로라 언니는 돌돌 만 머리를 어깨까지 늘어뜨렸다. 카메라를 외면한 채 작은 인형을 끌어안고 있다. 그래서 어떤 표정을 짓고 있는지는 알 수 없다.

내 기억에 너는 한 번도 로라 언니를 놀린 적이 없다. 언젠가 토비가 언니처럼 말더듬이 흉내를 내면서 음식을 난로에 집어던지는 시늉을 했을 때, 너는 몹시 화를 내며 토비의 뺨을 때렸다. 토비는 깜짝 놀라 너를 쳐다봤지만, 네 얼굴에 어린 분노는 진심이었다.

로라 언니를 떠나보내던 날, 너는 우리가 함께 쓰던 방에서 나가지 않았다. 너한테 그날은 '저주'의 날이었고, 필요한 게 있는지 물어보러 올라갔을 때 너는 베개에 얼굴을 묻고 누워 있었다. 가만히 너의 침대로 다가가려는데, 네가 몸을 돌려 나를 바라봤다.

"로라 언니를 정신병원에 보낸 거야?" 답을 모르기는 마찬가지였지만, 나는 고개를 저었다.

"어떻게 그럴 수가 있어?" 그때 너의 눈엔 고통이 가득했다. 너의 어깨를 안아주는 나도 너만큼 두려웠다.

J

우리는 각자의 침대에 누워 어둠을 응시하고 있다. 커튼을 한 뼘만 열어놓게 해달라고 애원했건만, 바람이 들어온다며 단단히도 여며놓았다. 눈을 감고 머릿속으로 달빛을 그리며 행여 어머니의 발소리가 들릴까 귀를 세운다. 오늘 밤엔 손님들이 왔고, 우리는 어머니가 옷을 입는 걸 도왔다. 내가 진주 목걸이를 어머니 목에 조심스레 채워줄 때, 어머니는 자기 전에 올라와서 입을 맞춰주겠다고 약속했다. 식탁에서 수프 접시를 건네는 어머니를 상상한다. 저녁 식사가 성공적이라면 당신이 얼마나 애를 썼는지 말해주겠지. 긴장해서 안절부절못하는 젊은 남자를 다정한 말로 구슬려 대화에 끌어들였다거나, 몸이 아픈 얘기를 하염없이 늘어놓는 통에 다른 사람들이 불편해하지 않도록 말을 적당히 끊어야 했던 중년 여자 얘기도 들려줄 거야. 어머니가 이런 얘기를 하는 이유는 우리를 즐겁게 해주려는 게 아니라 교훈을 주고 싶기 때문이다. 모임을 주최한 사람은 모두가 편안해할 때까지 자리를 뜨면 안 된다는 걸 가르치기 위해, 어머니는 분별 있는 고갯짓을 곁들여 말할 것이다. 당신의 바람이나 딸들의 소망은 손님들의 필요보다 뒷전이어야 한다고.

어둠은 어찌나 강렬한지 마치 살아 있는 것만 같다. 식탁에 둘러앉은 사람들 위로 둥근 빛을 드리울 은 가지촛대를 상상해본다. 마룻바닥이 삐걱거리는 소리에 고개를 돌린다.

"어머니?" 내가 속삭인다.

네 손이 내 팔을 잡는다. 생각에 골몰한 나머지 너를 잊고 있었다. 나는 이불을 당겨서 네가 누울 자리를 만들어준다. 나란히 누운 우리는 서로의 존재에 위로받는다. 너는 헛기침을 하고 시작한다.

"어느 날 아침이었어요." 너는 이야기를 할 때면 으레 내는 목소리가 따로 있다. "딜케 부인은 집에 달걀이 다 떨어진 걸 알고는 깜짝 놀랐죠." 나는 베개를 베고 누워 너의 이야기가 엮어낼 마법을 기다린다. 그러곤 어느새 어둠도, 어머니가 지키지 않은 약속마저도 잊어버린다. 네가 지어낸 허구의 세계에 빠져 꼬마 도깨비와 황금 알을 낳는 암탉과 아침상에 오르기 위해 지글지글 익어가는 달걀을 꿈꾸며 잠이 든다.

J

"어머니가 신문을 읽고 계셔?"

공부방 창가에서는 거실이 보인다. 어머니는 늘 앉는 안락의자에 앉아 있고, 바로 옆 테이블엔 우리가 만드는 신문의 최근 호가 놓여 있다. 어머니는 손에 편지를 들었는데, 달싹이는 입술로 보건데 편지의 내용을 아버지에게 읽어주는 것 같다. 나란히 놓인 안락의자에 앉은 아버지는 독서 삼매경에 빠진 듯하다. 내 옆의 바닥에 웅크리고 앉은 너는 긴장이 되는지 쿠션을 잡아 뜯는다. 그토록 초조해하는 너의 모습은 의외다. 우리끼리 재미 삼아 만드는 신문일 뿐인데. 나는 창문으로 거실을 들여다본다.

"다 읽은 편지를 접어서 봉투에 넣고 계셔."

"그리고 나서 신문을 집어 들었어?"

나는 어머니를 바라본다. 어머니는 머리를 등받이에 대고 눈을 감았다. 그렇게 한참을 움직이지 않는다. 너는 참다못해 쿠션을 주먹으로 내리친다. 불안해하는 너를 더 이상 지켜볼 수 없다.

"응." 그래서 거짓말을 한다. "어머니가 지금 신문을 펼쳤어."

"뭘 읽는지 보여? 내가 연못에 대해 쓴 글이야? 그걸 보고 웃으셔? 표정이 어때?"

나는 다시 창가로 돌아선다. 어머니는 여전히 머리를 기댄 채 앉아 있다. 그러다 몸을 일으켜 신문을 집어 들지만, 제목만 훑어보고는 펼치지도 않은 채 무릎에 내려놓는다. 하지만 본대로 말해줄 수는 없다.

"마음에 드시나 봐. 네가 쓴 글부터 읽더니 배를 잡고 웃으시네." 나는 커튼을 단단히 여미고 돌아선다.

너는 세상에서 제일 중요한 얘기라도 들은 것처럼 미소를 짓는다.

J

이건 우리만의 의식이다. 너는 변기에 앉아 어깨에 수건을 둘렀다. 나는 선반에서 백합과 로즈워터를 골라 들고 네 뒤에 선다. 로즈워터를 손바닥에 조금 따라서 온기가 번질 때까지 잠시 기다린다. 손끝에 닿는 네 어깨가 부드럽다. 등을 따라 내려가는 내 손길에 물결치는 너의 살을 바라본다. 머리를 내 가슴에 기댄 너를 내려다보니 뺨에 눈썹이 붙어 있다. 부드러운 너의 팔을 밀가루 반죽처럼 주무른다.

"얘기 좀 계속해봐." 나는 너를 슬그머니 찌르며 말한다.

J

정원은 산울타리를 쳐서 꽃밭과 잔디밭으로 나눴다. 아버지는 그곳을 작은 천국이라고 부른다. 우리는 단단하게 다져진 맨땅에서 크리켓을 한다. 내가 칠 차례다. 너는 공을 높이 던진다. 공이 내려오길 기다리는데, 네가 갑자기 자리를 벗어나 달리기 시작하더니 토비와 에이드리언에게도 따라오라고 소리친다. 꼼짝 않고 서서 볼을 쳐다보던 나도 네 눈에서 번쩍이는 빛에 이끌려 뛰기 시작한다. 우리는 신이 나서 가쁜 숨을 몰아쉬며 텃밭 뒤의 구스베리와 까치밥나무 덤불에 도착한다. 그제야 내 귀에 아버지 목소리가 들린다. 너는 손가락을 입에 대고 대답하면 가만두지 않겠다는 표정을 짓는다. 너는 오래된 분수로 성큼성큼 걸어가며 목청껏 시를 외워서 아버지의 목소리를 누른다. 우리는 말 잘 듣는 병사처럼 고분고분 네 뒤를 따른다. 금이 간 분수대에 거의 다다랐을 때 아버지가 우리를 따라잡는다. 아버지는 너부터 다그친다. 너는 아버지의 눈을 똑바로 쳐다보며 부르는 소리를 듣지 못했다고 말한다. 확신에 찬 너의 태도가 놀랍다. 그러더니 너는 몸을 빙그르 돌리고, 우리는 거짓말을 하라는 너의 명령을 똑똑히 이해한다. 토비는 네게서 눈을 떼지 않은 채 아버지의 질문에 고개를 흔들고, 너의 미소를 상으로 받는다. 놀이에 끼게 된 것만으로 신이 난 에이드리언은 말없이 키득키득 웃기만 한다. 이제 아버지의 분노를 감당해야 하는 건 내 몫이다.

"내가 부르는 소리 못 들었니?" 아버지는 정원을 가로질러 우리를 따라오느라 뺨이 벌겋게 상기됐다. 눈빛이 서릿발 같다. 너도 잠깐 동안 나를 뚫어져라 쳐다본다. 나는 풀밭을 내려다본다.

"네, 아버지." 나는 입을 뗀다. "들었어요. 말씀을 어겨서 정말 죄송해요."

나를 바라보는 네 얼굴에 순수한 경멸의 표정이 어린다.

J

너는 내 침대에 앉아 자수정 목걸이를 손가락에 칭칭 동여맨다. 그러고는 보석을 빛에 비춰본다.

"이건 어머니를 위한 거지?" 너는 그게 묵주라도 되는 것처럼 말한다. 나는 자수정이 뿜어내는 보랏빛 광채를 응시한다.

"어머니, 표현할 시간이 없어서 그렇지 아름다운 네사(바네사의 애칭)를 사랑하는 어머니에게 드리려고." 네 말에 정곡을 찔린 나는 목걸이를 되찾으려고 팔을 뻗는다. 하지만 너는 그걸 저만치 치우고 장황한 말을 이어간다. "너그러운 네사, 착한 네사. 어머니가 그렇게 바쁘지만 않았던들." 네 목소리는 연극배우처럼 간사하고 악랄하다. "또 누가 우리 언니를 사랑하는지, 어디 한번 볼까?"

너는 목걸이를 대롱대롱 흔들며 유혹하듯 나지막한 소리로 속삭인다.

"아니 그런데 이건 누구지? 어미 잃은 불쌍한 염소. 돌고래 어미를 찾아 측은하게 울고 있는 아기 염소잖아. 네사가 그렇게 꾸짖지 않았으면 좋았을, 네사가 그림 그리기를 멈추고 그 사랑스러운 팔로 안고 토닥여주길 바라고 있는." 네 꿍꿍이는 빤히 보이고, 나는 다시 한 번 목걸이를 잡아채려 한다. 너는 침대에서 훌쩍 뛰어내리더니 창가로 달려간다. 내가 뭐라고 하기도 전에 너는 창턱에 올라선다. 목걸이가 네 손가락 끝에서 흔들린다.

"염소가 기어오르는 데 명수라는 걸 잊지 마. 그리고 뛰어내리는 데도." 나는 의자까지의 거리를 가늠하는 너를 보고 섣부른 짓을 하지 못하도록 얼른 창가로 달려간다. 내가 허리를 끌어안자 너는 까르르 웃는다. 나는 너의 몸무게를 이기지 못하고, 우리는 바닥으로 쓰러진다. 너는 내 허리를 움켜잡고 내 가슴에 머리를 얹는다. 내 뺨을 비비는 너의 입술이 느껴지지만, 네 응석을 받아줄 기분이 아니다. 나는 뱀장어처럼 몸을 비틀어 위로 올라간 다음 어깨로 너를 누른다. 그러고는 네 주먹을 펴서 목걸이를 되찾는다.

너는 복수를 위해 일주일을 기다린다. 우리는 입구에서 어느 노부인이 준 풍선을 들고 잔뜩 신이 난 채 켄싱턴가든을 거닌다. 모퉁이를 돌아 하이드파크에 들어설 때 우리는 어머니에게 이 얘기를 해야 할지를 놓고 옥신각신한다. 네가 잠자코 있자며 제시한 이유는 그럴듯하고, 그래서 현관 옷장에 코트를 걸면서 그곳에 풍선을 숨긴다. 풍선을 넣을 자리를 만들기 위해 양탄자 몇 장을 꺼냈는데 나중에 어머니가 우리 방에서 그 양탄자들을 발견하는 바람에 실토를 하지 않을 수 없다.

“그게 사실이니, 버지니아?” 거짓말을 싫어하는 어머니의 목소리가 엄하다. 너는 대답을 하기 전에 나를 노려본다.

“지금 어머니가 보고 계신 건 악마와 성녀예요!” 너는 악의에 찬 눈빛을 번득이며 말한다. 너는 짐짓 절하는 시늉을 하고는 나를 가리킨다. 그러자 놀랍게도 어머니는 너를 야단치는 대신 웃음을 터뜨린다. 저녁에 이 얘기를 전해 들은 아버지도 너의 재치에 박수를 친다. 그러더니 나를 ‘성녀’라고 부르고 너를 향해 눈을 찡긋한다. 조지와 제럴드, 토비까지도 놀리는 데 가세한다. 네가 붙인 꼬리표가 나를 옭아매는 기분이지만, 어떻게 앙갚음을 할지는 알 수가 없다. 네가 악마일지도 모른다는 생각은 아무도 하지 못하는 것 같다.

J

7월의 첫 주. 현관에 트렁크가 가득하다. 우리는 빈틈을 찾을 수 없을 정도로 빼곡하게 마차에 올라타고 역으로 간다. 저마다 책, 삽과 잠자리채와 크리켓 방망이, 크레용 상자와 밀짚 모자를 가슴에 끌어안고 있다. 나는 창문에 납작하게 밀쳐진 상태다. 시리게 푸른 하늘을 누비던 제비들이 베틀에서 떨어진 북처럼 아래로 곤두박질친다. 우리는 겨우내 이 순간을 기다렸다.

기차에 타자 다들 한꺼번에 얘기를 쏟아낸다. 지나온 역을 세며 오매불망 바다가 보이길 기다린다. 아버지도 책을 내려놓고 어머니의 손을 잡는다.

세인트이브스에서 휴가를 보내는 동안에는 엄격한 런던의 일정이 무시된다. 손님들도 집에서처럼 식사 시간과 방문 시간이라는 고정불변의 패턴을 따르는 대신 기차 시간에 맞춰 오고 간다. 아버지마저도 런던에서 당신을 짓누르던 과중한 업무의 부담에서 해방되어 여유롭게 산책을 하고 외출을 하고 게임을 즐긴다. 우리는 정원과 근처의 해변을 내키는 대로 돌아다니며 전에 없던 자유를 만끽한다. 집은 환하고 바람이 잘 통하며, 공간은 종이 상자처럼 서로 마주 보며 열려 있다. 어머니는 조금씩 정돈을 하며 신통하게 전체적인 조화를 이끌어낸다.

여기서 나는 다시 살아난다. 일 년 내내 페르세포네처럼 갇혀 지내다가, 지평선이 보이지 않는 곳에서 감내했던 희생의 보상인 양 느닷없는 빛의 세례를 받는다. 나는 굶주린 수인처럼 그 빛을 마지막 한 방울까지 남김 없이 마신다. 런던으로 가져가 황량한 겨울의 식량으로 삼기 위해 여름내 빛을 스케치에 담아 저장한다. 세인트이브스에서는 온종일 스케치를 하고 그림을 그릴 수 있다. 나는 여기서 본격적으로 그림에 몰두하기 시작하고, 스텔라 언니의 손이 이끄는 대로 따라가며 어둠을 채울 새로운 형태들을 발견한다.

J

양복을 입은 토비의 모습은 어른 흉내를 낸 것처럼 어설프다. 어머니는 토비의 주머니에 깨끗한 손수건을 꽂고 옷깃의 주름을 펴준다. 그러고는 우리에게 가까이 오라고 손짓한다. 우리는 어색하게 악수를 한다. 아버지가 계단 위에 모습을 드러내더니 이별의 순간에 마지막 당부를 더한다. 우리는 마차 속으로 사라지는 토비를 바라본다.

우리도 토비를 따라 학교에 가고 싶었을까? 간단히 대답할 수 없는 질문이다. 한편으로는 어두운 감옥 같은 집에서 벗어나 나만의 삶을 찾고 싶었지만, 또 한편으로는 익숙한 환경을 포기하는 게 내키지 않아 뒷걸음질 쳤다. 토비가 떠난 후로 우리 둘의 관계가 더 단단해진 건 확실하다. 수업과 산책으로 하루 일과가 채워지고, 그럴수록 서로에게 의지하며 서로의 거울이 되었다. 작은 공부방에서 단 둘이 몇 시간씩 보낼 때면 너는 큰 소리로 책을 읽고 나는 그림을 그렸다. 밤에는 나란히 놓인 침대에 눈을 말똥말똥 뜨고 누워 빽빽한 어둠 속에서 빛을 발하는 네 얘기를 들었다. 지금도 책을 읽을 때면 내 것이 아닌 너의 목소리가 들리고, 잠들 무렵 머릿속에서 고동치는 생각에 리듬을 싣는 것도 너의 억양이다.

우리는 도도하게 둘만의 모략을 꾸몄다. 우리 외에는 어느 누구의 의견도 구하지 않았고, 우리를 이끌어주거나 설익은 상상과 망상에 제동을 걸어줄 사람도 없었다. 그리고 타인의 실패에 잔인했다. 주변 사람들의 약점과 결점은 너의 천재적 묘사라는 맷돌을 거쳐 우리의 흔들리는 자의식을 지지해줄 버팀목이 되었다.

너에게는 말재주가 있었다. 어떤 상황이건 본질을 교묘하게 감춘 채 묘사할 줄 알았다. 내게는 그런 재능이 없었다. 네가 있었다면 이 얘기를 어떻게 풀어나갈지 알았을 텐데. 진실을 꿰뚫어보고, 네가 찾아낸 것을 가슴이 부르는, 심지어 흐느끼는 시적 언어에 담아낼 방법을 찾아냈을 텐데.

J

부활절이다. 우리는 여느 때처럼 공원을 가로지르다 걸음을 멈추고 겨우내 갈색이었던 꽃밭의 가장자리에서 용암처럼 터져 나온 크로커스(붓꽃과의 다년생 식물)를 구경한다. 연못가에서 환자용 의자에 앉은 레드그레이브 부인을 본 너는 제대로 보존하지 못한 박물관의 물건 같다고 말한다. 연단에 선 밀스 선생님이 강당으로 들어서는 우리를 보고 고개를 끄덕인다. 선생님이 입은 청회색 드레스 위에서 십자가가 반짝인다. 다른 여자 아이들은 모두 한쪽에 모여 있다. 밀스 선생님이 주의를 집중시킨다.

"오늘이 무슨 날인지 말해볼 사람?" 사람들의 관심과 애정을 간청하는 것 같은 그녀의 소심한 목소리를 너는 견디지 못한다. 네가 숨을 죽인 채 뭐라고 중얼거릴 때 줄리아 마틴이 앞으로 나선다.

"네, 밀스 선생님. 오늘은 부활절 금요일이에요."

그러자 밀스 선생님은 환하게 웃으며 천장을 올려다본다. 마치 높은 곳의 위대한 존재와 교감이라도 나누는 것처럼.

"그래 맞았어. 사랑하는 우리 주님께서 십자가에 못 박혀 돌

29

아가신 날, 성스러운 금요일이지."

"성스럽다고?" 너는 콧방귀를 뀌며 비웃는다. 그러고는 발끝으로 바닥에 물음표를 그린다.

"지금 누가 뭐라고 했니?" 범인이 너라는 걸 안 밀스 선생님은 포위 공격을 당했던 과거의 경험으로 미루어 힘겨운 싸움을 직감하는 소대장의 분위기를 풍긴다.

"왜 그러니, 버지니아?" 꾹 다문 밀스 선생님의 입술에서 결연한 의지가 엿보인다. 그 표정은 어딘가 우스꽝스럽고, 너는 소매로 입을 틀어막은 채 웃음을 참는다. 어느새 그 웃음에 전염된 나도 어깨를 들썩이며 어떻게든 들키지 않으려고 안간힘을 쓴다. 우리는 어처구니없는 세상과 맞서 싸우는 동지가 되어 고개를 숙인 채 그렇게 함께 서 있다.

ℐ

우리는 숙녀 수업을 받았다. 그걸 너는 뭐라고 표현했더라? 우리는 자신을 위해서는 아무것도 바라지 않는 욕심 없고 고귀한 천사를 본받으라고 배웠다. 천사는 끊임없이 우리 앞을 거닐며, 우리의 목표인 동시에 무자비한 자극이 되었다. 천사를 본받지 못하는 건 수치였고, 그렇게 천사는 우리가 가졌을지도 모르는 야망의 걸림돌이 되었다. 그랬으니 네가 그녀를 살해한 것도, 그녀의 완벽하고 비현실적인 가슴을 펜 끝으로 찌른 것도 무리가 아니다.

J

네 시. 거실 입구에서 걸음을 멈추고 치마를 매만져 주름을 편다. 내가 들어서자 아버지가 언짢은 눈빛으로 쳐다본다. 나는 손에 얼룩이 묻은 걸 알아차리고는 얼른 등 뒤로 감춘다. 그러고는 어머니 옆에 앉는다. 문 두드리는 소리가 나더니 첫 손님이 도착했음을 알린다. 판에 박힌 일상이 시작된다.

너와 나는 보이지 않는 손에 조종되는 기계인형이다. 우리는 얌전하게 보고 들으면서, 테이블 위를 공처럼 오가는 대화가 중단되지 않을 정도로만 말을 보탠다. 마음에도 없는 공의 파수꾼이 되어 공이 계속 움직일 수 있게 하고, 행여 궤도를 벗어나게 만들거나 아예 멈춰 세우고 싶은 욕망은 억눌러야 한다. 우리는 구석에 앉은 수줍음 많은 젊은 아가씨에게 공을 보낸다. 그럴 때에도 그녀가 라켓을 들고 게임에 참가할 마음이 들 만큼 공이 부드럽게 튀도록 힘 조절을 잘 해야 한다. 고모들이 자기들끼리 공을 독점하지 못하도록 빼앗아 오고, 아버지를 에워싸고 학식을 과시하려는 젊은 남자들이 공을 가로채는 것도 막아야 한다.

나보다는 네 실력이 훨씬 뛰어나다. 너는 본모습을 숨기고 감추는 변신의 대가가 된다. 그토록 아름다운 직물에 날카로운 가시를 엮어, 과연 너의 의도가 칭찬인지 모욕인지 어리둥절하게 만드는 네 솜씨에 나는 혀를 내두른다.

너는 나중에 다과 모임에서의 훈련이 글쓰기에 미친 영향을 논하다가 대화의 주도권을 가졌다고 느낀 적이 한 번도 없었다고 털어놓았다. 그러나 너는 말을 자유자재로 구사했고 논쟁에서 살아남는 법을 터득했다. 나는 그렇지 못했다. 나는 더없이 불편하고 어색한 모습을 드러내야 했다. 늘 할 말이 바닥나고, 금기라는 걸 알기 때문에 스스로 검열하게 되는 주제로 내몰리거나, 끝이 보이지 않는 침묵의 강가에 좌초되곤 했다. 그러다가 조금씩 어머니를 흉내 내기 시작했고, 실습을 하는 오후가 되면 조용히 경청하며 관심을 기울이는 어머니의 태도를 마치 무대의상처럼 뒤집어썼다.

우리는 그렇게 경멸하며 배웠다. 아직 미숙하고 진지했으며 또한 사랑받고 싶었던 우리는 하늘을 날게 해줄 비법을 찾아 헤매는 어린 새였다. 어쩌다 저만치에서 인생이라는 연이 꼬리를 흔드는 걸 보면 심장박동이 빨라졌다. 우리는 그 연을 붙잡게 해줄 도약을 갈망했지만, 그러면서도 안전한 둥지를 떠나지 않았다.

J

너는 주머니에 넣을 돌멩이를 찾아 강둑을 거닌다. 빠르게 흐르는 강과 회색빛 유령 같은 하늘에 실선처럼 그어진 헐벗은 가지들을 응시하는 그날의 너를 생각한다. 네가 머릿속으로 무슨 생각을 했을지 상상한다. 지팡이를 강둑에 버려둔 채 소용돌이치는 물속으로 성큼성큼 걸어 들어가면서 너는 나를, 레너드를, 아이들을 떠올렸을까? 아니면 오로지 더 이상 참고 견딜 수 없는 것들을 피해 도망가려는 생각뿐이었을까?
　어쩜, 그렇게 많은 세월이 흘렀건만 네가 정말 나를 사랑했는지 잘 모르겠다.

2

우리를 깨운 건 스텔라 언니다. 언니가 들고 있는 촛불 빛에 유령 같은 그림자가 벽에 어른거린다. 나는 대번에 심각한 일이라는 걸 알아차린다. 침대에 일어나 앉아 가운을 입고 실내화를 신는다. 너는 숄을 두른 채 추워서 덜덜 떤다. 준비를 마친 우리는 스텔라 언니를 따라 어머니 방으로 간다. 가는 길에 우리는 손을 잡는다. 아버지는 침대 옆 의자에 앉아 양손으로 머리를 감싸고 있다. 세튼 박사님이 창가에서 조지와 제럴드 오빠에게 얘기를 한다. 간호사 두 명이 어머니의 베개 위치를 바로잡는다. 우리가 들어가자 다들 입을 다문다. 스텔라 언니는 우리의 어깨를 감싸고, 우리도 언니 옆을 떠나지 않는다. 조지 오빠가 다가오더니 한 사람씩 어머니께 입을 맞추라고 한다. 조지 오빠는 에이드리언의 손을 잡고 어머니 앞으로 내려간다. 에이드리언은 조지 오빠의 손을 놓지 않은 채 몸을 기울여 어머니의 뺨에 입을 맞춘다. 조지 오빠가 너를 데려가자 어머니의 눈꺼풀이 파르르 떨린다. 어머니는 눈을 뜨고 잠시 고요하게 너를 바라보다 눈을 감는다.

이제 내 차례다. 몸을 숙여서 이마에 입을 맞추는데 어머니의 숨소리가 마치 뭔가를 힘겹게 끌고 가는 것 같다. 어머니는 내게 무슨 말이든 해줘야 한다. 이게 다 무슨 영문인지 설명해줘야 한다. 나를 사랑한다고 말해야 한다. 그러나 어머니는 눈을 뜰 기미가 보이지 않는다. 내 팔을 붙드는 조지 오빠의 손이 느껴지고, 나는 그 손에 이끌려 침대에서 물러난다.

자리에 앉아 바닥을 내려다본다. 도저히 침대를 볼 엄두가 나지 않는다. 창밖에서 새들이 지저귀는 소리가 들린다. 맞은편에는 어머니의 화장대가 있다. 어머니의 보석 상자와 사진들, 어머니가 쓰시던 공책과 펜이 보인다. 거울의 비스듬한 각도 때문에 어머니의 모습이 비쳐 보인다. 어스름한 빛을 받은 어머니의 얼굴은 거의 반투명에 가깝다. 나는 그림을 보듯 어머니를 관찰하며 피부의 창백함과 눈썹 위로 드리운 머리를 주시한다. 어머니를 어떻게 그릴지 생각해보려 애쓴다. 눈 밑의 짙은 그림자와 도드라진 윗입술 밑으로 들어가 거의 보이지 않는 아랫입술을 눈여겨본다.

방이 점점 환해지는 게 느껴진다. 나는 여전히 거울을 통해 어머니의 손목을 들고 맥박을 재는 세튼 박사님을 본다. 박사님이 고개를 끄덕이더니 어머니의 팔을 다시 내려놓는다. 아버지가 큰 소리로 맹렬하게 울부짖는다.

나는 방에서 도망쳐 나온다.

J

　우리는 어찌할 바를 모른 채 거실에 모여 있다. 우리는 모든 윤곽을 잃고 색과 생기가 빠져나간 그림 속 인물들 같다. 차가운 봄빛이 들어오지 못하도록 커튼을 친다. 조지 오빠는 난로 옆에 앉아 울고 있다. 제럴드 오빠는 멍하니 손만 쳐다본다. 위층에서 거칠게 흐느끼는 아버지의 울음소리가 들린다. 스텔라 언니가 따뜻한 우유를 담은 주전자와 브랜디 한 병을 들고 들어온다. 불길을 응시하는 너의 눈동자가 공허하다. 우리에게 일어난 일은 우리가 이해할 수 있는 한계를 넘어섰다.

　우리는 따뜻한 우유를 마신다. 내 머릿속에는 어느새 어머니의 죽음을 막을 수 있었다는 생각이 들기 시작한다. 항상 분주히 서두르면서 간호사에게 어머니를 맡기던 세튼 박사님. 끝없는 요구와 주문으로 어머니를 지치게 만든 아버지. 아버지의 굶주린 부리가 어머니의 기력을 고갈시켰다는 너의 묘사는 완벽했다.

J

　메리 고모의 얼굴은 고통의 시늉으로 일그러진다. 고모는 손을 내밀더니 악수를 하는 나를 막무가내로 끌어안는다. 고모의

흑석 목걸이가 내 뺨을 짓누른다.

"가여운 것." 고모가 눈동자를 하늘로 굴려 올리며 말한다. 장뇌와 콜드크림 냄새가 진동한다. 고모는 계단을 내려오는 엘런을 보더니 나를 풀어주고 코트를 벗는다. 그러고는 나를 데리고 거실로 들어간다.

"약속해주렴." 고모는 난로 옆의 의자에 앉으며 입을 연다. "부탁하고 싶은 게 있거나 무슨 문제가 생기면 아무리 사소한 거라도 이 고모를 찾아오겠다고." 그러더니 쿠션에 좀 더 편안히 몸을 기댄다. "그러면 이제 너희들 공부 얘기를 해보자. 피아노는 누가 봐주고 있니? 고모가 아주 훌륭한 가정교사를 알고 있는데, 너희들을 지도해달라고 하면 무척 좋아할 거야. 설마 아직도 그 끔찍한 와츠 부인한테서 배우는 건 아니겠지."

ʃ

오랜 세월이 지난 후 로열아카데미에서 내 그림이 지나치게 회색이라고 말한 건 사전트(존 싱어 사전트, 1856~1925: 미국 출신의 인물화가)였다. 하지만 내 생각에 이 시기를 가장 정확하게 재현해낼 길은 음침함뿐이다. 검은 선이 대각선으로 그림을 가로지르며 위쪽의 거의 단조로운 파란색과 중앙의 탁한 흰색을 나눈다. 이걸 그릴 때는 모래사장과 바다를 연상했지만, 지금 그림을 다시 보니 다른 게 들어온다. 파란색이 흰색과 철저하게 단절되어 있어서, 두 개의 서로 다른 세계를 담고 있는 것 같다. 전면의 왼쪽 구석에 황량한 흰색 앞쪽으로 황갈색 삼각형이 하나 놓였는데, 어쩌면 바위일지도 모른다. 그것이 드리운 그림자 속에 두 인물이 앉아 있다. 한 인물이 다른 인물보다 크고 옷이나 자세로 보건데 어머니와 아이 같다. 둘 다 뒷모습이고, 어머니에게서 보이는 건 코트를 입은 등, 그리고 모자의 윗부분과 챙뿐이다. 아이의 옷차림도 비슷하지만, 기우뚱한 모자 때문인지 어머니의 윤곽에서는 찾아볼 수 없는 경계심이 엿보인다. 어머니의 형체에는 생명력이 소진된 것 같은 공백이 있다. 둘의 맞은편에서 오른쪽으로, 경계선 가까이에 빛을 발하는 커다란 형체가 있다. 그 앞에 파란 옷을 입고 긴 머리를 뒤로 드리운 여자가 서 있다. 발치에서는 한 무리의 아이들이 쪼그려 앉아 놀이에 열중한다. 나는 어머니가 옷을 갈아입던 해수욕장의 탈의실을 생각하지만, 다시 보니 다른 게 보인다. 지금 이 그림을 볼 때 전체적인 분위기를 장악하는 건 외따로 있는 이 물체의 영묘한 광채다. 그 빛은 마치 여자를 삼켜버릴 듯하다. 아이들이 광활한 공간에 몰두할 때, 어머니는 순수한 파란색으로 미끄러져 들어간다. 하지만 천국에 있는 어머니를 상상한 건 결코 아니었다.

J

"어머니가 보고 싶어?" 입 밖에 내는 순간 실수라는 걸 깨닫는다. 스텔라 언니는 고개를 숙인 채 바느질을 하며 괴로운 마음을 애써 감춘다. 말을 다시 주워 담고, 그로 인한 상처를 되돌리고 싶다. 어머니가 돌아가신 후 스텔라 언니는 나에게 없어서는 안 될 존재가 되었고, 언니의 고통을 덜어줄 수만 있다면 못할 게 없을 것 같다. 언니가 얼마나 피곤한지도 잘 안다. 밤이면 언니가 아버지에게 가서 비통한 심정을 위로하는 소리가 들린다. 이제 집안일을 돌보는 것도 언니의 차지다. 나는 언니가 바느질을 하느라 기울인 목의 각도가 어머니의 자세와 정확히 일치한다는 사실을 깨닫는다.

"간밤에도 지니아(버지니아의 애칭)가 잠결에 소리를 쳤어." 내 꿍꿍이가 통한다. 스텔라 언니가 고개를 들고 나를 본다.

"뭐라는지 알아들을 수 있디?"

"아니, 별로."

"세튼 박사님한테 한 번 더 얘기해볼게." 스텔라 언니는 걱정하는 기색이 역력하다. 여기서 그만둘 수는 없다.

"내 생각엔 '아기 염소야, 똑바로 서!'라고 한 것 같아." 우리는 함께 떠맡은 짐을 염려하는 두 명의 어머니가 된다.

"그게 무슨 뜻일까." 스텔라 언니는 가위로 천의 끄트머리를 정리한다. 그러고는 셔츠를 들고 수선이 잘 됐는지 살펴본다.

"아버지가 에이드리언을 보내지 않기로 하셔서 마음이 놓여. 에이드리언이 감당하지 못할 것 같거든." 스텔라 언니는 셔츠를 가지런히 접어서 치우고 다음 옷을 집어 든다.

"너는 어떠니, 네사. 그림 실력은 많이 늘었어? 네가 그린 백합 그림, 마음에 들더라." 나는 기뻐서 뺨이 달아오른다. 꿰매던 옷깃에마저 갑자기 광채가 어리는 것 같다. 나는 백합을 생각한다. 섬세한 꽃잎의 선과 트럼펫처럼 간결한 모양을 생각한다. 몇 주 만에 처음으로 희망이 어른거리는 느낌이다.

J

너는 창턱에 올라서서 복수의 천사처럼 팔을 쭉 뻗는다. 너를 향해 다가가는 나를 노려본다. 한 걸음만 더 다가오면 창문을 뚫고 몸을 던지겠다며 비명을 지른다. 너는 유리창을 부술 만한 것을 찾아 움켜쥔다. 네가 벽에 집어 던진 접시 조각이 바닥에 흩어져 있다. 너는 비명을 멈추고 몸을 부들부들 떤다. 천천히, 조심스럽게, 내가 이끄는 대로 침대로 간다.

나는 스텔라 언니가 탁자에 놓고 간 사과를 스케치한다. 너는 엎드려 있고, 잠이 든 것처럼 보인다. 어쩌다 한 번씩 흐느끼는 소리가 들린다. 너는 이틀째 아무것도 먹지 않았다. 창문으로 쏟아지는 빛에 길쭉한 막대 그림자가 바닥에 누웠다.

"우리를 전부 녹여버릴 거야." 그림을 그리던 손을 멈추고 고개를 든다. 너는 한쪽 팔꿈치를 괴고 상체를 세운 채 베개에 쏟아지는 빛을 응시하고 있다.

"커튼 칠까?" 내 목소리는 거의 속삭이는 수준이다. 오랜만에 네 입에서 또렷한 말이 들린다.

"응."

일어나서 커튼을 치고 빙 돌아서 네 침대로 간다. 네가 몸을 돌려 나를 본다.

"어머니는 나한테 똑바로 서라고 했어." 마치 영영 답을 찾

43

을 수 없을 거라고 단념한 문제에 대해 말하는 투다.

"새들이 어머니를 위해 노래를 불렀다고 생각해?"

침대에 앉아 너의 머리를 쓰다듬는다. 내 품에서 너는 아이처럼 연약하다.

J

일주일에 사흘씩 나는 도망친다. 아, 현관문을 힘껏 닫고 부산한 거리로 나설 때의 그 황홀한 행복이란! 퀸스 게이트를 따라 자전거를 타고 달리며 뺨을 간질이는 바람을 느낀다. 길을 거니는 연인들과 아이를 데리고 나온 보모, 회색 양복을 입고 일터로 향하는 남자들을 지나치노라면 마치 내게도 인생의 목표가 생긴 것 같다.

자리는 반원형으로 배치되어 있다. 중앙에는 나지막한 원통 기둥 위에 대리석 흉상을 얹어놓았다. 드로잉 수업을 지도하는 코프 선생님은 교실을 돌아다니며 그림을 살펴보고 조언을 해준다. 이따금 선을 수정해주기도 한다. 앞에 놓인 대상에 집중하느라 교실엔 고요함이 감돈다. 우리는 흉상을 그대로 베끼려 하지 않는다. 눈에 보이는 대로, 주변 공간과 인물의 관계, 빛의 작용으로 일부가 지워진 뺨을 그대로 전달하려 하고, 그건 훨씬 힘들다.

얼굴은 그리스의 여신, 어쩌면 아르테미스나 아프로디테쯤 되는 것 같다. 나는 턱과 목에 집중하며, 그 부분들의 관계를 이해하려 한다. 코프 선생님이 내 뒤에 와서 선다. 내 작업을 지켜보지만 간섭은 하지 않는다. 스스로 해결해야 한다는 걸 알기 때문에, 혼자 싸우도록 내버려둔다.

나는 내 그림의 수수께끼에 몰두한다. 공간과 형체, 빛과 어둠, 윤곽과 질감을 가지고 씨름한다. 그러느라 너의 고통을 잊고 아버지의 불행을 잊고 스텔라 언니의 걱정을 잊는다.

시간은 쉬지 않고 흐른다. 마침내 뒤로 물러나 그림을 살펴본다. 콧날과 입매, 목선과 어깨의 기울기를 찬찬히 뜯어본다. 그리고 고개를 끄덕인다. 내가 해낸 것이 만족스럽다. 나는 나의 여신에게 생명을 불어넣었다.

♪

스테인드글라스 창문으로 스며든 빛에 색색의 직사각형이 교회의 돌바닥에서 춤을 춘다. 교회 안에는 신부를 보기 위해 두리번거리는 얼굴들뿐이다. 잭은 이미 연단에 서 있다. 우리는 입구에서 스텔라 언니를 기다리며 당신이 버림받았다고 하소연하는 아버지를 달래는 틈틈이 교구목사의 신호를 눈여겨본다. 마침내 오르간 연주가 시작되고 우리는 통로를 따라 걸어간다.

나는 스텔라 언니에게서 눈을 떼지 못한다. 언니에겐 남다른 점이 있다. 아버지의 팔짱을 끼고 앞서 걸어가며 하객들을 향해 고개를 끄덕이는 언니를 어떻게 표현하면 좋을지 적당한 말

45

을 궁리한다. 언니는 잠에서 깨어난 몽유병 환자 같다. 그리고 잭의 옆에 서는 순간, 집안일에 짓눌린 소녀에서 여인으로 변신한다. 결혼 서약을 하는 언니를 보며 나는 어렴풋한 희망을 느낀다. 어머니 없이도 삶이 계속될 수 있다는 희망을 느낀다.

J

새가 너무 사실적이라 숨이 멎을 지경이다. 스케치북을 바짝 당겨서 그림을 들여다본다. 정교한 선, 깃털의 섬세한 채색, 완벽한 관찰로 세밀하게 그려낸 눈과 부리와 발톱을 유심히 살펴본다. 내가 감탄하는 기색을 알아차린 토비가 다음 장을 넘기자 같은 새를 그린 작은 드로잉들이 주르륵 이어진다.

"난 이렇게 시작했어. 내가 원하는 바를 알고 있었지만, 처음에는 여러 각도에서 시도하는 게 더 쉬우니까." 나는 토비가 뜻하는 바를 정확히 이해하고 고개를 끄덕인다.

"그래. 드로잉을 하는 도중에 어떻게 그릴지 깨닫는 경우가 많지. 내가 뭘 원하는지 정확하게 알고 있더라도 말이야. 일단 다른 가능성은 전부 내버려야 할 것처럼 느껴지기도 해." 토비는 아무 대꾸 없이 자신이 그린 또 다른 스케치를 가리킨다. 울새를 그린 그림인데, 빨간 가슴을 크레용으로 칠했다.

"이건 시간이 좀 걸렸어. 색을 제대로 표현할 수 없었거든."

"크레용은 어려워." 나는 맞장구를 친다.

"그래 어려워. 하지만 어렵기 때문에 그만큼 신나기도 해!

자연은 얼마나 다채로운지.”

촛불 앞으로 더 가까이 다가선다. 우리를 둘러싼 어둠 속으로 지난 몇 달의 고통이 사라지는 것 같다. 토비가 내 어깨를 감싸고, 그의 따뜻한 품에서 심장 뛰는 소리가 들린다. 나는 이 순간이 영원히 계속되길 바란다.

집 안 어딘가에서 문이 닫히고 복도를 걷는 발소리가 들린다. 문가에 네 얼굴이 나타난다.

“여기들 있었네!” 너는 짜증을 애써 숨기지 않는다. “온통 찾아다녔잖아. 뭐하고 있는 거야?” 너는 탁자로 다가가서 울새 그림을 본다.

“아하, 드로잉.” 네가 말한다. 토비가 몸을 뺀다.

“아무튼 찾았으니까 됐어. 내가 《안토니와 클레오파트라》를 다시 읽었거든.” 너는 토비를 똑바로 쳐다본다. “솔직히, 셰익스피어의 여자들이 더없이 탁월한 인물들이라는 말을 도무지 이해하지 못하겠어. 내가 보기엔 가위로 오려낸 것 같은데 말이야. 실재하는 여자라기보다 여자란 이러저러해야 한다는 남자들의 재단된 시선 같거든.”

너의 말은 의도한 효과를 발휘한다. 토비의 관심이 너에게 쏠린다.

“말도 안 돼!” 지적인 논쟁을 예감하는 그의 눈이 기쁨으로 넘친다. “전혀 그렇지 않아.”

“왜 이래. 그 정도로밖에 반론을 펴지 못한단 말이야?” 너는 더 부추긴다. “대사가 비범하다는 건 나도 인정해. 안토니우스의 꿈을 꾸는 클레오파트라 부분을 읽을 때는 소름이 끼치더라. 하지만 그렇다고 그 인물들이 사실적이 되는 건 아니야.”

얼마쯤 듣다가 그만둔다. 그리고 창가로 걸어간다. 두 사람의 모습이 창문에 비친다. 나는 창문에 이마를 대고 유리창에 흐르는 빗방울만큼의 의미도 없는 것처럼 네 말을 흘려보낸다. 이제 너는 저녁 내내 토비를 독차지할 것이다. 셰익스피어에서 그리스 문학으로, 그다음엔 낭만주의로 넘어갈 테고, 그때마다 나는 더 철저히 따돌려질 테지. 너희 둘 사이에 놓인 토비의 스케치북은 펼쳐지지도 않을 거야. 나는 이마가 유리창만큼 차가워질 때까지 그러고 있다가 방을 나선다. 내가 문을 닫고 나가는 걸 아무도 알아차리지 못한다.

J

편지는 봉투에 담겨서도 다정한 기운을 발산한다. 토스트에 버터를 바르며 마저리의 말을 곱씹는다. 드로잉 실력을 키우기 위해 당분간 그림을 미루겠다는 그녀의 결심이 흥미롭다. 라인의 중요성을 강조하는 코프 선생님을 생각하다가, 나도 그렇게 해야 하는 게 아닐까 고민한다. 갑자기 이젤 앞에 앉고 싶어진다. 너와 에이드리언은 또 논쟁을 벌이는 중이고, 여기 있다간 나도 휘말려 들어가겠다 싶어 토스트를 먹고 의자를 밀어낸다. 네가 고개를 든다. 너는 에이드리언을 공격하느라 열중한 나머지 내 편지를 알아차리지 못했다가 그제야 편지를 쏘아본다.
　"편지네! 누구한테서 온 거야?" 네가 손을 내민다. 나는 망설인다.

"마저리한테서 온 거야." 실은 이만큼도 말해주고 싶지 않다.

"마저리라고? 아니 무슨 급한 일이기에? 중언부언에 오자투성이겠지. 영어를 그렇게 줄기차게 난도질하는 사람은 본 적이 없어. 상이라도 줘야 한다니까!" 나는 아무런 대꾸도 하지 않는다. 마침내 네 손아귀에서 풀려난 에이드리언은 기쁜 마음으로 아침 식사에 집중한다.

"한번 들어보자. 나한테도 재미있는 일이 좀 있어야 할 거 아냐."

제럴드 오빠가 거실에 들어온다. 에이드리언 맞은편에 앉아 그를 향해 희미하게 웃는다. 제럴드 오빠는 막내라는 이유로 어머니의 총애를 받았다는 사실 때문에 아직도 에이드리언을 용서하지 못하고 있다. 너의 말을 들었는지, 궁금한 표정으로 너를 바라본다.

"뭐가 재미있는 일이라는 거야?"

"네사가 고매하신 마저리한테서 서찰을 받았거든." 너의 말투가 오만하다. "그래서 이번엔 그녀에게 또 무슨 재앙이 닥친 건지 얼른 들어보고 싶어서."

"마저리?" 제럴드 오빠는 이마를 찌푸리며 기억을 더듬는다.

"스노덴." 네가 마저리의 성을 말하며 그의 기억을 되살려준다.

"아, 그림 그리는? 그래, 무슨 얘기인지 어디 한번 들어보자. 마멀레이드 없니?"

너는 제럴드 오빠까지 끌어들인다. 나는 참담한 심정으로 편지 봉투만 바라본다.

"개인적인 내용이야." 괜히 주눅이 든다.

"그러면 더 궁금하지. 개인적인 내용이라는 건 늘 솔깃하다는 의미니까. 얼른, 한번 들어보자고."

나는 네 말을 무시한다. 제럴드 오빠에게 마멀레이드를 건네준 다음 편지를 들고 일어선다. 성가시게도 너는 나를 따라 나온다.

"네스." 네 목소리는 이제 애원조다. 이럴 땐 딱 잘라서 얘기해야 한다.

"마저리는 나한테 편지를 썼어. 그녀가 뭐라고 했는지 너한테 보여주는 건 옳지 않다고 생각해." 네가 움찔한다. 너는 내가 너한테 뭘 숨기는 걸 좋아하지 않는다.

"어디 아프대?" 마저리를 걱정하는 투지만, 이번에도 무슨 꼼수를 쓰는 것 같다. 단호하게 맞서자고 마음먹는다.

"더할 나위 없이 건강해. 단지 그림에 대한 자신의 결심을 나한테 말하고 싶었을 뿐이야." 하지만 말을 하는 순간 실수를 깨닫는다. 우리가 공유하지 않는 또 다른 영역을 상기시켰기 때문이다.

"불공평하잖아. 나는 언니한테 내 편지를 다 보여주는데."

"이제 그러지 말아야 할 때가 됐는지도 모르지. 어쩌면 가족이라는 울타리 밖에서 취미를 찾고 우정을 나눠야 할 때가 된 건지도 몰라."

너는 나를 노려본다. 네 눈동자를 보니 새로운 꿍꿍이를 궁리하는 눈치다.

"하지만 마저리라니, 말이 돼? 언니하곤 어울리지 않아, 네스. 그녀는 어영부영 살면서 모방하고 싶은 사람을 따라가려고 애쓰는 그런 사람이란 말이야. 어울려봐야 시간만 낭비할

뿐이야."

너의 질투에 대답할 말을 찾지 못한 나는 그냥 돌아선다.

"가지 마!" 겁에 질린 것 같은 네 목소리에도 나는 굽히지 않는다. 너한테 편지를 내줬다간 위협이 될 만한 게 하나도 남지 않을 때까지 조롱하고 짓밟을 테니까. 나는 편지를 소매 안에 넣고 위층으로 올라간다.

♩

"그걸 견뎌내야 한다는 건 엄연한 현실이지." 미나 고모가 잔을 테이블에 내려놓는다. 주전자를 향해 손을 뻗을 때 풀을 빳빳하게 먹인 옷깃이 바스락거린다. "한 잔 더 하겠니, 레슬리?"

푸념하듯 툴툴대는 소리가 아버지의 유일한 반응이다. 벌써 30분째 자리에 앉아 허공만 응시하고, 어쩌다 그렇게 툴툴대는 소리로만 침묵을 깰 뿐이다. 미나 고모는 아버지의 기운을 북돋우려는 노력을 아직도 포기하지 않았고, 그래서 툴툴대는 그 소리를 좋다는 뜻으로 해석한다.

"아버지 잔 좀 건네줄래, 버지니아? 우리 예쁜이." 미나 고모를 쏘아보는 네 눈빛은 그 바보 같은 소리가 얼마나 거슬리는지 말해준다. 미나 고모는 끊임없이 재잘거린다.

"내 생각에 여자한테는 글쓰기가 훨씬 이상적인 것 같아. 몸도 편하고. 바르게 앉기만 한다면 허리에 무리가 갈 일도 없잖

51

니. 하루 종일 이젤 앞에 서 있는 게 바네사에게 좋을 리 없을 것 같은데. 네 자세에 어떤 영향을 미칠지 생각은 해봤니, 애야?"

나는 미나 고모의 말을 한 귀로 흘린다. 그래도 호의에서 하는 말이라는 건 안다. 너는 아버지의 잔을 집어서 고모에게 건네준다. 네 얼굴에 가득한 분노는 알아차리지 않을 도리가 없다.

하지만 그 분노의 크기를 깨닫는 건 나중의 일이다. 너는 아버지에게 서서 글을 쓸 수 있도록 성서대를 생일 선물로 사달라고 한다. 너는 내가 하는 예술이 더 힘들다는 걸 용납할 수 없다.

J

나는 늦게야 우리가 함께 쓰는 방으로 올라간다. 그림을 마무리하느라 시간 가는 줄 몰랐다. 네가 자러 올라가는 걸 보기는 했지만 벌써 잠이 들었을 것 같지는 않다. 구성 때문에 고생한 얘기를 너한테 해줘야겠다고 생각한다.

문을 열었더니 방 안이 캄캄하다. 더듬더듬 네 침대로 가는 사이에 눈이 조금씩 어둠에 익숙해진다. 거의 다가갔을 때쯤 낯선 형체가 보인다. 그게 조지 오빠라는 걸 알아차리고 깜짝 놀란다. 오빠가 얼른 일어선다.

"이제야 왔구나, 네사. 난 그냥 지니의 말동무를 해주는 중이었어." 애써 숨을 고르려는 것처럼 목소리가 가쁘고 뻑뻑하다.

"자, 그럼 너희들이 잘 수 있게 나는 가야겠다. 사랑하는 누이들, 잘 자거라. 이렇게 침대가 바짝 붙어 있다니 정말 부럽구나. 너희 둘 모두에게 큰 위안이 되겠지." 그는 쩍쩍 신발 소리를 내며 문으로 향한다.

나는 너에게 다가간다. 너는 얼굴을 소매에 묻고 누워 있다. 끔찍한 생각이 뇌리를 스친다.

"아니야. 그건……." 너의 대답이 너무 가냘파서 고개를 숙여야 간신히 들린다.

"아니, 아니야. 그런 거 아니야." 네 목소리가 떨린다.

"내가 아래층에 있을 때 조지 오빠가 여기 자주 오니? 너를…… 만지려고 해?"

너는 대답 대신 거칠게 흐느낀다.

♩

거미줄에 거미가 가만히 앉아 있다. 거미줄은 창밖에 있고, 끈끈한 실에 빗방울이 맺혔다. 빗방울이 빛을 받아 반짝인다. 정원에 휘몰아치는 돌풍의 기세가 맹렬하다. 갑자기, 엄청난 소리와 함께 뭔가 와지끈 부러진다. 나뭇가지 하나가 떨어져 나간다. 나는 거미줄을 쳐다본다. 거미는 그대로 있고 실도 온전하다. 그 끈질긴 힘에 감탄한다. 입김만 불어도 떨어져 나갈 것처럼 보이지만, 참나무가 쓰러지는 와중에도 멀쩡하다.

J

거실로 들어가는데 내 모습이 어떻게 보일지 자꾸 신경이 쓰인다. 몸을 전체적으로 감싼 흰 보일사(絲)에 검정색과 은색 시퀸을 덧대서 빛을 받으면 곳곳에 작은 무지개가 뜬다. 목에는 자수정과 오팔 목걸이를 하고 머리에는 에나멜 나비 핀을 꽂았다. 이제부터 벌어질 상황을 생각하니 몸이 뻣뻣해질 정도로 긴장이 된다. 내가 들어서자 난로 옆에 서 있던 조지 오빠가 뒤를 돌아본다. 안경을 들어 올리고 나를 꼼꼼히 뜯어본다. 흡사 나한테 사준 아랍종(種) 암말을 살펴보던 때의 모습 그대로다. 너는 아버지 옆에 앉아 책을 읽고 있다. 책에서 고개를 드는 너의 눈동자를 보고 내가 달라졌음을 실감한다.

조지 오빠는 마차를 타고 파티에 가는 내내 아무 말이 없다. 팔걸이에 머리를 대고 시가를 피운다. 창밖으로 가로등 불빛이 목걸이처럼 이어진다. 뭔가 중대한 일이 일어날 것 같은 예감이 든다.

방방마다 조명이 환하다. 우리는 잠시 발코니에 선 채 춤추는 사람들을 내려다본다. 우아한 자태로 공간을 누비는 연인들이 내 머리에 꽂은 나비 핀처럼 화려하다. 그냥 거기 서서 그 모습을 구경하고 싶다. 그 세계에 들어서기 전에 그곳을 관찰할 기회를 좀 더 누리고 싶다. 조지 오빠는 내 드레스의 주름을 펴주고 내 팔을 잡는다.

우리를 소개하는 소리에 몇몇 사람이 고개를 돌린다. 조지 오빠는 내 팔꿈치를 쥔 손아귀에서 힘을 빼지 않는다. 나를 데리고 사람들 사이를 빠져나가더니 얼굴이 도끼처럼 생긴 남자 앞에 멈춘다. 조지 오빠는 나를 위한 계획을 세워놓았다.

"지금 도착했나, 덕워스?" 두 남자는 악수를 한다.

"챔벌레인 씨, 소개드리겠습니다. 이쪽은 제 의붓동생 바네사 스티븐 양입니다." 나를 향해 뻗는 손이 보인다. 목덜미에 느껴지는 조지 오빠의 뜨거운 숨이 그 손을 잡으라고 채근한다. 점점 가까이 다가오는 손은 거만하고 불안하며 초조하다. 드레스를 차려입은 내가 하잘것없고 우스꽝스럽게 느껴진다. 춤을 추며 스쳐가는 사람들 중에 누구라도 나를 낚아채서 빙글빙글 돌려주면 좋으련만. 비참한 심정으로 악수를 한다. 무슨 말을 할지, 머릿속이 하얗다.

우리는 일찌감치 자리를 뜬다. 조지 오빠는 아무 말 없이 마차에 오르는 나를 부축한다. 그래도 화가 났다는 걸 모를 수는 없다. 마차가 출발하자 마침내 폭발한다.

"도대체 뭐하자는 건지 말 좀 해줄래? 사람들을 모욕하는 게 너한테는 아주 재미있는 모양이구나. 그 사람이 누군지 알기나 해?"

나는 고개를 숙인다. 젖은 창문 너머로 가로등 불빛이 뿌옇게 번져 보인다.

"너의 그 머리도 정말 끔찍했어! 핀을 꽂아서 좀 고정하면 좋았잖니! 내가 사준 클립을 어떻게 사용하는지 모르는 거야?"

불쌍한 조지 오빠! 그가 속한 무리에서 내 침묵은 용납되지 않았지만, 아이러니하게도 너의 언변 역시 마찬가지였다. 오빠가 배치한 대로 앉은 저녁 식사 자리에서 네가 주변 사람들과 플라톤을 논했던 날은 두 사람 모두에게 수치심을 안겨줬다.
그가 우리의 성공에 그렇게 많은 기대를 걸지 않았던들! 그렇
게 억지로 끌고 나가 좌초하게 만드는 대신 사교의 바다에 우
리를 던져놓고 알아서 하도록 내버려뒀더라면 상황은 달랐을
지도 모른다. 하지만 이제 와서 돌이켜보면 온전히 그의 탓만
을 할 수는 없다. 우리가 그 후에 거둔 성취 가운데 얼마쯤은 그
의 영향 덕분인 것 같기도 하니까. 그가 장황한 열변으로 우리
의 위치와 의무를 끝없이 일깨워줬기 때문에, 그게 아니었다면
그저 가지 않은 길에 대한 막연한 동경으로 그쳤을 것에 집중
할 수 있었으니까.

J

　이게 진실을 찾으려는 노력이 아니라 그냥 소설이었다면 스
텔라 언니의 죽음은, 어머니가 돌아가신 지 얼마 지나지 않아
다시 반복된 그 죽음은 글쓴이의 악의적인 무리수로 보였을지
도 모른다. 신혼여행을 떠났다가 병색이 짙어져 돌아온 그녀의
야윈 모습은 삶이 새로운 기회를 줄지도 모른다는 우리의 희망
에 조종(弔鐘)을 울렸다. 그녀의 결혼식 날 목격했던 부활의 대
가를 요구하는 것 같았다. 언니의 목숨이 그렇게 꺼져갈 때 우
리는 서로 부둥켜안은 채 행복의 덧없음을 배웠다.

J

집안 살림의 부담이 나를 옭아맨다. 아침에 에이드리언이 학교에 갈 때마다 현관에서 손을 흔들며 배웅을 하라거나 저녁에는 아버지께 따뜻한 우유를 가져다드려야 한다고 나한테 얘기한 사람은 아무도 없지만, 이런 일들을 내가 하지 않으면 그렇지 않아도 삐걱거리는 집안의 일상이 우뚝 멈춰버릴 것만 같다. 스텔라 언니 생각에 잠겨 있을 틈도 없다. 잠을 자려고 누우면 끔찍한 형상들이 머릿속을 어지럽힌다. 나의 유일한 안식처는 그림이다. 너무 피곤해서 붓을 들 힘조차 없을 때까지 그림을 그린다. 자리에 누워서도 머릿속으로 계속 그림을 그리려고 노력한다.

내가 만나고 싶은 사람은 오직 스텔라 언니의 남편, 잭뿐이다. 그는 거의 매일 저녁마다 찾아오고, 우리는 거실에 마주 앉아 시간을 보낸다. 내가 어머니 의자에 앉아 바느질을 하는 동안 그는 하루를 어떻게 보냈는지 이야기한다. 그의 시선을 받는 기분이 좋다.

"피곤해 보인다, 네사. 일을 너무 많이 하는 것 같아." 어느날 그가 말한다. 누가 나를 염려해주는 건 어색하다.

"에이드리언이 걱정이에요. 저번에는 다리가 심하게 찢어져서 돌아왔더라고요. 어떨 땐 넓디넓은 운동장에 장해물이 딱하나 있더라도 에이드리언은 기어이 그걸 찾아내어 다치고 마는 것 같다는 생각마저 들어요. 아이들은 전부 그렇게 사고를 치는 건가요?" 이렇게까지 속내를 털어놓는 건 나답지 않다. 잭이 팔을 뻗어서 내 손을 가볍게 쥔다.

"이 짐을 전부 혼자 지려고 들면 안 돼. 아버님이 너한테 너무 많은 책임을 지우셨구나. 스텔라한테도 그러시더니."

잭의 입에서 그 이름이 나와도 참을 수 있다. 그의 손가락이 내 손을 어루만진다.

나는 잭이 오길 기다린다. 저녁을 먹자마자 위층으로 올라가 머리를 매만진다. 머리를 귀 뒤로 넘겨서 하나로 묶는다. 어머니는 목덜미에서 똬리를 틀었고 스텔라 언니는 머리를 더 높이 올렸다. 나는 두 스타일을 전부 시도해본다. 너는 침대에서 그런 나를 보며 얼굴을 찌푸린다. 잭 때문이라는 걸 감지하고는 못마땅한 기색을 감추지 못한다. 그러다 어느 날 저녁에는 내가 목에 장신구를 두르려 하자 기어이 폭발하고 만다.

"그는 눈치도 못 챌 거야! 그에게 왜 시간을 허비하는 거야?" 너는 투정부리는 아이처럼 말하더니, 느닷없이 웃음을 터뜨린다.

"저-어-어, 여-어-어기 펴-어-언히 아-아-앉으세요." 더듬거리는 잭의 말투를 흉내 내는 네 모습에 가슴이 아프다. 너의 익살에 맞장구를 치느니 뺨을 휘갈기고 싶은 심정이다. 나는 네 옆을 지나치며 침묵으로 불편한 심기를 드러낸다.

메리 고모한테서 잭을 만나지 말라고 충고하는 편지를 받았을 땐 너무 어이가 없어서 당장 불사르고 싶은 마음이다. 하지만 그러는 대신 그걸 아침 식탁에 내던진다. 방학이라 집에 있던 토비가 쳐다본다.

"왜 그래, 네스 누나? 번개에라도 맞은 것 같은 표정을 하고."

"그래, 제대로 봤어. 방금 메리 고모한테서 온 편지를 뜯어 봤는데, 내가 어떤 친구를 사귀어야 하는지까지 당신이 결정해야 한다고 생각하시나 봐."

여전히 잠옷 차림으로 하품을 하던 조지 오빠가 나른하게 기지개를 편다.

"고모가 잭을 염두에 두고 하신 말씀이라면, 나도 같은 생각이라고 말해야겠다. 어쨌거나 법적으로 용납되지 않는 결합 아니니. 죽은 아내의 여동생하고는 결혼할 수 없으니까."

나는 소스라친다. 잭에 대한 내 감정은 한 번도 그렇게 구체적인 형태를 취한 적이 없었다. 구해달라는 눈빛으로 토비를 쳐다본다.

"음, 조지 형 말이 옳아. 잭을 만나지 않는 게 좋겠어." 이번에는 진짜로 번개에 맞은 기분이다. 황망한 마음에 나이프를 떨어뜨린다. 네가 몸을 숙여서 그걸 집는다.

"허튼소리들 하지 마. 법이 그렇게 되어 있다면 법을 바꿔야지. 이건 근친혼이 아니잖아." 너는 태연하게 조지 오빠를 바라보면서 그가 이 도발적인 미끼를 덥석 물기를, 그래서 그와 언쟁을 벌여 이길 수 있기를 바란다. 그런데 대답을 하는 건 토비다.

"아무리 그래도 나는 누나가 메리 고모의 말을 들어야 한다고 생각해. 다 누나를 걱정해서 하시는 말씀이고, 네스 누나가 진짜로 잭이랑 결혼을 하려고 들 경우 말도 못하게 끔찍한 추문이 터져 나올 건 틀림없으니까."

"미안하지만, 대체 언제부터 메리 고모가 우리를 걱정했는데?" 나를 대신해서 맹렬하게 맞서는 네 모습이 놀랍다. "메리

고모는 네사의 행복에 대해서는 단 한 순간도 생각해본 적이 없어. 고모가 이 편지를 쓰면서 생각한 거라곤 오로지 당신의 평판뿐이야. 아닌 게 아니라 나는 스텔라 언니한테 남편이 더 없었던 게 유감인걸. 만약 우리가 언니 남편과 한 명씩 결혼을 했다면 둘이 함께 그 법을 무너뜨릴 수 있었을 텐데." 너는 내 손에 나이프를 다시 쥐어주며 눈을 찡긋한다.

J

바이얼릿이 찾아온다. 헐렁한 옷 때문에 더 과장되어 보이는 큰 키로 허둥지둥 달려온다. 우리를 향해 팔을 활짝 벌린 그녀를 보니, 우리에게 그녀를 소개시켜준 사람이 스텔라였다는 기억을 떠올리지 않을 도리가 없다. 우리는 거실로 가서 난롯가에 자리를 잡는다. 너는 바이얼릿의 발치에 앉아 그녀의 다리에 등을 기댄다. 바이얼릿은 에두르지 않고 곧장 본론을 말한다.

"이 암울한 집에 유배자처럼 버려진 너희 생각을 많이 했어. 그러다가 너희들이 여기를 벗어나는 게 좋겠다고 확신했지. 오지하고도 얘기해봤어. 그래서 말인데, 너희 둘 다 우리 집에 와서 지내면 어떻겠니? 혼자 설 수 있을 때까지 당분간만이라도. 내가 돌봐줄 수 있어."

바이얼릿이 손을 뻗어 너의 머리를 쓰다듬는다. 너는 그녀의 무릎에 머리를 얹고 눈을 감는다. 내 머릿속에서는 에이드리언과 아버지, 토비 생각이 휘몰아친다. 그런 내 의중이 너무 빤히 드러난 모양이다.

"물론 에이드리언이 걱정되겠지. 하지만 너희 둘이 그 애의 엄마 노릇을 할 수는 없어. 뿐만 아니라 너희가 떠나고 나면 남자들도 알아서 살아야지."

아버지가 알아서 살아갈 거라고 생각하니 걱정이 되는 와중에도 웃음이 난다.

"그러니까 얘들아, 전적으로 너희가 결정할 문제야. 나는 너희 모두에게 좋을 거라고 확신해. 다 함께 즐겁게 지낼 수 있어."

그날 밤에 바이얼릿의 제안을 다시 생각해본다. 집안일의 의무에서 벗어난다는 생각은 솔깃하다.

"빌리(역시 버지니아의 애칭). 자니? 우리 바이얼릿한테 갈까?"

어둠 속에서 네가 뒤척이는 소리가 들린다.

"말도 안 돼. 아버지는 누가 돌보라고? 그리고 에이드리언 생각도 해야지!" 하지만 네 말투는 어쩐지 진심처럼 들리지 않는다.

"나는 캐럴라인 고모한테 와서 지내시라고 부탁하면 어떨까 생각했는데."

"캐럴라인 고모라고! 그 고모가 아버지를 얼마나 짜증나게 하는지 몰라서 그래? 내 생각엔 그냥 지금처럼 지내는 편이 좋을 것 같아. 바이얼릿이야 원하면 언제든지 볼 수 있으니까."

나는 더 이상 따지지 않는다. 네 마음을 돌릴 만큼 확신이 있는 것도 아니다. 베개를 베고 누워서 바이얼릿이 머리를 쓰다듬을 때 네 얼굴에 어렸던 표정을 기억한다. 그러자 한 가지 생각이 퍼뜩 떠오른다.

"네 말은 믿을 수 없어. 너 혼자 바이얼릿을 독차지하고 싶은 거지!"

J

"들어오너라."

문을 열자 종이의 홍수가 진 것 같다. 아버지 필체로 뒤덮인 종이들이 바닥에 어지러이 널려 있다. 커튼을 반쯤 드리운 어스름한 실내에 눈이 익숙해지기까지 시간이 걸린다. 아버지는 책이 가득한 책상 너머에 앉아 있다. 뒤쪽 벽의 책꽂이에는 책이 빼곡하고, 아버지 앞에도 책이 펼쳐져 있으며, 발치에 쌓인 책은 금방이라도 넘어질 것 같다. 내가 들어서자 아버지가 고개를 든다.

"장부예요, 아버지."

아버지는 내가 내민 장부를 받아 들고 오만상을 찌푸린다. 내가 몇 시간에 걸쳐 정리한 숫자들을 손으로 짚어 내려가는 동안 인상은 점점 험악해진다. 그러다 한 항목에서 손가락이 멈춘다.

"이게 뭐냐? 딸기! 5월인데 소피한테 딸기를 주문하게 했단 말이냐!" 아버지는 거슬리는 항목에서 고개를 들고는 의심의 눈초리로 나를 쏘아본다. 나는 해명을 하려고 입을 뗀다. 내가 무슨 말을 할 때마다 소피가 어떤 표정을 짓는지 아버지에게 얘기하고 싶다. 나의 미숙함을 실토하고 아버지의 도움을 청하고 싶다. 하지만 아버지의 눈은 이미 다음 장으로 넘어갔다.

"연어! 지난 화요일에 먹은 생선이 연어라는 소리냐? 이 가격을 한번 보란 말이다. 어째서 이런 사치를 하는 거니. 대구로는 성에 차지 않는 거야?" 나는 바닥을 내려다본다. 부엌 창문을 커튼처럼 뒤덮은 담쟁이와 생선에 대한 내 의견을 묵살하던 소피의 서슬 퍼런 뺨을 생각한다. 내 침묵이 아버지의 심기를 더 자극한다.

"그렇게 돌덩이처럼 서 있기만 할 게냐! 아버지한테 할 말 없어?"

나는 너의 찢어진 코트를, 생리대와 테레빈유를 사기 위해 모아야 하는 돈을 생각한다. 이런 것들을 아버지가 고안해낸 엄격한 가계부에 적을 수는 없다.

"아버지를 파산시키려는 거니?" 아버지는 장부를 소리 나게 덮고는 나를 향해 밀친다. 내가 아니라 조지 오빠나 토비가 장부를 가져왔다면 아버지가 이성적으로, 남자 대 남자로 대했을 거라는 생각이 든다.

"내가 사는 게 어떨지 짐작도 안 돼? 가엽지도 않아?" 아버지의 부리가 나를 쪼는 것 같다. 동정심을 찾아내겠다고 탐욕스레 내 살을 쪼아대는 것 같다.

간신히 풀려나 밖으로 나온다. 실패했다는 생각에 고개를 푹 숙인 채 계단으로 간다. 네가 계단 밑에 앉아 있다. 너의 표정을 보니 방 안에서 오간 얘기를 들은 눈치다. 네 눈에서 연민이, 도와주지 못한 무력감이 보인다.

"빌어먹을 놈!" 내가 불쑥 내뱉는다.

네 눈동자가 탁해지고, 내가 지나쳤음을 깨닫는다. 너는 고개를 돌린다. 너는 다만 부분적인 동지일 뿐이다. 너의 경직된 어깨와 뻣뻣한 팔놀림에서 비록 독재자라는 건 인정해도 여전히 그를 사랑하는 마음이 느껴진다.

♪

글을 쓰다가 고개를 들고 과거의 골목길들을 되돌아본다. 돌이켜 생각해보면 그 시간을 견뎌냈다는 게 놀랍기만 하다. 내 속마음을 일부나마 털어놓을 수 있었던 건 오직 너뿐이었다. 오직 너만이 나의 꿈을 공유했다. 은밀하게, 그러나 점점 더 결연하게, 우리는 각자의 예술을 자유롭게 추구할 수 있는 삶의 밑그림을 그렸다.

그 과정에서 얼마나 많은 것을 희생했는지는 우리 둘 다 깨닫지 못했다. 서로의 차이를 과장하고 상대의 영역에 대한 권리를 포기하면서 우리는 서로를 달래고 양보했다. 말재주에서 항상 너보다 못했던 난 그걸 너한테 완전히 넘겨줬다. 그리고 그림을 택했다.

3

어떨 때는 아버지를 칼로 찌르고, 어떨 때는 베개로 숨을 틀어막고, 어떨 때는 침대 옆 탁자의 약병에서 따라낸 독으로 죽인다. 방법은 다양하지만 꿈의 줄거리는 한결같다. 나는 현관에 있고, 문은 활짝 열려 있다. 그때 아버지의 목소리가 들린다. 나는 잠시 문가에 선 채로 얼굴에 닿는 따사로운 햇볕을 느낀다. 맞은편 길에 웬 아이가 하나 있는데, 보모의 손을 뿌리치고 냅다 달려간다. 나를 부르는 아버지의 안쓰러운 외침을 무시한 채 나도 저 아이처럼 자유를 향해 내달릴까 생각한다. 손에 든 모자의 무게를 가늠해본다. 아이와 보모가 시야에서 사라진다. 나는 현관문을 닫으며 서서히 사라지는 빛을 바라본다. 그러고는 아버지 방으로 올라간다. 문 앞에서 걸음을 멈추고 주위를 살핀다. 이제부터 하려는 짓을 누구에게도 들키고 싶지 않다. 내가 들어서자 아버지가 고개를 돌려 나를 본다. 나는 힘들이지 않고 순식간에 그를 죽인다. 그 행동은 내 의지에 따른 것이 아니고, 아버지도 저항을 하지 않는다. 마치 우리 둘 사이에 체결된 어떤 협정이 작용하는 것 같다. 나는 창가로 가서 커튼을 걷고 빛이 들이치게 한다. 그러고는 잠에서 깬다.

J

우리는 나란히 서서 꽁꽁 언 땅속으로 내려가는 아버지의 관을 지켜본다. 주의를 주는 너의 눈짓에도 불구하고 나는 도저히 울 수 없다. 다만 네 눈동자에 어린 빛을 보면서, 네가 아버지를 실제보다 좋은 사람으로 기억하고 사소한 독재나 우리의 연민에 호소하던 기억들은 전부 지워버리기로 결심했다는 걸 느낀다. 우리가 마침내 자유로워진 순간에 네가 그런 마음을 갖는다는 게 나로서는 어처구니없다. 나는 토비가 건네주는 삽을 들고 아버지의 무덤에 흙을 뿌린다.

J

"왕이 너의 창가에 멈춰 서서 온갖 음탕한 이야기를 했도다." 네가 갑자기 이렇게 말한다. 의자에 앉아 있던 나는 놀라 고개를 든다. 너는 내게 비난의 손가락을 겨눈다.

"저기, 저기 죄인이 있다. 저 여자를 잡아라!" 너는 침대에서 훌쩍 뛰어내리며 소리친다. 너의 얘기가 누구를 의미하는 건지는 알 수 없지만, 간호사가 방으로 달려오게 만드는 데는 효과가 있다. 간호사는 네 어깨를 감싸 진정시키고, 잘 달래서 다시 침대에 눕힌다. 그러고는 나한테 나가는 게 좋겠다는 눈빛을 보낸다.

나는 글 쓰던 걸 멈추고 그레이스가 풀밭에 뿌려놓은 베이컨을 쪼아 먹는 새들을 바라본다. 창문을 닫았는데도 새들이 우르르 몰려들어 티격태격하는 소리가 들린다. 간호사의 손에 너를 맡기고 나올 때 너는 새들이 그리스어로 노래를 부른다고 말했다. 그래도 그 의미를 오해할 여지는 없다고.

온전히 이해할 수 없는 어떤 면에서 너의 광기가 나를 살렸다고, 나는 생각한다. 거칠게 쏟아내는 너의 말을 들으며 나는 일상적인 것에서 마음의 위안을 찾았다. 너의 화장대 위로 비치는 한 줄기 햇빛, 앞서거니 뒤서거니 하늘을 가로지르는 구름. 어쩌면 너의 환상이 내 감정의 분출을 막아준 덕분에 내가 계속 살 수 있었던 건지도 모른다.

J

그해에 우리끼리 콘월(잉글랜드 남서부의 주)에 갔다. 날씨는 환상적이었고, 토비와 에이드리언과 나는 해변의 산책로를 한없이 거닐었다. 너는 우리와 함께 나가길 거부했다. 바다가 너무 사나워서 신발과 양말을 벗고 하얗게 부서지는 파도 거품 속을 걷기도 했다. 바람에 머리가 헝클어지고 치마가 부풀어 올랐다. 산처럼 일어나는 파도를 보면 어쩐지 나도 뭔가 이룰 수 있을 것 같은 기분이 들었다. 산책을 마치고 돌아왔더니 너는 커튼을 반쯤 드리운 거실에 틀어박힌 채 아버지의 책을 열심히 읽고 있었다. 어둑한 실내로 들어서는 순간 토비와 에이드리언은 조용해졌다.

"무슨 책이야, 지니?" 너는 내가 볼 수 있도록 책을 높이 들었는데 하디의 《송가》였다.

"파도가 근사했어. 함께 갔으면 좋았을걸." 이번엔 토비가 들뜬 분위기를 이어가보려 한다. 토비가 소파에 앉을 때 햇볕에 그을린 그의 피부에서 광채가 난다.

"맞아. 내일은 배를 빌려서 고드레비 등대에 가볼까 하는데." 토비의 들뜬 기운에 에이드리언도 과감하게 말을 보탠다. 하지만 너는 단호하게 침묵을 지키고, 조롱하듯 책을 쳐든다. 토비는 결국 소파에 접어 올렸던 다리를 훌쩍 내려놓으며 자리에서 일어선다.

"점심이 어떻게 되고 있는지 가봐야겠다. 지금 같아서는 말이라도 먹을 수 있겠어!" 토비가 에이드리언에게 쿠션을 집어 던지고, 그렇게 둘은 서로 투닥투닥 장난을 치며 밖으로 나간다. 나는 죄책감에 휩싸인 채 잠시 머뭇거린다. 그러다 문가에 거의 도착했을 때 너의 목소리가 들린다.

"내일 등대에 못 갈 거야. 비가 온다고 했거든."

J

파리. 마네의 대담한 단순미. 적갈색과 레몬색과 흐린 청색으로 채운 표면. 빛을 그림에 스며들게 해서 포착해낸 주제의 정수.

벽에서 휘어져 나온 카운터가 공간의 중심적인 역할을 한다. 한쪽 끝에는 커다란 화병이 있고, 진홍색 금어초, 보라색 백일초, 접시만 한 흰 꽃이 큼지막하게 핀 작약, 하늘거리는 한 다발의 안개꽃, 탁한 분홍색의 양귀비, 줄기가 길쭉한 노란색 데이지가 꽂혀 있다. 카운터를 따라 줄지어 놓인 다리 긴 나무 의자에는 대부분 사람들이 앉아 있다. 카페 주인은 카운터 뒤에 서서 물을 틀어놓고 잔을 씻는다. 가슴이 넓고 검은 머리가 더부룩한 남자는 기름때로 얼룩진 앞치마를 허리에 둘렀다. 뒤쪽 선반엔 병과 담배와 접시들이 쌓여 있다. 웨이터는 쟁반을 머리 위로 치켜들고 테이블 사이를 누빈다. 곳곳에서 열띠고 활기찬 대화가 한창이다.

토비는 등을 창에 기댄 채 앉아 있다. 무성한 머리가 이마를 덮었다. 팔짱을 낀 채 주변을 돌아보는 그의 표정엔 즐거운 기색이 역력하다. 웨이터가 다가와서 빵 바구니와 레드와인 카라페(물이나 와인을 담는 유리병)를 우리 테이블에 내려놓는다. 정부의 기록물을 열람하려던 이야기로 우리를 즐겁게 해주던 클라이브가 말을 멈추고 빵을 집는다. 한 입 베어 물고는 진지한 표정으로 우물거린다.

"프랑스빵은 대체 뭐가 다른 걸까?" 그 한 조각의 빵이 경배의 대상이라도 되는 것 같다. "이렇게 평범한 것도 흥겨운 분위기에서 먹으면 어쩌면 이토록 근사한 맛을 내는지." 그가 우리를 보며 활짝 웃는다. 모의 작당이라도 하듯 환한 웃음이다. 짙은 갈색 머리 때문에 피부가 거의 하얗게 보인다.

"심지어 버터도 바르지 않았는데!" 토비의 한마디에 클라이브는 때를 놓칠 새라 영국인들의 나쁜 습관을 늘어놓기 시작한다. 위트 있고 재기발랄한 그의 일장연설에 다들 웃음을 터뜨린다. 그가 얘기를 하는 사이에 수프가 나온다. 나는 진하고 깊은 수프의 색을 눈여겨본다. 파슬리와 양파와 신선한 골파가 보인다. 허겁지겁 먹는다. 고개를 들었더니 너는 수프를 한쪽으로 밀어놨다. 익숙하지 않은 음식에 대한 너의 거부감, 식탁보에 묻은 얼룩과 붐비는 식당 곳곳에서 때 없이 터져 나오는 호들갑스러운 웃음소리에 대한 혐오감이 전해져온다. 너는 이 자리가 즐겁지 않다는 눈빛을 내게 보내며 너의 불편한 심기를 공유해주길 원한다. 나는 클라이브, 토비, 카운터에서 농담을 하는 어떤 남자의 빠른 손놀림으로 시선을 돌리고, 너의 신호는 외면하기로 결심한다.

장미 바구니를 든 여자가 카페에 들어선다. 여자는 주인에게 고개를 끄덕이더니 우리 테이블로 다가온다. 우리가 외국인인 걸 알아보고는 손쉬운 먹잇감이라고 판단한 모양이다. 꽃과 새를 수놓은 이국적인 숄을 어깨에 둘렀다. 여자는 클라이브 쪽으로 몸을 숙이더니 그의 뺨을 어루만진다. 제멋대로인 여자의 행동에 그가 웃음을 터뜨린다.

"장미로군요. 하지만 당연하죠! 장미여야 마땅하지!" 그는 이 말을 프랑스어로 했는데, 프랑스어를 하는 게 즐거운 눈치다. 지갑을 꺼내더니 테이블에 프랑 한 줌을 내려놓는다. 여자가 그에게 바구니를 내민다.

"우선 숙녀분들께." 클라이브는 장미꽃을 잠시 살피다가 그중 두 송이를 뽑아낸다. 그러곤 과장된 몸짓으로 나한테 한 송이를 건넨다. 나는 촘촘하게 감긴 꽃잎과 선명한 붉은색에 감탄한다. 너는 클라이브의 몸짓에는 눈길도 주지 않은 채 그가 준 장미를 물잔 옆에 내려놓는다. 클라이브는 세 번째 꽃을 골라 줄기를 잘라낸 후 토비의 단춧구멍에 꽂는다. 여자는 수북하게 쌓인 동전을 쓸어 담고는 바구니를 들고 옆 테이블로 간다.

"프랑스 사람들은 이래서 좋다니까! 즐길 줄 알거든. 꽃을 사랑하는 마음. 내가 마네를 존경하는 이유도 바로 이런 점 때문이지. 마네라면 저 여자를 그렸을 거야. 모든 각도에서. 모델처럼 포즈를 잡게 하지도 않고, 본질을 왜곡하지도 않고 말이지. 여자를 있는 그대로, 찢어진 드레스, 테이블 사이를 지나며 흔들어대는 엉덩이, 대담하게 드러낸 삶의 즐거움과 거기에 어우러진 예리한 장사 수완을 포착했을 거야!"

나는 클라이브의 열정에 매료된다. 우리는 와인을 더 시킨다. 웨이터가 우리의 접시를 치우더니 생선 요리를 내려놓는다. 레몬즙과 기름을 발라 구운 껍질에서 윤기가 자르르 흐른다. 우리가 아직 내딛지 않은 땅의 근사한 풍경 속으로 담배 연기가 흩어져 사라진다.

흰 옷을 입은 간호사가 문을 밀어 연다. 너는 창가에 서 있다. 안으로 들어서는 나를 네가 돌아본다. 얼굴 위로 흘러내린 머리, 옷도 한동안 갈아입지 않은 몰골이다. 블라우스에는 얼룩이 지고 치맛단도 곳곳이 뜯어졌다. 이런 걸 언급하지 말아야 한다는 것쯤은 나도 알고 있다. 간호사가 문을 닫고 나가길 기다린다. 너는 내 신발을 물끄러미 바라본다. 나는 가져간 꾸러미를 좁은 침대에 내려놓고 풀기 시작한다.

"네가 편지에서 부탁한 책들이야. 하지만 새비지 박사님한테 여쭤봤더니 잠깐씩만 읽어야 한다고 강경하게 말씀하셨어." 나는 침대 옆에 있는 캐비닛 위에 책을 올려놓고 자리에 앉는다. 나를 바라보는 너의 눈길이 느껴진다. 너는 캐비닛으로 가서 책을 한 권 집어 들더니 오랜 친구라도 되는 것처럼 그 책을 끌어안는다. 월터 롤리 경의 《해클루트》다.

"새비지는 나를 탈지면으로 둘둘 말아놓고 싶어 할걸. 그렇게 하는 걸 병원에서는 뭐라고 하는지 모르겠지만 말이야. 바로 이런 것들이 나를 아프게 만든다는 건 모른대?" 너는 어느 선반 쪽을 손으로 막연히 가리키는데, 거기엔 반쯤 빈 여러 개의 유리병이 놓여 있고, 각각 라벨이 붙어 있다.

"베로날(진통·수면제의 제품명), 클로랄(마취제), 파라알데히드(진통·최면제). 강심제의 부작용을 견디기 위한 수면제. 브롬화물로 인한 두통을 막아주는 팅크. 이 모든 걸 하루 열다섯 잔의 우유

와 함께 먹고 있지." 너는 나를 향해 몸을 빙그르 돌린다. "그가
내 이를 뽑고 싶어 하는 거 언니도 알지."

갑자기 부끄러워진다. 새비지 박사에게 치료를 진행하라고
편지를 쓰는 내 모습이 떠오른다. 썩은 이의 박테리아가 뇌신
경에 미치는 영향에 대한 그의 설명은 대단히 설득력이 있어
보였다. 너는《해클루트》를 펼친다.

"고마워." 선물을 주셔서 감사하다고 말하는 어린아이처럼
온순한 목소리다. 나는 더 이상 견딜 수 없어 손을 내민다.

우리는 침대에 누워 부둥켜안는다. 요양원의 벽이 사라지고,
우리는 한밤중에 놀이방에서 단 둘이 놀던 어린 시절로 돌아간
다. 너는 나의 말썽꾸러기 염소, 나의 웜바트(오스트레일리아에 서식
하는 곰처럼 생긴 유대동물), 나의 생쥐다. 나는 비단처럼 부드러운 너
의 털을 쓰다듬고, 너는 코를 내 뺨에 비빈다. 욕심 많은 원숭
이 같은 네 입술은 배가 고픈 것처럼 장난스럽게 내 목을 잘근
잘근 씹어댄다. 내가 옷섶을 열자 아기 같은 입으로 젖을 빤다.
나는 다시 한 번 너의 돌고래 엄마가 되고 너의 입맞춤에 끈적
끈적한 침 범벅이 된다. 아무도 우리를 괴롭힐 수 없는 바닷속
깊은 곳으로 너를 데려가줄게.

ℐ

공책을 손에 들고 이 방 저 방 거닐며 가구마다, 그림마다,
은 액자에 끼운 사진과 장식품마다 차례차례 걸음을 멈춘다.

과거의 삶을 구성했던 물건들 중에서 뭘 가져가고 뭘 내버릴지 정해야 한다. 하나씩 곰곰이 따지다가 결정을 내리고 나면 마치 과거를 두고 떠나는 것처럼 기분이 묘하다. 그러면서 기억이 한 꺼풀 벗겨지는 것 같기도 하다. 어머니의 의자를 놓고 고민할 때 마음속으로 파고드는 어머니의 모습은 무시해야 한다. 내가 적용하는 기준은 실용성과 아름다움이다. 이 의자는 쓸모가 있나? 아니면, 아름다운가? 어느 쪽도 아니어서 팔기로 결심한다. 의자에 앉아 바느질을 하던 어머니의 기억 때문에 판단이 흔들리지는 않는다.

지금은 블룸즈버리가 너무 지독해졌다! 당시엔 그곳에 우리 형편에 맞는 집이 있었고, 고모들이 사는 동네가 아니라는 점이 무엇보다 큰 매력이었다. 지금 돌아보면 그곳으로 이사 갔던 게 인생의 전환점이 된 것 같지만, 그래도 그곳을 선택한 건 거의 우연이었다.

새 집의 창문마다 쏟아지는 햇볕이 낯설다. 마룻바닥에 무릎을 꿇고 앉아 온몸으로 그 빛을 받는다. 빛의 세례 속에서 나를 정화하고 그 광명에 자극을 받고 싶다.

소박하고 밝은 공간에서는 사물도 새로운 생명을 얻는다. 어머니가 쓰시던 책상의 짙은 나뭇결과 섬세한 상감이 처음으로 도드라져 보인다. 보는 법을 새로 배우는 기분이다. 흰 벽을 배경으로 색감이 풍성하게 번지기 때문에 소파 등받이에 걸쳐놓은 어머니의 인도 숄과 난롯가에 깔아놓은 붉은 양탄자만으로 공간이 순식간에 꽉 들어찬다. 전에 없던 놀라운 경험이다. 아버지 서재에 있던 가죽 장정의 책들도 단순한 나무 선반에 올려놨더니 화려해 보인다. 어머니의 사진 꾸러미는 풀어서 한 시간 동안 들고 다니며 고민한 끝에 현관에 걸기로 결정한다. 어머니의 얼굴에서 뜻밖의 각도, 전에 알지 못했던 모습을 발견한다. 새 공간에서는 지나간 과거마저 다르게 보인다.

❡

오렌지색 벽이 햇살을 받아 뜨겁게 달군 석탄빛으로 타오른다. 물감에 비단 같은 윤기와 삼베의 거친 질감이 어린다. 그림 맨 위의 오른쪽 구석엔 파란색으로 가장자리를 두른 옅은 분홍색 정사각형이 있다. 분홍색과 오렌지색의 충돌은 격렬하고 도발적이며 찬란하다. 분홍색에 흰색을 살짝 섞어 톤을 조금 낮추지만, 아주 조금에 불과하다. 그 효과를 떨어뜨리고 싶지 않다. 캔버스 왼쪽에는 직사각형을 연달아 그린다. 서로 연결된 것들도 있고, 외따로 떨어진 것들도 있다. 두 개는 파란색인데, 하나는 강렬한 아쿠아마린, 또 하나는 분홍색의 경우처럼 흰색을 약간 섞어 조금 옅게 만든다. 테두리에는 신경을 쓰지 않는다. 신물 나는 디테일에 너무 많은 세월을 허비했다. 나에게 흥미로운 건 색이 주는 강한 충격이다. 나는 즉각적인 감각, 공간에 들어서는 순간부터 중단 없이 이어지는 형태와 색감의 파노라마를 원한다.

그림의 중앙에 직사각형을 하나 그린다. 짙은 다홍색에 그보다 어두운 주홍색을 조금 더한다. 오렌지색을 배경으로 환하게 이글거린다. 그건 아버지의 필연적 귀결, 우리가 두고 떠나온 모든 것의 해독제다. 나는 그것의 대담함을 한껏 즐긴다. 이제 남은 두 개의 가로줄에 관심을 돌린다. 하나는 녹색과 블루세이지를 섞어서 약간 뿌옇게 칠한다. 또 하나에는 강렬한 버건디를 선택한다.

붉은 계통의 두 색이 서로를 피하고 또 부르는 모습이 매혹적이다. 이따금 캔버스에서 한 발 멀찍이 떨어져서 봐도 다른 건 보이지 않는다. 그 둘의 강렬한 힘에 오렌지색이 뒤로 물러나는 모습이 놀랍다. 잠깐 동안 가운데의 직사각형과 나를 동일시한다. 나는 대담하다. 내게 필요한 공간을 만들어낸다. 나는 내 집의 주인이다.

J

너를 잊었던 건 아니야. 너에게 매일 편지를 썼어. 부디 잘 먹고 편히 쉬라고, 의사마냥 장황한 말로 애원했지. 네가 쓸 서재를 꾸몄고, 책상과 의자를 들였고, 너의 책들을 정리했어. 그러는 한편으로 너를 데려가준 바이얼릿이 고마웠어. 나 혼자서는 요양 중인 너를 감당할 수 없었을 거야.

통제력을 잃어 무력해진 너는 그러면서도 사람들을 조종했지. 짐을 전부 내게 넘기고는 나한테 어머니의 자리를 지키며 너를 보살피고 너의 응석을 받게 만들었어. 우리 둘 다 그 역할을 포기했었을 그 시절에. 나는 손쉬운 공범이었지. 어쩌면 그런 요구에 저항할 수도 있고, 짓밟으려 해볼 수도 있었을 테지만, 나의 존재는 너와 떼어놓을 수 없었어.

　기억의 만화경을 돌리며 온갖 형태가 모이고 흩어지는 모습을 본다. 진실은 결코 호락호락하지 않아. 너의 결함은 공포인 동시에 위안이었지. 신은 너에게 너무나 많은 재능을 안겨주셨어. 너의 다홍색에 섞여든 어두운 주홍색이 너의 균형을 어지럽혔고, 덕분에 흐릿한 나의 색감이 빛을 낼 수 있었던 거야.

♪

　지금 생각해보면, 그렇게 명성을 떨치고 많은 사람들의 입에 오르내리며, 한쪽에서는 찬사를 받고 또 다른 쪽에서는 풍자의 대상이 된 것의 시작이 그토록 보잘것없었다는 게 재미있다. 시간은 한없이 단순하게 시작된 것에 신화와 질투를 겹겹이 둘렀다. 젊은 남자 몇 명과 잔뜩 긴장해서 불편해 보이는 여자 둘이 난롯가에 앉았다. 이 글을 네가 썼더라면 그 풍경을 어떻게 그려낼지 알았을 텐데. 너의 반짝이는 관찰력에 쾌활함과 재치를 더하고, 몇 번의 능숙한 필치로 상황의 본질을 묘사하는 천재적인 재능을 발휘했을 텐데. 섬세하게 말아 접은 색슨의 우산과 노래하듯 오르내리고 쉬었다가 이어지던 리튼의 독특한 발성, 그리고 레너드의 떨리는 손을 제대로 표현해낼 방법을 알았을 텐데. 너는 논쟁이 시작되기 전이면 으레 길게 이어지던 어색한 침묵, 공허한 헛기침과 바닥을 내려다보는 시선들, 그러다 우연히 나오는 언급들, 아름답거나 어쩌면 진실한 말들, 논의와 반박으로 하나의 정교한 건물이 세워지기까지 허공에 던져 이쪽저쪽으로 받아치던 말들을 음미하곤 했지.

그렇게 출렁출렁 넓은 천을 엮어가는 너의 솜씨는 내게 전율을 안겨주었다. 나 역시 다른 사람들 못지않게 네가 지어내는 이야기에 즐거워했다. 우리는 다시 한 번 공범이 되었다. 나는 사람들을 불러서 대접하고, 너는 명민한 지성과 달변과 대담함을 뽐냈다. 다른 사람들이 네 말을 놓치지 않으려고 몸을 기울이는 모습을 보는 게 나는 즐거웠다. 나는 너의 승리를 함께 기뻐했다. 너의 게임은 나의 주도하에, 나의 오락이 되었다. 나는 내 집의 여왕이었다.

편협하다고, 보다 폭넓은 사람들에게 문을 열어주려 하지 않는다고 나를 비난하는 사람도 있었다. 변명할 마음은 없다. 우리는 타인의 지배 밑에서 너무 오래 살았다. 어떤 사람들과 어떤 방식으로 교제할지 마음대로 고를 수 있다는 건 달콤한 자유였다.

이제 나는 늙었다. 관절염 때문에 손가락이 뒤틀린다. 손을 내려다보면서 예전의 모습, 주름 없이 매끈하고 살이 통통하던 때를 기억해보려 한다. 지금이라면 그게 아름답다고 생각할 텐데. 지금이라면 그것의 육감적인 생명력을 깨달을 텐데. 그때는 그러지 못했다. 매력적이라는 얘기를, 마치 무슨 의무처럼, 무거운 징벌이라도 따르는 것처럼, 당연한 듯 반복해서 듣다 보니 스스로의 잠재력에 대해 가졌을지도 모를 자긍심의 싹이 온전히 자라지 못했다. 네가 장난치듯 못난이들이라고 불렀던 토비의 친구들과 편하게 어울렸던 건 놀랄 일이 아니다. 그들에게 우리의 겉모습은 유혹도 아니고 도전도 아니었다. 그들

은 겉모습을 무시했고, 성(性)이라는 가면 너머로 우정이라는
아량의 손을 내밀었다. 그들은 자아를 찾아가는 우리의 여정에
동행했다. 그들이 우리를 인정해준 덕분에 우리는 부분적으로
나마 섹스와 상관없는 삶을 누릴 수 있었다.

　하지만 이건 온전한 진실이 아니다. 밤늦도록 이어지던 토론
에는 뭔가 다른 것도 섞여 있었다. 지평선을 붉그스름하게 물
들이는 첫 햇살처럼 반짝이는 뭔가가 수면 위로 드러났다. 전
에도 그런 감정의 여명을 본 적이 있었다. 스텔라가 잭과 결혼
했을 때. 그리고 이번엔 그 일이 나한테 일어나고 있었다.

J

　나는 기다란 실크를 한쪽 팔에 드리운 채 소파에 누워 있다.
드레스를 만들고 남은 천인데, 체리 같은 붉은색이 눈부시게
아름다워 도저히 버릴 수가 없다. 그 실크를 어깨에 둘렀다가
터번처럼 머리에 감아본다. 너는 창가의 테이블에서 글을 쓰고
있다. 펜촉이 사각사각 소리를 내며 종이 위를 가로지른다. 전
날 저녁에 나눴던 우리의 대화를 생각한다. 사랑을 이야기하는
리튼의 목소리는 파르르 떨리며 머뭇거렸고, 바느질을 하다
고개를 들었을 때 클라이브가 강렬한 시선으로 나를 보고 있었
다. 우리의 시선이 일순 뒤얽히고, 문득 틴토레토(베네치아파로 분
류되는 이탈리아 화가)를 처음 봤을 때처럼 아찔한 흥분에 휩싸였다.
그 기분을 다시 느껴보려 눈을 감는다. 눈을 뜨다 난로 위 거울

81

에 비친 내 모습을 보고 깜짝 놀란다. 머리에 실크 스카프를 두르고 소파에 비스듬히 기대어 앉은 모습이 마치 여제처럼 위풍당당해 보인다. 한 팔을 목 뒤로 돌려 어깨와 가슴의 곡선을 강조해본다. 관능적인 사랑의 여신이 된 내 모습이 요염하고 대담해 보인다.

너도 그걸 본다. 너는 내 모습에 홀려 글 쓰던 손을 멈춘다. 우리는 눈이 마주치고, 시선이 얽히는가 싶더니, 네가 고개를 숙인다. 너는 짜증스러운 듯 미간에 주름을 잡은 채 다시 글을 쓴다. 너는 언니의 낯선 모습이, 내가 너의 통제력 너머로 빠져나가고 있다는 사실이 못마땅하다. 붉은 실크 스카프가 우리 사이를 갈라놓는다. 거울에 비친 내 모습은 너만큼이나 내게도 충격이지만, 좀처럼 눈을 돌릴 수 없다. 조금 더 바라보며 새로운 페르소나를 음미하고 아직 시도되지 않은 가능성을 따져보고 싶다. 너의 펜이 종이를 맹렬하게 긁어대는 소리가 들린다.

♩

비스듬히 누운 나체를 그릴 수 있을 만큼 큰 나무 화판에 그림을 그린다. 양팔을 머리 위로 올려 곡선이 메아리치게 하고, 가슴에 이어 몸으로 끌어당긴 허벅지에서도 굴곡을 되풀이한다. 파도처럼 덧바른 푸른색 위에 인물을 배치한다. 여자가 물에, 어쩌면 허공에 떠 있는 인상을 주고 싶다. 색을 활용한다. 분홍색에 회색과 흰색을 섞고, 바이올렛과 황금색을 살짝 더

한다. 살을 막 드러낸 느낌, 껍데기를 벗겨낸 바다 생물의 느낌을 주고 싶다. 인물 위의 공간은 청록색과 울트라마린을 넓게 칠해서 순식간에 메운다. 인물 이외의 것에 한눈을 팔고 싶지 않다. 그 공간을 그저 닫아버리고 싶을 뿐이다. 뒤로 물러서서 그린 것을 바라본다. 여전히 인물 위쪽이 너무 휑하다. 내가 사용한 색들을 살펴본다. 개연성은 완전히 무시하자고 결심한다. 붓이 붉은색에 안달한다. 팔레트에 다홍색을 짜서 나이프로 섞는다. 이번에는 원을 여러 개 그린다. 그걸 활짝 피어난 커다란 양귀비꽃 봉오리로 탈바꿈시킨다. 붉은색 배경에 그려 넣은 고리들은 꽃의 까만 수술이 된다. 그래도 뭔가 빠졌다. 수술을 그린 붓에 남은 검정색 물감으로 양귀비꽃들 사이에 선을 그리고, 그 선들을 서로 연결한다. 물러나서 살펴본다. 과연, 그 선이 전체에 통일성을 준다. 그림이 완성된다.

ʃ

두세 명씩 무리를 지어 방으로 들어온다. 니나와 팔짱을 낀 헨리가 도착하고, 뒤이어 베아트리스와 카가 들어온다. 한쪽 구석에서 마조리와 얘기하는 그웬, 창가의 메리와 실비아도 보인다. 격식은 찾아볼 수 없다. 클라이브가 미술 작품 속의 감정에 대해 강연을 하기로 했지만 나는 행사를 서둘러 시작하지 않는다. 의자에 앉아 주변을 돌아본다. 손님의 절반은 프랑스 풍 혁신에 반색했고, 나머지 절반은 질겁했다. 나는 개의치 않는다. 중요한 건 우리가 미술에 초점을 맞추고 있다는 사실이다. 회화가 문학의 혼외 여동생이라던 아버지의 비아냥거림을 생각하며 네가 언제 등장할지 점쳐본다. 너는 이미 나의 금요일 모임이 못마땅하다는 뜻을 분명히 밝혔다. 아침을 먹으면서 클라이브의 강연을 들을 거냐고 물었을 때도 쓰기로 한 기고문의 중요성만을 강조했을 뿐이다. 손님들이 대부분 도착할 때까지 기다렸다가 클라이브에게 신호를 보낸다. 그는 난로 옆에 미리 준비해놓은 의자에 앉아 주목해달라고 말한다.

너는 클라이브가 이야기를 시작할 때 나타난다. 네가 이 자리를 계속 외면하지 못하리라는 걸 나는 알고 있었다. 너는 문가의 쿠션에 자리를 잡더니 클라이브의 강연에 빠져든다. 제대로 듣고 싶어 몸을 앞으로 기울이는 게 보인다. 평소에 화가들을 조롱하고 비아냥거리기는 해도, 구성에 대한 클라이브의 얘기는 흥미로운 눈치다. 강연이 끝나면 방으로 돌아가 여기서 들은 것들을 곰곰이 생각하겠지. 그리고 그의 강연 내용을 너의 글쓰기에 반영할 거야. 겉으로는 짐짓 경멸하는 척해도 너에게 나아갈 길을 보여주는 건 나의 예술이니까.

J

흰색 리넨 슈트에 회색 펠트 모자. 녹색 줄이 들어간 흰 양산. 우리는 바이얼릿과 갑판에 서서 안개 속으로 사라지는 잉글랜드 해안의 절벽을 바라본다. 이번 여행은 꿈의 실현이다. 나는

84

몇 주 동안 대영박물관의 고대 그리스 전시실에서 그리스 건축과 조각 작품을 감상했다. 우리는 문명의 발상지로 돌아가고 있다. 우리끼리 파트라스(그리스 서부의 항만도시)에 간 후에 토비, 에이드리언과 합류할 예정이다. 배가 유리 같은 수면을 가를 때 생겨나는 물줄기를 보며 애써 마음을 가라앉힌다. 나는 클라이브의 청혼을 거절했다. 옳은 결정이었다고 확신하면서도 그가 편지에서 한 말들이 뱃전에 부딪혀 소용돌이치는 물살처럼, 해안이 시야에서 사라지는 순간 갑작스레 밀려드는 뱃멀미처럼 머릿속에서 빙글빙글 돈다. 클라이브가 싫은 건 아니다. 그러기는커녕 그의 서글서글하고 너그러운 태도, 거의 모든 상황에서 즐거움을 찾아내는 재주를 오래전부터 높이 평가해온 터였다. 난롯가에 앉은 그를 생각한다. 구속복처럼 옥죄는 다른 사람들의 말과는 달리 향유처럼 넓게 퍼지는 그의 이야기, 바느질하던 나와 시선이 마주쳤을 때 그의 눈에 어렸던 표정을 떠올린다. 갑판은 따뜻한데도 몸이 으슬으슬 떨려와 코트 깃을 여민다. 나는 결혼을 원치 않는다. 새롭게 찾은 자유를 포기하고 싶지 않다. 우리는 이제 막 여행을 시작하는 중이다. 아직은 돌아갈 준비가 되지 않았다.

내 생각은 풍경의 윤곽을 따라 요동친다. 너는 내가 무슨 생각에 골몰하는지 궁금한 눈치다. 아드리아 해를 항해하면서 본 육지의 산비탈에 질서 없이 옹기종기 모여 있던 집들을 부겐빌레아와 히비스커스의 분홍색과 오렌지색으로 그린다.

배가 항구에 접어들 때부터 뭔가 잘못됐다는 조짐이 느껴진다. 부두에 닿을 무렵에는 참을 수 없는 피로가 몰려들더니 선실에서 배다리까지 몇 걸음 떼놓는 것조차 천길만길처럼 멀어

보인다. 팔다리가 아예 물로 변해버린 듯 흐늘거린다. 머릿속에서 대화의 편린과 기억의 조각들이 바람에 내걸린 실타래처럼 휘몰아친다. 바다 밑에 가라앉았던 잔상들이 수면 위를 잠시 떠다니다 심연 속으로 사라진다. 녹색 드레스 차림의 어머니가 얼핏 보이는가 싶더니 스르르 흩어져 생각에 잠긴 너의 옥색 눈동자로 변한다. 스텔라 언니가 보이고 아버지가 보인다. 평소에 사람들을 갈라놓는 윤곽과 형체들이 소용돌이치는 파도에 잠겨 보이지 않았다.

J

지금 돌이켜보면, 내게서 힘을, 상황을 통제할 능력을 빼앗아간 게 무슨 사악한 운명의 장난 같기도 하다. 아프지만 않았던들, 나는 어쩌면 그 이후에 벌어진 일을 막을 수 있었을지도 모른다. 어쩌면 내 병은 어떤 징후, 어머니의 죽음으로 드러났다가 스텔라 언니가 죽으면서 다시 한 번 각인됐던 공포의 재현이었을까? 새로 닥친 악몽으로부터 나를 지키려는 방법이었을까? 통제력을 상실함으로써, 그 고통이 나를 괴롭히지 못하도록?

토비. 서로의 표정을 그대로 비추던 우리에게 그의 미소는 나의 미소였고, 놀이방 탁자 밑에서 숨바꼭질을 하고 장난감을 찾으러 뛰어다닐 때 그의 몸은 또한 나의 몸이었다. 그가 장티푸스라는 진단을 받았을 때, 나는 그가 심각한 상태라는 걸

믿지 않았다. 나는 그의 죽음을 받아들이길 거부했다. 나의 일부였던 사람이 더 이상 존재하지 않는다는 사실을 어떻게 인정하란 말인가. 나는 땅에 묻을 준비를 마친 그의 몸을 건조한 눈으로 물끄러미 바라봤다.

이번에도 그 소용돌이를 안전하게 건널 수 있었던 건 너의 슬픔 덕분이었다. 네가 흐느껴 울 때 나는 모든 것이 허물어져 내릴 것 같은 두려움의 구덩이를 등지고 돌아섰다. 그리고 일상을 이어갔다. 나는 클라이브에게 편지를 썼다.

J

내 몸, 나른하고 고양이 같은 몸이 그의 움직임 하나하나에 전율한다. 이후에 벌어진 모든 일에도 불구하고, 클라이브가 그때 내게 준 선물만큼은 결코 잊을 수 없다. 그때의 이미지들을 건져 올려본다. 불이나 물, 한순간에 느닷없이 만개하는 봄의 과일나무들처럼 당장 떠오르는 것들은 하나같이 진부하고 딱 맞아떨어지지 않는다. 그의 다정하고 노련한 손가락은 칙칙해진 유약을 천천히 벗겨서 그림 속의 인물이 살아 숨 쉴 수 있도록 진정한 색과 결을 드러냈다. 사람이 몸으로 이런 쾌락을 경험하는 게 가능하다는 걸 나는 미처 몰랐다. 우리는 서로의 비밀스러운 기쁨을 알아가며 긴 오후를 보냈다. 포옹이 주는 따뜻함 속에서 삶의 그물을 엮고, 둘이서 함께 죽음의 생각들을 물리쳤다. 그 순간에 우리를 범할 수 있는 건 아무것도 없었다.

J

　조지 오빠가 내 결혼식을 위해 빌린 마차를 타고 달려갈 때 달그락거리는 말발굽 소리는 새로운 한 시대의 시작을 알린다. 새틴 드레스의 주름을 매만지며 이제부터 펼쳐질 일들을 생각한다. 어머니의 훈계, 여자에겐 결혼이 인생의 목표라던 어머니의 고집스런 주장을 생각한다. 나는 어머니의 예언을 실행하고 있다. 하지만 이 모든 걸 순전히 혼자 해냈다고 생각하니 가슴이 벅차다. 내가 결혼하려는 남자는 내가 선택한 사람이다.

　너무 행복해서 식이 어떻게 진행되는지도 모른다. 교회에서 나오는 우리에게 꽃가루가 쏟아진다. 클라이브는 내 팔을 잡고 행복을 빌어주는 사람들 사이를 빠져나간다. 나는 희망에 찬 베일 틈으로 기차역으로 가는 길을 내다본다.

　우리는 기차 시간에 한참 늦었다. 클라이브는 담배를 피워 물고 플랫폼을 서성인다. 나는 대합실로 몸을 피한다. 딱딱한 나무 벤치에 앉아 주위를 둘러본다. 맞은편에 시계가 보인다. 얼른 기차에 오르고 싶다. 클라이브가 역장과 애기하는 소리가 들린다. 창밖으로 지나가던 남자가 신부 드레스 차림의 나를 보고는 모자를 살짝 들어 인사한다. 약점이 드러난 것처럼, 불현듯 두려움이 밀려든다. 가방을 들고 공책과 펜을 꺼낸다. 글을 쓰자 본래의 내가 돌아온다. 마음이 다시 차분해진다. 구불구불한 글씨에서 풀려나온 실이 나와 너를 이어준다.

　"사랑하는 빌리에게."

4

문 두드리는 소리가 들린다. 클라이브가 이불을 머리 위로 당기고 손가락을 입술에 댄다. 나는 웃음을 참으려고 뺨을 깨문다. 클라이브가 손가락으로 내 머리카락을 돌돌 감는다.

문이 열리고 마룻바닥을 딛는 발소리가 들린다.

"인 플라그란테 델릭토!" 백주대낮에 뭐하는 짓이야. 리튼이다. 클라이브가 탄식을 내뱉는다.

"젠장. 아니 자기 아내랑 한 시간도 마음 편히 지낼 수 없다는 거야?"

"홍! 결혼의 신성함을 들먹이시겠다 이건가? 그에 반해 이 몸께서는 느낌의 정직함을 선호하지……. 말해봐. 자네 내실엔 자네들 옷으로 뒤덮인 것 말고는 의자가 없나?"

클라이브가 이불을 젖히자 지팡이 끝으로 내 속바지를 들고 있는 리튼이 보인다. 그는 우리를 향해 절을 하더니 내 속옷을 깃발처럼 펄럭여댄다.

"나으리, 마님. 그만하면 쾌락을 채우셨을 줄 믿습니다만."

나는 클라이브의 어깨에 머리를 기댄 채 두 남자가 공놀이하듯 주고받는 농담을 흘려듣는다. 내 대담함에 내가 놀란다. 클라이브의 벗은 가슴을 쓰다듬으며 예전에 나를 지배했던 엄격한 규범을 떠올린다. 내 마음은 우리에게 금욕을 가르치려 했던 어머니에게서 솔직한 생각을 털어놓을 수 없었던 무수한 오후의 티파티로 훌쩍 날아간다. 타인의 지시에 순종하며 생을 허비했던 나는 이제야 그 속박으로부터 자유로워지고 있다. 이불 밑에서 내 손에 반응하며 단단해지는 클라이브를 태연하게 애무한다. 여기서는 내가 원하는 대로 말하고 행동할 수 있다. 거실에는 자주색과 노란색 커튼을 달고, 메리 고모의 초대는 거절할 생각이다. 관습의 사원은 무너졌다. 나는 내 예술 세계를 끝까지 밀어붙일 작정이다.

J

인물들은 같은 방향으로 몸을 구부리고 타원형의 머리를 함께 숙인다. 남자의 어깨선, 뒤로 펼쳐진 연미복 가장자리를 그린다. 옷에는 보라색과 갈색, 검은색, 아주 옅은 진줏빛 녹색으로 줄무늬를 그린다. 무용수는 정적이어서는 안 된다. 유연성은 무용수의 본질이다. 남자를 여자의 몸으로 감싸고, 몸통과 허벅지의 곡선을 반복한다. 남자를 향해 뻗은 여자의 팔이 과장되게 구부러진다. 여자는 눈을 감은 채 남자에게 몸을 기울이고, 남자는 여자를 품에 안은 채 동작을 이끈다. 여자의 드레스는 겨자색과 황토색을 섞어 굵은 선으로 칠한다. 누가 뭐래도 여자는 사랑을 받고 있다. 그러므로 제일 중요한 자리를 차지해야 한다. 인물들이 입체감이 없을까 봐 걱정된다. 검정색을 이용해서 윤곽선을 그리고, 얼굴의 이목구비도 뚜렷하게 표현한다. 남자가 입은 윗도리의 접힌 면과 여자의 가슴 위로 떨어지는 드레스의 짙은 주름을 강조한다. 공간을 채우려고 그려 넣은 격자가 여전히 눈에 들어온다. 그건 그냥 두기로 한다. 인물들을 분리된 세계에 배치해주는 효과가 있다. 창작의 기교가 그대로 남아 있다는 게 마음에 든다. 배경은 장식적이고 명랑해야 한다. 테라코타와 황토색과 짙은 밤색 같은 땅의 색들을 고른다. 연인들 주위에는 타원형의 틀을 더 그려 넣는다. 격자는 열려 있으면서도 감싸 안는다. 무용수들은 상처받기 쉽다. 그들은 이 세상의 악마들로부터 보호받아야 한다.

❡

　포장지를 풀고 유리컵을 쟁반에 놓는다. 파리에서 클라이브의 눈에 띈 컵들을 여행 가방에 담아 집으로 가져왔다. 전부 오래된 것들이고, 저마다 조금씩 다르다. 정리를 마친 다음 포장지를 다시 상자에 넣으며 주위를 둘러본다. 방이 생소하다. 클라이브의 물건이 빼곡하다. 새 카펫과 캐비닛과 의자들도 보인

93

다. 창에는 옅은 자주색 커튼을 달았는데, 햇살을 받은 노란색 테두리가 쾌활하다. 모든 것이 현대적이고 생생하게 살아 있는 느낌이다.

내가 그린 넬리 세실의 초상화를 벽난로 선반에 올려놨다. 투박한 느낌이 들긴 하지만 결과는 만족스럽다. 창가에서 책을 읽는 넬리의 모습이다. 검은 드레스와 뒤에 드리운 거무스름한 커튼으로 인해 그녀의 눈과 짙고 풍성한 머리가 강조된다. 이 초상화를 전시할 계획이다. 마저리에게 보여줬더니 내가 그린 것 중에서 최고라고 했다.

너는 일찍 도착한다. 문가에 선 채 달라진 것들을 살펴본다. 클라이브가 너의 양 볼에 입을 맞춘다. 너는 신경이 곤두서 있다.

"네가 보내준 소설, 재미있게 읽고 있어." 화해를 위한 내 시도는 효과가 있다. 클라이브가 너의 머리 위로 나를 향해 눈을 찡긋하고는 내 말을 받는다.

"그래. 특히 설명하는 부분이 마음에 들던데. 문장을 정제한 느낌이 덜해. 좀 더 시적인 글에서는 결여됐다고 느꼈던 즉각적인 힘이 있더라고."

너는 클라이브의 칭찬에 활기를 찾는다. 너는 작품에 대해 얘기할 수 있는 기회를 뿌리치지 못하는 사람이다.

"어떤 것에 대한 첫 번째 생각을 밀어붙이면 안 되는 게 아닐까, 고민할 때가 많아. 그런 생각들은 으레 더 직접적이니까. 그런데 글을 다시 읽으면서 내가 쓴 단어에 미묘한 뉘앙스가 제대로 담기지 않았다는 걸 깨닫게 되면 그때부터 고민이 시작되는 거야."

클라이브가 너를 바라본다. 너는 그를 보며 웃는다. 내가 아는 미소를 그에게 보낸다.

"지니, 음식 만드는 것 좀 도와줄래? 다른 사람들이 금방 도착할 거야." 클라이브는 내 남자이고, 네가 그를 훔쳐가게 놔둘 순 없다. 그래서 뷔페 스타일의 점심상을 차려놓은 식당으로 너를 데려간다. 그러곤 짝을 맞춰서 냅킨으로 싸야 하는 식기를 바구니째 건넨다.

우리는 잠자코 나란히 서서 일을 한다. 내 몫을 끝내고 봉지에서 과일을 꺼낸다. 나를 유심히 바라보는 너의 시선이 느껴진다. 오렌지와 사과를 보기 좋게 접시에 쌓아 올린다. 냅킨을 사각형으로 접는 너를 홀낏 보다가 손이 너무 창백하다고 생각한다. 기분이 어떠냐고 묻고 싶지만, 차마 그러지 못한다. 포도알을 떼어 너에게 내민다. 너는 고개를 젓고 포도알은 내 입으로 들어간다. 혀끝에 번지는 포도즙이 달콤하면서도 쌉싸래하다.

거실로 돌아왔더니 그새 몇 명이 도착했다. 그웬이 내 그림을 칭찬하고, 나는 그녀와 함께 난롯가로 걸어간다. 클라이브가 축음기에 레코드판을 건다. 축음기도 그의 선물이다. 니나가 춤을 추자며 헨리를 잡아끈다. 내 허리를 감는 클라이브의 팔을 느낀다. 맨살에 닿는 그의 손이 따뜻하다. 클라이브의 손에 이끌려 나갈 때, 내 치마의 부드러운 주름이 부채처럼 펼쳐진다. 창으로 빛이 쏟아지고, 나에게 집중된 모두의 시선이 느껴진다. 음악이 끝날 때 나는 클라이브에게 귓속말을 한다. 그가 고개를 끄덕이더니 너에게 다가간다. 음악이 다시 시작되고, 그가 너의 어깨를 감싸 안는다. 클라이브를 따라 스텝을 옮기는 너의 움직임은 그를 어정쩡하게 흉내 내는 수준이다. 그때 레너드가 다가와 말을 걸었고, 잠시 후에 너를 찾아 고개를 들었더니 클라이브는 메리와 춤을 추고 있다. 너는 어디에도 보이지 않는다.

현관에서 너를 붙잡는다. 너는 이미 코트를 걸치고 단추를 여미는 중이다.

"가면 안 돼." 내가 너의 앞을 막아선다. 너는 화난 눈초리로 나를 노려본다.

"그에게 하라고 시켰지. 나를 우스꽝스럽게 만들고 싶었던 거야."

나는 어깨를 들썩인다.

"너도 춤을 추고 싶어 할 거라고 생각했어."

"언니의 동정 따윈 원치 않아. 너무 불공평하잖아. 언니는 모든 걸 가졌는데. 클라이브, 돈, 언니의 그림을 원하는 사람들. 그런데 나는…… 아무것도 없어." 네가 말꼬리를 흐린다. 그러고는 막연하게 거실 쪽을 가리킨다.

"모두가 언니를 숭배하는 걸 언니도 봤겠지."

나는 고개를 숙이고 바닥을 내려다본다. 뭐라고 해야 할지 모르겠다.

"네스…… 저번 날 밤에 어머니 생각이 났어. 기억나? 어머니가 돌아가시고 장의사가 시신을 가지러 왔을 때 우리가 얼마나 겁에 질렸었는지?"

나는 마른침을 삼킨다. 사람들이 어머니의 관을 들고 계단을 내려갈 때 부둥켜안고 서 있었던 우리 둘의 모습이 눈에 선하다. 하지만 애써 힘을 낸다. 네 손에 이끌려 과거로 되돌아갈 수는 없다. 열린 문틈으로 노랫소리가 들린다.

"너도 짝을 만나게 될 거야. 마음만 먹는다면 내일이라도 당장 결혼할 수 있어."

놀라는 네 모습을 보며 나는 핵심을 찌른다.

"월터가 너한테 빠진 건 분명해. 너한테서 눈을 떼지 못하잖아. 그리고 리튼은 보는 사람마다 붙들고 자신이 아는 여자 중에 네가 제일 똑똑하다고 얘기한단 말이야."

나를 쳐다보는 너의 뺨이 희망으로 달아오른다.

"너는 아름다워, 빌리. 그리고 남자들은 너한테 관심이 있어. 그 사람들한테 조금만 용기를 주면 돼."

내가 팔을 내민다. 너는 코트를 다시 벗고 내 팔짱을 낀다. 나는 너를 데리고 파티가 열리는 곳으로 돌아간다.

J

뭔가를 혐오하면 그것에 직면하게 된다는, 무슨 법칙이라도 있는 걸까? 너는 과장하는 버릇이 있다며 나를 늘 놀렸지만, 그런 나조차도 클라이브네 집의 끔찍함만큼은 제대로 표현할 길이 없다. 우리가 자랄 때도 문제는 많았지만, 한편으로 그걸 상쇄해주는 것들이 있었다. 노력으로 성취해낸 모범 사례들이 곳곳에 있었고, 어려서부터 근면 성실함의 덕목을 되풀이해서 배웠다. 그런데 클라이브의 집안은 달라도 이렇게 다를 수가 없었다. 목적 없이 흘려보내는 여가와 취향 없이 낭비하는 사치의 치명적인 결합을 뭐라고 표현하면 좋을까. 클라이브의 부모님과 누이들이 보여주는 속물근성과 편견 때문에 그들과 마주치는 시간은 일분일초가 끔찍한 시련이다. 클라이브의 고집으로 그곳에서 더 머물러야 했던 시간은 우리의 결혼 생활에서 내가 헤쳐나가야 했던 첫 번째 난관이었다. 매일 몇 시간씩 그림을 그리는 데 익숙한 사람이 그걸 못하게 되자 짜증이 났다. 갈수록 조바심이 났다. 나는 탈출을 꿈꾸기 시작했다.

J

네가 사무치게 그립다! 임시 작업실로 꾸민 옷방에 앉아 팔레트를 물끄러미 바라본다. 열린 창문으로 클라이브의 누이가 말을 타자며 사람들을 모으는 소리가 들린다. 고함을 지르는 목소리에 거만함이 묻어난다. 창가로 가서 창문을 닫는다. 도저히 더는 참고 들어줄 수가 없다. 클라이브와 벌인 언쟁을 생각하니 비참해진다. 나는 꾸준히 그림을 그려야 하는 사람이라고 설명하려 했건만, 클라이브는 나를 놀릴 뿐이었다. 뭔가가 쉽게 이뤄지지 않을 땐 그만두라는 신호일지 모른다는 게 자신의 생각이라고 그는 말했다. 상황에 대처하는 그의 미온적인 태도가 경멸스러워지기 시작한다. 클라이브가 아무리 똑똑하다 해도 평생 주목할 만한 성과를 못 낼지도 모른다는 두려움이 든다. 서재에 틀어박혀 지내던 아버지, 시간을 쪼개가며 뒷바라지에 헌신하던 어머니를 생각한다. 두 분의 좌우명은 희생과 헌신이었는데, 둘 다 클라이브가 질색하는 말인 것 같다.

오늘 아침에는 클라이브한테 사람들을 따라가지 말고 글을 쓰면서 나랑 같이 집에 있자고 설득했다. 우리는 20분쯤 서로 방해하지 않고 조용히 집중했다. 그러다 클라이브가 기어이 책을 밀어냈다.

"이건 터무니없어. 낡은 신문만큼이나 생각이 떠오르지 않는단 말이야."

내가 고개를 든다.

"기다려봐야지. 조금 더 붙들고 앉아 있으면 뭔가 떠오를 거야."

클라이브가 내 충고를 받아들이고 한동안 다시 조용해진다. 나는 다시 물감을 섞는다. 하지만 클라이브의 인내심은 결국 바닥을 드러낸다.

"에이, 이러지 말자, 네사! 화창한 날이잖아. 여기 틀어박혀 있기엔 너무 아름다워. 사람들이랑 말을 타고 적당한 곳에서 점심을 먹자. 어때?"

나는 바닥을 내려다본다. 말은 어제도 탔고, 그 전날에도 탔다. 여기서 클라이브에게 양보했다간 오늘은 더 이상 그림을 그릴 기회가 없을 것이다. 공부방에서 너와 함께 몇 시간씩 그림을 그리고 글을 쓰던 때가 생각난다. 붓을 멈추고 지금까지 그린 걸 확인하다가도 종이 위에서 사각거리는 너의 펜촉 소리에 자극을 받아 얼른 계속하곤 했었는데. 나는 한숨을 쉰다.

"당신은 가. 나는 그냥 여기 있을래. 말을 타는 사람은 많을 거 아냐. 내가 빠졌다고 아쉬워할 사람도 없을 테고."

팔레트 준비가 끝난다. 붓을 씻으며 창밖을 보니 클라이브가 검은 머리의 웬 매력적인 여자와 팔짱을 끼고 있다. 저 여자는 누굴까, 궁금하다.

다시 작업에 몰두하려 노력한다. 가장 최근에 너에게서 받은 편지가 마침 바로 옆 의자에 있어서 그걸 집어 든다. 여기서 나는 해변에 떠밀려 온 돌고래처럼 물을 향해 버둥거리는 신세다. 기운을 되찾아줄 너의 말이 간절하다.

아침을 먹으며 너와 에이드리언이 벌인 언쟁 부분에서는 소리 내어 웃고 싶어진다! 너의 묘사가 어찌나 생생한지, 네가 벽에 던진 달걀이 터져 질척거리는 노른자가 주르르 흘러내리는 모습이 눈에 선하다. 네 편지를 주머니에 넣으면서 글을 쓰는 네 모습, 종이 위에 몸을 숙이고 이마에 살짝 주름을 잡은 네 모습을 상상한다. 연필을 들고 네 얼굴을 그린다. 아몬드 같은 눈썹, 조각한 듯 섬세한 코를 그린다. 파스텔을 꺼내 진줏빛이 감도는 장미색으로 살을 칠하고, 눈에는 녹색의 광채를 그려 넣는다. 입술을 칠하고, 입 맞추고 싶을 만큼 둥근 곡선을 강조한다. 네가 보고 싶어 견딜 수 없다.

J

마침내 네가 온다. 나는 너를 맞으러 달려간다. 하루 종일 네가 도착하기만 기다린다. 가족들의 질문 공세를 피할 수 있도록 클라이브가 응접실에 우리의 저녁상을 따로 차려준다. 나는 너의 팔짱을 끼고 너를 안내한다. 목선을 깊게 판 너의 해록색 드레스는 처음 보는 옷이다. 응접실에 들어간 너는 안락의자에 앉는다. 클라이브가 너에게 와인을 따라준다.

"자. 먼 길을 왔으니 한잔 마셔야지."

너는 와인 잔을 받아 들고 클라이브를 향해 미소를 짓는다.

"고마워요. 사실은 여독을 느낄 새도 없었어. 저번에 보낸 작품에 대한 새 아이디어가 떠올랐거든. 문장이 너무 달떴다는 형부의 지적이 옳았어요. 그래서 오는 내내 그걸 다시 썼어요."

네가 클라이브와 작품 얘기를 나누고 싶어 하더라도 놀라지 말아야 한다고 속으로 생각한다. 둘은 너의 소설에 대해 한동안 편지를 주고받았다. 클라이브가 너를 격려하는 것도 알고 있다. 너를 혼자 독차지하고 싶은 마음을 억누르며 끼어들지 말자고 다짐한다.

"내 말이 도움이 됐다니 기쁜걸." 클라이브가 와인을 두 잔 더 따라서 한 잔을 내게 건넨 후 네 옆의 의자에 걸터앉는다.

"처음의 꿈결 같은 느낌으로 돌아가려고 했어요. 남녀가 서로 다르다는 걸 보여주고 싶지만 설교를 하고 싶진 않거든요. 신처럼 굴어서는 안 된다는 지적에 동의해요. 물처럼 흐르는 효과를 내고 싶어. 그렇게 유연하고 넓고 깊었으면 좋겠는데."

말을 하는 네 모습이 아름답다. 너는 몸을 앞으로 기울이고 머릿속의 아이디어에 눈까지 반짝인다. 잔을 쥐지 않은 손으로 물이 흐르는 동작을 한다. 클라이브는 네게서 눈을 떼지 못한다.

"처제의 글에 마법적인 느낌이 있다는 건 누구도 부인할 수 없어. 가끔 처제의 글을 읽으면 살아 숨 쉬는 새를 쥐고 있는 것 같아. 새의 펄떡이는 심장을 느끼다가 어느 순간 날개를 펼쳐

하늘로 날아오르는 모습을 황홀하게 바라보게 되지. 그걸 할 수 있는 작가는 정말 극소수에 불과해."

문득, 너는 작가로 성공해서 이름을 떨치고 호평을 받는데 내 그림은 아무도 거들떠보지 않는 장면이 눈앞에 펼쳐지며 가슴이 저릿해진다. 따돌림을 받고 이류가 된 기분이다. 스스로 다짐을 했건만 불쑥 이렇게 내뱉고 만다.

"클라이브랑 나는 너의 구혼자들이 어떻게 지내는지 궁금했어!" 고개를 돌려서 너를 쳐다본다. "시드니의 청혼을 거절한 후에 그하고 얘기해봤니?"

클라이브가 웃음을 터뜨린다.

"불쌍한 워터로! 하지만 의외라고는 하지 못하겠네. 처제가 과연 어떤 사람을 남편으로 맞이하게 될지 궁금한걸……."

"아! 그게 문제죠." 너의 목소리를 들으며 내가 너의 손아귀 안으로 몸을 들이밀었다는 걸 깨닫는다. 너의 구혼자라는 주제가 클라이브의 흥미를 자극한다. 너는 이곳에 도착한 후 처음으로 기쁨에 겨운 미소를 내게 지어 보인다.

"첫사랑을 대신하기란 힘들어요. 돌고래들은 다 아는 사실이죠."

나는 시선을 돌린다. 우리 둘이 하던 애기를 그렇게 공공연히 내뱉는 소리에 민망한 기분이 든다. 너는 다시 클라이브를 바라본다.

"어떤 사람을 인생의 동반자로 얻고 싶으냐고요? 솔직히, 그런 사람이 존재할지 잘 모르겠어요."

♪

그레이스가 내 책상에 꽃병을 올려놨다. 빨갛고 노란 국화, 그리고 종잇장 같은 가을 잎사귀들이다. 창문 너머로 정원을 내다본다. 몇 주만 지나면 잎이 모두 질 것이다. 잔디밭에는 이미 낙엽이 수북이 쌓여 나뒹군다. 꽃병에서 잎사귀 하나를 뜯어 손안에서 바스러뜨리며 조각조각 부서지는 모습을 본다. 첫해 가을에 아이를 가졌지만, 그 사실을 클라이브에게 말하지 않았다. 천천히 불러오는 배를 보며 내가 새로운 생명을 품고 있다는 사실을 실감했다. 마침내 클라이브에게 소식을 전했을 때, 그의 표정은 자랑스러움에서 두려움으로, 다시 후회로 변했다. 배가 나올수록 그는 점점 멀어졌다. 우리는 더 이상 서로의 쾌락을 실험하며 방탕한 오후를 보내지 않았다. 그의 거절에 상처를 입은 나는 내면에 침잠하며 태어날 아이에게 모든 에너지를 집중했다.

♪

네가 아이를 가졌다면 나로서는 도저히 표현할 수 없었던 느낌들을 묘사할 수 있었을 텐데. 몸속의 고요한 유배지, 보이지 않는 힘에 좌우되는 그곳으로 언어를 전할 방법을 알았을 텐데. 나는 끝을 알 수 없는 산고의 고통을 미처 몰랐고, 공포로 곤두박질쳤다가 희망으로 솟구치는 격렬한 요동을 알지 못했다. 갓 태어난 아이를 품에 안았을 때의 경이로움이 지금도 생생하다. 조그만 주먹을 펼쳤더니 꼬물거리는 그 손으로 내 손가락 하나를 꽉 쥐었고, 그걸로 우리는 굳은 약속을 맺었다. 그 동작으로 나는 이 아이를 영원히 사랑하고 지켜주겠다고 서약했다. 너와 클라이브는 이해할 수 없는 약속이었다.

J

작약과 아메리카패랭이꽃, 길쭉한 접시꽃과 참제비고깔이 피어난 강둑 너머로 사라지는 두 사람의 머리를 바라본다. 아이는 요람에서 잠이 들어 마침내 조용해졌다. 나도 두 사람과 함께 절벽을 거닐며 세찬 바닷바람을 맞으면 좋았으련만. 걸음을 멈추고 출렁이는 푸른 바다를 굽어보면 좋았으련만. 그러다가 둘의 대화에 귀를 기울였겠지. 리튼의 책에 대한 얘기라면 나도 끼어들 수 있었을 텐데. 아이 때문에 전전긍긍하는 내 모습을 네가 못마땅해한다는 걸 잘 알아. 아이를 그냥 내버려두길 바라는 것도 알고 있어. 내가 아이를 안을 때면 네 표정엔 질투심이 역력하지. 아이가 태어난 후로 클라이브에게 실망스러운 일이 많았다. 아이를 안겨주면 바들바들 떨고 아이가 울 때마다 짜증을 내는 건 참아 넘겼다. 클라이브는 내게서 계속 멀어져갔다. 그는 더 이상 내 침대에서 자지 않는다. 그리고 너는 그의 동지가 되었다. 그의 느낌을 옹호하고, 그의 처지를 딱하게 여기며, 그에게 자극을 주는 존재가 되고 있다.

어제 우리 둘만 있었을 때, 너는 첫째인 자신을 잊었다며 나를 비난했다. 예전의 입맞춤과 애무는 다 어디로 갔냐며, 아기를 무릎에 앉힌 내게 화를 내며 따져 물었다. 자기한테 등을 돌렸다고, 진심으로 바라지도 않으면서 마지못해 콘월로 자기를 부른 거라며 트집을 잡았다. 심지어 내 아기를 토비의 첫 번째 이름인 줄리언이라고 부를 권리가 없다고 주장했다. 나더러 쌀쌀맞고 이기적인 데다 어처구니없다고까지 했다. 토비를 다시 살려내는 건 내 몫이 아니라면서. 너는 복수를 하겠다고 소리치며 클라이브를 찾아 밖으로 나갔다. 모든 걸 내 마음대로 하면 안 된다고 했다.

J

그랬던 걸까? 과거가 나에게 눈을 찡긋해 보이며 아직 풀리지 않은 미스터리를 일깨워준다. 이제야 클라이브가 기꺼이 너의 파괴 작업에 공모했다는 걸 알 수 있다. 너는 그의 산책길에 따라가서 너의 소설로 그를 미혹하고, 지성이 반짝이는 문장으로 그를 사로잡았다. 그의 지적을 받아들이면서 더욱 단단해진 너의 글은 강력한 힘을 발휘했다. 사람들의 귀에 네 이름이 들리기 시작했다. 어떤 면에서는 나에게도 너의 승리가 필요했다. 나는 아이를 요람에 눕히며 너의 성공에서 뒤틀린 위안을 받았다. 줄리언에게 모든 시간을 빼앗긴 나는 그림을 그릴 여력이 없었다. 내 야망이 잠을 자는 동안 너의 성취가 우리 둘 모두의 것이 될 수 있길 바랐다.

J

너는 특별해 보인다. 클레오파트라로 분장한 너는 금빛 가발을 쓰고 구슬이 달린 꽉 끼는 코르셋과 폭이 좁고 긴 치마를 입었다. 눈과 입술의 화장이 너무 강렬해서 처음엔 너라는 걸 알아차리지 못했다. 맨살을 드러낸 왼팔에 감은 팔찌가 뱀 같아 보인다. 사람들이 네 주변을 에워싸고 있다.

나는 장식용 나무 옆에 서서 너한테 다가가야 할지 고민한다. 내가 파티에 온 건 순전히 클라이브가 고집을 피웠기 때문이다. 분장도 하지 않은 나는 요란하게 차려입은 손님들 사이에서 겉도는 느낌이다. 몸에 맞지도 않는 옷에, 아이를 낳은 후로 머릿결도 푸석푸석하다. 결정을 내리지 못하고 서 있는데 모르는 여자가 다가온다. 그러더니 오랜 친구처럼 손을 내민다. 말하는 걸 들으니 미국 억양이다.

"당신이군요! 여기 세실한테 당신이 틀림없다고 말하던 참이었어요. 당신의 사진을 본 적이 있거든요. 생각했던 대로 정말 사랑스러운 분이네요."

나도 모르게 뺨이 달아오른다. 누군가의 찬사를 듣는 건 오랜만이다.

"저기, 행여 너무 꼬치꼬치 캐묻는다 생각지 마시고, 지금은 또 어떤 근사한 작품을 준비하고 계신지 말씀해주세요. 이렇게 혼자 서 있는 당신을 보는 순간, 저는 속으로 중얼거렸답니다. 리디아, 그게 아니야. 저분은 다음번의 위대한 작품을 위해 우리를 관찰하는 거야. 또 누가 알아. 어쩌면 나도 등장하게 될지. 물론 그건 지나친 바람이겠지만."

교태를 부리는 듯한 여자의 미소를 보며 나는 멈칫한다. 무슨 소리인지 이해가 되지 않는다. 내가 이 여자를 그리기라도 할 거라는 얘기일까? 여자는 혼란스러워하는 내 기색을 눈치채곤 웃음을 터뜨린다.

"아유, 신경 쓰지 마세요! 제가 원래 농담을 좋아하거든요. 저는 단지, 이렇게 당신과 얘기할 수 있는 기회를 간절히 원했을 뿐이에요. 그러니까 헨리 제임스에 대해 물어보고 싶었거든요.《황금의 잔》에 대해 쓰신 서평이 어찌나 훌륭하던지. 정말로 그를 살아 있는 가장 위대한 소설가 중 한 명이라고 생각하시는 건가요? 솔직히 영국에도 탁월한 작가들이 그렇게 많은데. 우리 미국인으로서는 대단한 찬사인 셈이죠(헨리 제임스는 미국 뉴욕 태생이지만 영국으로 귀화했다)!"

"죄송한데 글을 쓰는 제 동생, 버지니아 말씀을 하시는 거로군요. 저는 바네사입니다. 화가예요."

여자는 잠시 믿기지 않는다는 눈빛으로 나를 쳐다보다가 두서없는 말을 중언부언 늘어놓더니 황급히 사라진다. 나는 여자의 뒷모습을 바라보며 나무가 가려줘서 다행이라고 여긴다. 결국 용기를 내어 너에게 다가간다.

"마침내 안부를 물으러 와주었군." 나는 황금색과 검은색으

로 가장자리를 두껍게 칠한 너의 눈을 유심히 바라본다. 고급
매춘부처럼 보인다. 너와 팔짱을 낀 황동색 머리에 스페인풍
검은 망토를 두른 키 큰 여자를 자세히 보니 오톨라인 모렐이
다. 너는 반지로 뒤덮인 손가락으로 나를 가리킨다.

"수행원 없는 언니의 모습이 무척 신선한데. 언니의 몸매가
돌이킬 수 없이 망가졌다고 생각했거든. 엉덩이에 달고 다니는
커다랗고 칭얼대는 갓난아기 때문에 말이야."

네 말을 무시한 채 오톨라인과 악수를 하지만 냉대를 당하고
가만히 있을 네가 아니다.

"사실은 오톨라인이랑 아기들 얘기를 하던 참이었어. 내 아
기들은 순전히 종이로 이루어질 거라고 말했지. 아, 물론 종이
와 글로."

분명하지 않은 발음을 듣고서야 네가 잔뜩 취했다는 걸 안다.

"오톨라인은 두 종류의 자식을 모두 경험했거든. 우리는 각
각의 장단점을 비교해봤어. 산고는 대충 비슷해. 비록 글로 낳
는 자식이 피를 더 많이 흘리기는 해도 말이야. 하지만 이건 다
른 장점에 의해 충분히 상쇄되고도 남지. 어쨌거나 다 자란 책
이 늙어가는 부모에게 등을 돌리는 일은 없으니까."

너의 눈에서 의기양양한 기운이 번득인다. 나는 클라이브를
찾아 두리번거린다. 너는 내 마음을 읽은 모양이다.

"그렇다면 언니의 멋진 남편은 어디 있을까? 내가 얼음을 가
지러 보냈지. 클레오파트라에겐 안토니우스가 있어야 하니까.
아, 저기 오네. 힘겨운 전투를 끝내고 돌아오는군. 승리를 거둔
것처럼 보이는데."

너는 얼음 그릇을 머리 위로 치켜들고 사람들 사이를 힘겹게

빠져나오는 클라이브에게 손짓한다. 나도 손을 흔들지만, 그는 나를 보지 못한다. 그의 시선은 너에게 고정되어 있다.

"자." 클라이브가 너한테 얼음을 건네고 오톨라인에게도 건넨다. 그때 놀랍게도 네가 내 팔짱을 낀다. 나는 마지못해 너를 따라 안뜰로 나간다. 우리는 분수대 앞에서 걸음을 멈춘다.

"언니가 와줘서 기뻐. 오토는 얼마나 어처구니없는지 몰라! 모든 예술가를 숭배하지만, 자신의 왕관을 옆에 치워놓을 줄은 모르기 때문에 하는 말마다 거만하게 생색을 내는 것 같거든. 클라이브한테 꼬리치는 것 좀 봐! 커다란 입을 나불대는 얼굴하고는. 끔찍한 메두사 같지 않아?"

나는 너를 바라본다. 오톨라인을 사정없이 헐뜯는 네 모습이 충격적인 건지, 아니면 다시 한 번 비밀스런 속내를 나에게 털어놓는 모습에 안도한 건지는 나도 알 수 없다.

♩

물감으로 마음을 달랜다. 오렌지색과 파란색, 자주색을 팔레트에 시냇물처럼 짜서 그대로 종이에 바른다. 그림을 그리는 건 아니다. 그저 나를 위로하고 싶을 뿐이다. 흰 종이에 칠하는 푸른색으로 분노를 지운다. 나는 아침내 창가에 앉아 산책을 나간 두 사람이 돌아오기를 기다렸다. 열이 나서 울어대는 줄리언을 달래며 텅 빈 바닷가의 두 사람을 상상했다. 나는 잠도 제대로 못 잤다. 집 안이 후텁지근해서 세찬 바닷바람이 그립다. 붓에 자주색을 듬뿍 묻혀 칠을 계속한다. 보채는 줄리언을 안고 칭얼거리는 소리가 잦아들 때까지 얼러준다. 문득 검은색에 끌린다. 클라이브의 팔에 가볍게 얹은 너의 손, 질문을 하며 그를 올려다보는 너의 눈동자를 떠올린다. 너의 순진함이 클라이브의 욕망을 자극하고, 그가 너에게 입을 맞춘다. 굵은 검은색으로 먼저 칠한 색들을 조각조각 나눈다. 오렌지색이 산산이 흩어지고, 파란색과 자주색이 갈라진다.

이런 마음이 너에게 미쳤을까? 나를 지키려는 살인적인 분노가 그날 해변을 걷는 너에게 가닿았을까? 고개를 들었을 때 수면을 가르는 상어의 지느러미나 가없는 창공을 곤두박질치는 새의 날개가 너의 시야에 들어온 순간이 있었을까? 클라이브가 이끄는 대로 오두막으로 따라가다가 어떤 의구심이 너의 마음에 균열을 일으켜 흠칫 몸을 떨며 뒤로 물러난 건, 바로 그 때였을까?

J

작은 기둥 위에 항아리 모양의 도자기가 놓여 있다. 도자기의 아름다움, 서늘한 고요함, 거의 장엄하기까지 한 분위기는 아무도 부인할 수 없다. 무늬도 매우 정교해서, 바닥에는 잎사귀를 엮은 왕관이 있고 가장자리에 푸른 꽃으로 띠를 둘렀다. 끝끝내 비밀을 간직해야 할 어떤 숙명이라도 있는 것처럼, 이 항아리에는 범할 수 없는 어떤 기운이 감돈다. 나는 그 옆에 조금 작은 사물들을 배치한다. 오른쪽에는 아버지 침대맡에 있던 약병처럼 라벨이 붙은 병이 있다. 그 병에는 활기찬 느낌의 녹색을 칠하고, 코르크 마개로 단단히 막는다. 왼쪽에는 접시를 그리는데, 지금은 아무것도 담겨 있지 않다. 빈 접시는 어떤 예감, 제 운명을 이미 알고 있는 느낌이다. 이제 배경으로 관심을 돌린다. 배경에는 빛과 그림자, 공간이 필요하다. 여백에는 희망이 있다. 사물들 앞에 양귀비꽃을 그린다. 이번에도 셋의 조합이다. 공들여서 섬세하게 그린다. 보는 사람을 기준으로 좀 더 멀리 떨어진 두 송이는 흰색으로 칠한다. 꽃송이는 아직 벌어지지 않았고, 그림자가 드리워져 있다. 세 번째에는 붉은색, 꽃잎에서 피처럼 쏟아지는 색을 칠한다. 꽃에 어떤 의미를 부여하는 건 아니다. 그게 나라거나 클라이브라거나 너라고는 말하고 싶지 않다. 줄기를 길고 가늘게, 나란히 그린다. 그것들은 서로 닿으면 안 된다.

5

나는 단번에 그를 알아본다. 그가 나를 기억할지 확신이 서지 않아 주춤거리며 클라이브 뒤로 몸을 숨긴다. 그는 플랫폼 끝에서 기차 시간표를 들여다보고 있다. 내 시선을 느꼈는지 갑자기 고개를 드는데, 나를 알아보는 눈빛이다. 그러더니 우리를 향해 허둥지둥 다가온다.

로저와 우리는 같은 칸에 탄다. 얼굴의 깊은 주름, 희끗한 머리와 선명한 대비를 이루는 칠흑 같은 눈썹을 바라본다. 그와 클라이브가 얘기를 나누는 동안 나는 창밖을 보며 생각을 흘려보낸다. 데즈먼드와 몰리의 파티에서 로저 프라이가 내 옆자리라는 걸 알고 걱정이 태산 같았던 때가 기억난다. 예술가 겸 평론가라는 명성, 백과사전에 버금가는 방대한 지식, 내 작품에 대해 꼬치꼬치 물어보는 그의 날카로운 질문에 처음에는 말문이 막혔다. 그런데 저녁이 깊어갈수록 그에 대한 내 감정은 달

라졌다. 그는 생각을 드러내라고 용기를 북돋았고 내 의견이
중요하다는 확신을 줬다. 나는 그의 열정에 이끌려 갖고 있는
지도 몰랐던 생각들을 토로했다. 주제가 사전트에서 프랑스 예
술가들, 이탈리아 르네상스의 경이로움과 영국 디자인의 실수
로 넘어갈수록 나는 점점 대담해졌다. 저녁 식사가 끝났을 땐
로저를 평생 알고 지낸 것 같은 느낌이 들었다. 하지만 그 만남
이 흥미로웠던 건 그러면서도 그가 생소하고, 그가 어떻게 반
응할지 정확히 모르는 데서 오는 무모함 때문이었다.

클라이브와 로저가 여행에 대해, 공통의 지인과 예술에 대
해 나누는 얘기를 듣는다. 대화에 끼어들지는 않는다. 나는 질
주하는 열차가 만들어내는 빛의 평면들, 스쳐가는 벌판의 경쾌
한 녹색에 주목한다. 하지만 그러면서도 로저의 다정함을 의식
한다. 클라이브와 나누는 대화가 중단될 때마다 나를 바라보는
그의 시선도 놓치지 않는다.

다시 로저를 본 건 런던에서다. 그는 고든 스퀘어의 우리 집
에서 함께 식사를 한다. 퀜틴이 태어난 후로 처음 여는 파티라,
순조롭게 진행되어야 한다는 걱정이 크다. 식탁을 떠나 거실로
가는데 로저가 다가온다. 우리는 쌀쌀한 복도에서 마주 선다.
로저가 먼저 입을 연다.

"새로 태어난 아기는 어때요?"

그의 다정한 목소리가 정곡을 찌른다. 느닷없이 터진 울음
을 도저히 멈출 수 없다. 눈물이 뺨을 타고 흘러 드레스를 적시
고 바닥에 떨어진다. 그동안 억눌러온 감정들, 퀜틴이 태어난
후로 마음속에 꽁꽁 싸매고 있던 걱정과 피로와 서러운 마음이
한꺼번에 차올라 나를 압도한다. 거의 모르는 사람이나 다름없

는 이 남자의 걱정이 도화선이 되어 괴로웠던 심정을 폭발하듯 토해낸다. 나는 로저에게 클라이브의 무심함에 대해 말하고, 너무 피곤해서 그림도 그릴 수 없을 지경이라고 얘기한다. 퀜틴의 체중이 늘지 않는다는 얘기도 하고, 네가 클라이브와 바람을 피우는 것 같다는 얘기도 한다. 로저는 나의 괴로움을 낱낱이 잡아채서 단단히 묶는다. 손에 쥐고 무게를 가늠한다. 그러고는 텅 빈 식당으로 나를 다시 데려가 해결책을 모색한다.

J

어머니의 목걸이는 내가 기억했던 것만큼 아름답다. 그걸 보석함에서 꺼내 목에 걸 때는 손이 다 떨린다. 거울에 비춰보자 보석이 빛을 받아 반짝인다. 어머니가 돌아가신 후로 이 목걸이를 하는 건 처음이다.

클라이브가 넥타이 때문에 쩔쩔 매다가 내게 다가온다.

"제기랄! 도무지 제대로 맬 수가 없네. 어떨 때는 별로 힘 안 들이고도 매듭이 예쁘게 나오는데, 어떨 땐 악마의 힘이라도 빌리지 않고서는 통 그럴듯하게 맬 수가 없단 말이야."

목걸이의 고리를 채우고 돌아선다.

"어디 봐. 내가 한번 해볼게."

클라이브는 내가 의자에 앉은 채로 넥타이를 맬 수 있도록 몸을 수그린다. 팔을 뻗는데 그가 다정하게 입을 맞춘다. 잠시 그의 가슴에 머리를 대고 비누와 오드콜로뉴가 어우러진 익숙한 그의 체취를 들이마신다. 그런 다음 매듭을 맨다. 클라이브가 허리를 굽히고 거울에 넥타이를 비춰본다.

"당신 솜씨가 얼마나 좋은지 잊고 있었네."

그가 내 어깨를 어루만지다가 어머니의 목걸이를 손가락으로 건드린다.

"잘 어울려. 오늘의 파트너가 당신이 얼마나 사랑스러운지 제대로 느꼈으면 좋겠군."

그의 칭찬이 고마워 얼굴을 붉힌다. 자아실현이 중요하고 관습은 위선이라며 아무리 떠들었어도, 부부가 따로 약속을 잡는 데에는 좀처럼 익숙해지지 않는다. 나는 두려워하던 걸 묻고야 만다.

"염소도 파티에 올까?" 너의 별명을 언급하자 클라이브가 몸을 뺀다. 거울을 통해 그의 찌푸린 얼굴이 보인다.

"초대받은 건 확실해. 물론 그렇다고 꼭 온다는 뜻은 아니지. 처제는 요즘 상당한 유명 인사야. 다들 그녀를 알고 싶어 해."

커프링크스에 신경을 집중하는 클라이브를 바라본다. 하지만 겉으로 드러내는 무심함에 속아 넘어갈 내가 아니다. 좀 더 밀어붙이기로 한다.

"그 애가 퀜틴이 딸일 거라고 확신했었다는 얘기 했던가? 그래서 내가 딸이라면 클라리사라고 부르겠다고 했었어. 그 이름을 마음에 들어 하는 것 같던데."

나는 숨을 멈춘다. 너와 아기를 한달음에 언급하다니. 그런데 놀랍게도 클라이브가 씩 웃는다.

"그녀가 몇 주 전에 썼다는 소설을 한 편 보여줬는데, 거기 클라리사라는 이름을 가진 여자가 등장해. 내가 당신이라면 조심할 거야."

클라이브는 내 머리카락을 잡아서 돌돌 말다가 내려놓는다. 손을 뻗어 그의 손을 잡는다. 그가 마음 놓으라는 듯이 내 손을 토닥거린다.

"그럼, 내일 봐."

그가 나가고 문이 닫히는 걸 보다가 느닷없는 공포에 사로잡힌다. 하지만 부른다고 돌아올 사람이 아니라는 걸 알고 있다. 그를 숨 막히게 하면 안 된다고, 그를 계속 옆에 두고 싶으면 자유롭게 풀어줘야 한다고 마음을 다잡는다. 거울 속의 나를 바라본다. 어머니의 목걸이가 광채를 발하며 반짝인다. 다시 고리를 풀어 조심스레 보석함에 넣는다. 목에는 실크 스카프를 두른다. 그러고는 로저를 만나러 아래층으로 내려간다.

♩

콘스탄티노플은 비누 거품을 담은 접시처럼 하늘을 배경으로 영묘한 분위기를 발한다. 어느 날 아침, 클라이브와 해리는 유적지 순례를 보내고 로저와 둘이 빠져나와 언덕으로 그림을 그리러 간다. 올리브밭에 이젤을 세우면서 은녹색 잎사귀와 아직 여물지 않은 열매의 짙은 옥색, 햇볕에 그을린 땅의 적갈색과 황토색에 감탄한다.

웬 노인이 당나귀를 타고 다가와 우리가 그림 그리는 모습을 지켜본다. 늘 활력이 넘치는 로저는 주로 몸짓에 의존하면서 몇 안 되는 단어를 섞어 노인과 대화를 나눈다. 그림을 다 그렸더니 노인이 따라오라고 손짓한다. 우리에게 마실 것을 주고 싶다는 몸짓을 한다. 짐을 챙겨 들고 그를 따라 나지막한 돌집으로 간다. 안으로 들어갔던 노인이 금세 부인을 데리고 나온다. 손짓으로 부인을 그려줬으면 좋겠다는 뜻을 전한다. 우리는 쉴 수 있는 기회에 감사하며 그의 청에 응한다.

이글거리는 햇볕을 피해 들어간 집 안은 서늘하다. 스케치북을 꺼내 부인을 그리기 시작한다. 노인이 무늬가 있는 작은 유리잔 네 개와 커피 주전자를 내온다. 블랙커피에 설탕을 몇 스푼이나 넣는다. 너무 달아 마실 수 없을 지경이다. 초상화를 완성해서 부인에게 보여준다. 부인은 박수를 치며 어쩜 이렇게 똑같이 그렸냐며 좋아한다. 그러더니 손을 씻을 수 있게 바깥의 우물로 나를 데려간다. 차가운 물이 상쾌하다. 스카프 끝자락을 물에 담갔다가 얼굴과 목을 적신다. 손의 물기를 닦으려다 보니 반지가 없다. 반지가 있어야 할 자리에 희미하게 남은 붉은 자국만 황망히 바라보다 얼음 같은 우물물에 쓸려 나간 게 틀림없다고 생각한다. 당황한 내 모습을 본 남자들이 밖으로 나온다. 반사된 빛에 보석이 반짝이길 바라며 노인이 가져온 거울로 우물을 비춘다. 몇 분에 걸친 수색이 성과 없이 끝나자 부인이 울음을 터뜨린다. 대수롭지 않은 척하며 그녀를 달래는 수밖에 없다. 로저는 근처 바자에서 멋진 반지들을 잔뜩 팔더라는 말로 내 기분을 돋우려 한다. 그러고는 내게 반지를 사주겠다고 약속한다. 잃어버린 반지가 클라이브와의 약혼반지였다는 사실은 차마 털어놓지 못한다.

J

　호텔 방에서 활짝 열어놓은 창문 아래 누워 창밖으로 흘러가는 소리를 들으며 죽은 내 아기를 애도한다. 안뜰에서 노는 아이들 소리에 다리 사이로 터져 흐르던 핏물을 떠올린다. 바닥 청소를 하는 여자들의 목소리, 방문 앞을 지나가는 다른 투숙객들의 발소리가 들린다. 하지만 소리들은 전부 거즈에 거른 것만 같고, 나는 세상으로부터 단절된 느낌이다. 천장을 올려다보며 그곳의 갈라진 틈과 균열에서 기억의 실타래를 풀어보려 한다. 손가락에 뿌리던 물, 우물에 빠지는 반지가 눈앞에 떠오른다. 내 손을 잡은 클라이브의 손, 로저의 살에 찍힌 내 손자국이 느껴진다. 로저의 뜨거운 입맞춤과 배를 조여오는 통증, 그리고 그보다 더 고통스럽던 죄책감을 떠올린다. 말라붙은 핏덩이가 마치 태아처럼 보인다. 언제나처럼 기억이 나를 앞질러, 어떻게 막아볼 여지가 없다. 그렇게 떠오른 이미지는 거품이 일며 흐릿해지다가 모든 요소들이 비틀리며 결합하고, 로저와 클라이브와 나는 정체를 알 수 없는 사악한 짐승으로 변한다. 나는 몸을 떨고 비명을 지르며 그 짐승이 곧 저지를 살인을 경고한다. 어떨 땐 달려들어서 몸들을 분리하려 한다. 또 어떨 때는 가만히 누워 내 삶의 풍경이 이토록 복수심에 불타게 되었다는 사실에 흐느껴 운다.

　물. 계속해서 물을 생각하는 이유는 견딜 수 없이 무더운 터키의 여름 때문일지도 모른다. 나는 절벽에 서서 금방이라도 돌아올 수 없는 심연으로 떨어질 것 같은 느낌이다. 머리부터 거꾸로 떨어지는 내 모습이 보인다. 두려운 한편으로 그 추락을 갈망한다. 나는 더 이상 몸의 작용을, 마음이 미쳐 날뛰는 헛소리를 감당할 수 없다. 오로지 물만이 내가 저지른 짓을 지울 수 있다. 물에 몸을 담가야만 앞으로 내가 만들어낼지 모를 괴물을 물리칠 수 있다.

절벽에서 나를 데려오는 건 로저다. 그의 손이 나의 공포를 달래주고 그의 목소리가 내게 생기를 되찾아준다. 밤낮 없이 며칠을 옆에 붙어 앉아 미치지 않을 거라고 나를 안심시킨다. 나는 그 손에, 그 목소리에, 나에 대한 그의 믿음에 매달린다. 그것들이 등대가 되어 나를 안전한 곳으로 이끈다.

♩

미숙하고 저속하며 불쾌하다! 지금도 그때의 헤드라인이 눈에 선하다. 로저가 기획한 프랑스 회화전이 불러일으킨 뜨거운 열기를 지금 사람들은 상상하기 힘들다. 그걸 이해하려면 관습을 동경하고 변화를 거부했던 에드워드 시대의 잉글랜드로 돌아가야 한다. 지배 엘리트의 푹신한 카펫 밑에 반대의 목소리를 묻어버리던 사회에서 마네와 고갱의 공격적인 에너지는 더할 수 없는 충격이었다. 프랑스 화가들은 실험 정신과 개인적인 표현의 봇물을 텄다. 영국 예술의 신성한 모방은 중심까지 뒤흔들렸다.

122

천장이 높고 벽을 하얗게 칠한 공간. 그림들이 어찌나 눈부신지 시선을 아래로 내리지 않을 수 없다. 몇 주 동안 앓고 난 뒤라 아직 어지럼증이 돌고, 그래서 처음에는 색과 형체의 불협화음을 받아들이기 힘들다. 그러다 고개를 드는데, 진홍색과 노란색, 푸른색의 붓놀림에 순간적으로 눈이 멀어버린다. 그렇게 강렬한 그림은 일찍이 본 적이 없다. 지금껏 소리 한 번 내지 않은 마음속의 어떤 줄을 이 그림들이 건드리기라도 한 것처럼 두근두근 가슴이 뛴다.

로저가 내 팔을 잡더니 세잔의 풍경화 앞으로 데려간다. 얼핏 봐도 다른 그림들에 비해 색감이 차분하다는 건 알 수 있지만, 그런데도 전체를 한눈에 볼 수가 없다. 그래서 오른쪽 아랫부분을 유심히 본다. 황갈색 배경에 흰색과 검은색, 회색을 점점이 칠해놓았다. 옹기종기 모여 있는 오두막 같기도 하다. 섬세한 붓놀림으로 색을 덧칠해서 오두막이라는 느낌을 주면서도 전체적인 효과를 중시한 점을 눈여겨본다. 팔을 꽉 쥐는 로저의 손에서 그도 나만큼 이 그림에 빠졌다는 걸 알 수 있다. 그는 다른 쪽 손을 천천히 들어 녹색의 강둑을 가리킨다. 소용돌이치는 모양과 겹겹이 덧칠한 물감이 나뭇잎을 연상시키지만, 더 탁월한 건 무리 지어 있는 것들이 더 큰 패턴의 일부면서도 원근감을 준다는 점이다. 그제야 한 걸음 물러서서 그림을 전체적으로 본다. 산꼭대기의 청색과 흰색을 보다가 다시 시선을 아래로 내려 갈색과 녹색에서 반복되는 울림을 확인한다. 바닥의 보라색 줄을 보니 순수한 기쁨의 웃음을 터뜨리고 싶다. 산이라는 모티프의 반복이 아니고서는 그것의 존재를 설명할 길이 없다. 로저가 내 기분을 알아차린다. 그는 마티스의 초상화를 보다가 자홍색 피부를 투박하게 묘사한 것에 기겁해서 뒷걸음질 치는 라일락 드레스의 여자를 가리킨다. 여자가 몸을 돌리자 치마가 활짝 펼쳐졌는데, 그 순간 여자는 자신도 모르는 사이에 세잔의 보라색 선을 반복하며 전시의 일부가 된다. 나는 세잔의 풍경화로 다시 시선을 돌린다. 이번에는 오른쪽에서 가운데로 이어지는 수평선이 눈길을 사로잡는다. 저건 길일까? 아니면 다리? 그게 뭔지는 중요하지 않다. 하지만 그게 없다면 이 그림은 형체의 대혼란이 되고 말 것이다. 그런데 그게 중심 축 역할을 하며 거기에 모든 것이 매달려 있다.

더는 볼 수가 없다. 로저에게 몸을 돌린다. 그는 내 마음을 즉시 파악하고는 군중을 뚫고 중앙 전시장에서 떨어진 조용한 곳으로 데려간다. 나는 그의 품에 안겨 그의 재킷에 얼굴을 묻는다. 말을 하지 않아도 이 전시가 나에게 얼마나 큰 의미를 갖는지 그는 이해한다.

"어쩌면 클라이브가 세잔의 그림을 살 거야." 그 느낌을 놓치고 싶지 않아 나는 결국 이렇게 말한다.

로저가 내 얼굴을 들어 입을 맞춘다.

"어쩌면 당신도 당신만의 걸작을 그리게 될 거야."

J

너와 함께 들어가기로 하길 잘했다. 의류 보관소에 도착하고 보니 돌연 수줍어진다. 의상실에서 카탈로그를 뒤적일 때는 주름이 풍성한 무도회용 드레스와 조금 수수한 팬터마임용 의상 사이에서 완벽해 보였던 옷이 막상 여기 오자 그때만큼 확신이 들지 않는다. 나는 로저의 전시회에 충만했던 생명력을 파티로 고스란히 옮겨줄 의상을 찾았고, 풀을 엮은 치마와 종이꽃으로 만든 꽃 줄을 봤을 때 이거다 싶었다.

"사우스 시 아일랜드(피지에 속한 작은 섬) 사람들처럼 입고 가면 어떨까?" 의상실 입구에서 서성이던 너에게 내가 물었다. "고 갱의 그림에 나오는 여자들처럼 말이야." 너는 모자챙을 내려서 얼굴을 가렸다. 너는 거울과 의상실의 마네킹, 무엇보다 무슨 옷을 고를지 힐끔거리며 쳐다보는 여점원들의 시선을 싫어한다. 어쩌면 너의 불안이 나를 더 과감하게 만들었을지도 모른다. 나는 그 옷을 주문했다.

다행히 보관소에는 사람들이 없다. 우리는 늦었고, 대부분의 손님들은 이미 도착했다. 나는 오후를 로저와 함께 보내면서 새로 그린 내 그림을 보여줬다. 그는 그걸 자신의 작업실로 가져가기로 했고, 그의 칭찬에 아직까지도 가슴이 뿌듯하다. 코트와 신발과 스타킹을 벗는다. 이 복장의 묘미를 제대로 살리려면 맨발이어야 한다. 가방에 담아온 꽃 줄을 꺼내서 거울을 보며 두른다.

"어떻게 생각해? 나는 꽃 한 송이를 귀에 꽂고 몸을 뒤로 돌린다.

"아주…… 근사해 보여!" 너는 종이꽃으로 반만 가린 채 드러낸 내 가슴을 바라본다. 그러자 문득 조지 오빠를 따라 저녁 파티에 가기 위해 단장하던 기억이 머리를 스치고, 그때 이후로 얼마나 멀리 떠나왔는지 생각하니 새삼 놀랍다. 나는 더 이

상 구닥다리 규율에 얽매이지 않고 더 이상 늙은 주인에게 속
박되어 있지도 않다. 지금의 나를 밀고 가는 힘은 열정이다.

"그래."

너는 코트를 바닥에 내려놓는다. 우리는 서로의 이국적인 차
림을 보며 씩 웃는다. 나는 너의 머리를 풀어서 어깨 위로 늘어
뜨리고 너의 몸에 꽃 줄을 감아준다. 모든 준비를 마치자 너는
내 허리에 손을 얹고, 우리는 풀잎 치마가 살랑거리도록 엉덩
이를 돌리며 춤을 춘다. 그러다 금세 여학생들처럼 까르르 웃
고 만다. 우리는 팔짱을 끼고 소란스러운 곳으로 들어선다.

우리가 인파를 뚫고 지나갈 때 몇몇 사람들이 고개를 돌려
쳐다본다. 저만치, 사람들과 얘기를 나누는 로저가 보이지만
그쪽으로는 가지 않는다. 그 대신 너를 데리고 조용한 구석으
로 간다.

"그래서, 그게 사실이야? 클라이브 말이 제럴드 오빠가 네
소설을 출간할 거라던데."

"응." 너는 기쁨에 겨워 눈동자를 빛낸다. 집안에서 이렇게
지원을 해주니 작가로서의 네 행보가 얼마나 쉬웠을까 생각하
지 않을 수 없다.

"나도 좋아할 만한 책이야?"

"나야 그러길 바라지…… 내가 하는 일은 대부분 언니를 위
한 거라는 거 알잖아." 너의 목소리는 어딘가 희미하게 애원하
는 투다. 너는 잠시 멈췄다가 이렇게 말한다. "하지만 구성을
이해하는 능력에서는 화가들에게 한참 뒤진 것 같아."

너의 솔직함이 나를 감동시킨다. 너의 자신감을 되살려주고
싶다.

"우리는 둘 다 너무 많이 알아서 탈이었지."

"내 생각에는 언니가 나보다 훨씬 앞서가는 것 같아. 그림이 흐름을 주도한다는 데에는 의문의 여지가 없어. 소설은 원래의 목적을 망각했어. 소설가들은 주제의 주변을 맴돌면서 무관한 것들만 잔뜩 묘사하고는 주제가 시야에서 사라지면 깜짝 놀라지."

뭐라고 대꾸하려는데, 로저가 맞은편에서 나를 보고 손짓한다. 너도 그를 본다.

"로저가 저기 있네. 저쪽으로 갈까?"

나는 망설여진다. 로저와 내가 연인이라는 걸 네가 짐작하고 있을지 궁금하다. 갑자기 우리의 관계를 비밀로 간직하고 싶어진다.

"아니야. 조금 전에 리튼을 본 것 같아. 저번에 그의 편지를 받았는데, 레너드 울프가 실론에서 돌아온다더라. 리튼한테 가서 얘기를 해보자. 레너드에 대해 좀 더 알고 싶어. 어느 모로 보나 그곳에서 큰 성공을 거뒀잖아."

나는 너를 일으켜 세우면서 목소리를 낮춰 속삭인다.

"그리고 리튼 말이, 레너드가 영국인 아내를 찾고 있대."

나는 너를 보며 눈을 찡긋한다.

"그가 바로 그 사람일 수도 있어."

J

며칠 전부터 기다렸었다. 갈색 포장지를 뜯고 손으로 무게를 가늠해본다. 너의 첫 소설. 곧장 읽을 엄두가 나지 않는다. 되는 대로 펼쳐 몇 문장씩 훑어본다. 건조한 문장은 놀랍지 않다. 이미 익숙해져 있으니까. 내가 놀라는 건 너의 대담함이다.

"우리는 저주받은 자들의 고문에 시달리고 있어." 헬렌이 말했다.
"이건 내가 생각하는 지옥의 모습이야." 레이철이 말했다.

머릿속 어디선가 경고의 종소리가 울린다. 너의 문장은 우리가 조지 오빠를 따라 참석해야 했던 무도회로 나를 데려간다. 한쪽 구석에서 작당하듯 속삭이는 우리의 모습이 보인다. 이 문장은 우리 입에서 나온 말을 그대로 옮겼다고 해도 될 정도다. 또 어떤 것들을 멋대로 가져다 썼을까 궁금해서 조금 더 읽어본다. 그래, 다시 돌아오고야 말았어. 흑백의 시퀸 드레스 차림으로 어색하고 불편해하던 때로. 나는 끝내 너에게서 도망칠 수 없는 걸까? 책장을 앞으로 넘기다가 케임브리지와 술집의 일자리를 놓고 망설이는 젊은 남자의 고민을 읽는다. 순간적으로 안도감을 느낀다. 이건 토비의 판박이잖아! 이건 문학이라기보다 저널리즘에 불과하다. 너는 그저 네가 아는 세계를 복제했을 뿐이다. 노련하게 썼다는 건 부정할 수 없다. 인물의 성격을 완벽하게 설정했고, 문장은 서정적이며 재치가 번득이지만, 그것들은 시각의 변화, 위대한 예술의 징표인 이해의 전환을 야기하지 않는다. 나는 식탁 앞에 자리를 잡고 앉는다. 너의 도용에는 더 이상 신경 쓰지 않는다. 네가 걸작을 쓰지 않았다는 걸 확신하니, 이제 차분한 마음으로 너의 글을 읽을 수 있다.

《등대로》는 달랐다. 그 책에서 나는 처음으로 너의 천재성이 제대로 발휘됐다는 느낌을 받았다. 구성과 통찰력의 섬세한 균형에서, 그리고 모든 문장의 정교한 표현에서 나는 어쩔 수 없이 네가 예술가로서 정점에 올랐으며, 내가 아무리 발버둥 쳐 봐야 도저히 견줄 수 없다는 사실을 인정해야 했다. 너는 또다시 우리의 이야기를 했지만, 이번에는 전기와 예술의 간격을 메웠다. 어머니와 아버지는 너무나 똑같이 그려서 숨이 막힐 지경이었다. 마치 일정한 특징들을 포착함으로써 원형이라고 할 만큼 근원적이면서도 생생하고, 교훈적이면서도 현실감 있는 인물을 창조할 수 있었던 것 같았다. 너는 기억의 올가미에서 어머니와 아버지를 풀어냈고 그들을 통해 삶의 더 깊은 문제를 보여주었다. 그 모든 걸 어찌나 투명하고 신랄한 문장에 담아냈는지, 너의 재능에 감탄하지 않을 도리가 없었다. 거기서 끝이 아니었다. 대담한 얼개를 통해 시간을 잡아 늘이고 무너뜨리며, 흐름 대신 그것의 영향력을 보여줌으로써 네 예술의 새로운 가능성을 열었다. 나는 내 작품에서도 그에 상응하는 난관과 전망을 보기 시작했다. 이번만큼은 네가 이룬 것이 너무나 중요해서 우리 둘을 모두 앞으로 나가게 했다.

J

　이 무리 밖의 사람들에게는 우리의 삶이 얼마나 뒤엉킨 것처럼 보일까? 레너드에게 너한테 청혼하라고 부추기고 너한테는 그 청혼을 받아들이라고 설득했을 때, 나는 내가 너에게 구명 뗏목을 보내고 있다는 걸 알았을까? 나는 세속적인 언니였고 너는 지적인 동생이었다고, 우리들의 스토리는 그렇게 진행된다. 그러나 진실은 조금 다르다. 나는 꿈에서밖에 몰랐던 살가운 결혼 생활을 너는 경험했다. 만약 내가 헌신적인 애정을 받아들일 수 있었다면 나도 레너드 같은 사람을 가졌을지 모른다. 그런데 천성에 어떤 결함, 아니면 단점, 또는 상처가 있는 건지, 나는 로저가 주는 것들에 전부 무심했다. 나의 내면엔 조바심치며 안달하는 욕망, 불가능하다는 걸 알면서도 그걸 손에 넣고 싶어 하는 깊은 충동이 있었기 때문에, 내가 성공하도록 도와줬을지도 모르는 남자를 거절했다. 냉담을 사랑으로 바꾸겠다는 불안정한 도전을 위해 로저의 배려를 물리쳤다. 그러면서 내가 낡은 패턴을 반복하고 있다는 걸 깨닫지 못했다.

J

　앞쪽의 인물은 등을 돌리고 있다. 그녀가 그림의 중심적인 존재인 건 분명하지만, 맞은편의 인물을 보고 나면 시선이 분산된다. 이 두 번째 인물의 표정은 근엄하고 엄숙하며 오만하다. 내려간 입꼬리가 어쩐지 쌀쌀맞다. 두 인물 사이에는 테이블이 있는데, 접시 몇 개와 물잔들, 물병 하나, 그리고 빵 그릇을 제외하면 조금 휑하다. 흰색의 리넨 식탁보는 시선을 잡아끌지 않고 오히려 밀어낸다. 앞쪽의 인물은 고개를 숙였다. 우리는 그녀의 얼굴을 볼 수 없다. 수그린 머리, 접시를 집으려는 팔의 각도에서 그녀의 무력함을 짐작할 뿐이다. 우리는 그녀가 불행하며, 할 수만 있다면 이 풍경에 조화와 평온을 되살리고 싶어 한다는 걸 느낀다. 테이블에는 두 아이가 여자와 함께 앉아 있다. 왼쪽의 어린 남자아이는 높은 유아용 의자에 앉아 있다. 아이는 여자를 물끄러미 바라본다. 맞은편에는 테이블 끝의 인물과 무슨 모의라도 하듯 머리를 맞댄 금발의 여자아이가 환한 얼굴로 앉아 있다. 여자아이는 의자의 가로대에 발을 얹었고, 눈동자에는 심술궂고 고집스러운 기운이 역력하다.

이 그림을 다시 생각해보면 깜짝 놀랄 만큼 노골적이다. 장식도 없고, 달리 관심을 돌릴 만한 것도 없고, 모든 게 적나라하게 드러나 있다. 여자의 못마땅함, 소녀의 질투, 얼굴이 보이지 않는 인물의 불안이 보인다. 어머니의 날카로운 냉정함, 너의 팽팽한 경계심, 어떻게든 달래고 인정받으려는 나의 노력이 느껴진다. 조그만 남자아이는 에이드리언이거나 내 두 아들 가운데 하나일 수도 있다. 아니면 특정한 인물이 아닐 수도 있다. 어쨌거나 예술은 인생이 아니니까.

J

침대에서 벽을 향해 누워 있다. 모두가 나를 기다리고 있으니 내려가야 한다고 속으로 중얼거린다. 크리스마스 식사의 시중을 들고, 아이들의 선물을 스타킹에 담아야 한다. 캐럴 부르는 사람들이 벌써 왔는지 현관에서 노랫소리가 들린다. 눈을 감는다. 내 삶의 조각들을 더 이상 제자리에 유지할 수가 없다. 어젯밤에 저녁을 먹을 때 메리 옆에 앉아 그녀가 이룬 것들을 늘어놓는 클라이브의 모습은 메리가 마치 간절히 갖고 싶은 소중한 물건이라도 되는 듯했다.

나는 자다 깨다를 반복한다. 인물에 음영을 넣어서 입체감을 주는 방법을 알려주던 스텔라 언니를 떠올린다. 연필을 쥔 내 손을 감싸 쥐고 움직일 때 언니는 내가 알 수 없는 어떤 물건을 함께 쥐고 있는 것 같았다. 그리고 나는 언니에게서 건네받은 그걸 안전하게 간수해야 한다. 지금 내 앞에는 너의 얼굴이 있다. 우리는 물속에 있는데, 나는 스텔라 언니가 준 물건이 우리를 가라앉지 않게 해줄 거라고 느낀다. 고개를 숙였다가 내가 손에 쥐고 있는 게 거울이라는 걸 깨닫는다. 물살 때문에 너의 표정이 비틀려 보이지만, 그래도 얼굴에 가득한 두려움을 읽을 수 있다. 나는 거울을 너에게 내민다. 너는 거울의 의미를 바로 이해하지만, 그걸 받는 대신 멀리 헤엄쳐 가기 시작한다. 너를 부르다가 내 목소리가 너무 맑아서 깜짝 놀란다. 그냥 내버려뒀다간 네가 빠져 죽을 것 같아 겁이 난다. 나는 너를 뒤따라가고, 나란해졌을 때 너의 어깨를 움켜잡는다. 그리고 네 손에 거

울을 쥐어준다. 다시 너를 돌아봤을 때 너는 저 높이, 마른 땅
에 올라가 있다.

　나는 발버둥을 치기에도 너무 지쳤다. 네 이름을 소리쳐 부
르지만 이번엔 목소리가 나오지 않는다. 물속으로 가라앉는 나
를 누군가 붙잡는다. 눈을 떴더니 로저가 물속에서 내 옆에 있
다. 그에게 매달려 놓지 않는다면, 거울과 너를 다시 찾을 수
있을 것이다.

J

　하늘을 솔로 문질러 닦은 것 같은 아침이다. 세인트판크라스
를 지나 등기소까지 걸어가는데 오한이 나고 몸살기가 느껴진
다. 너는 레너드와 대기실에 앉아 있다. 너의 손을 꼭 쥐고 있는
레너드의 모습을 보니, 불현듯 앞으로는 네가 뭘 하든 나에게
털어놓기 전에 먼저 레너드와 상의할 거라는 데 생각이 미친
다. 날렵한 여객선이 멀리 떠나가는데, 거기 탔어야 할 승객이
부두에서 손을 흔들어대는 것 같은 기분이다. 클라이브의 팔짱
을 끼고 빈자리를 찾아 앉는다. 그가 옆에 있어줘서 고맙다.

　식을 시작하는 등기소 직원의 말이 장황하다. 나는 에이드리
언을 보면서 토비를 참 많이 닮았다고 생각한다. 너의 얼굴은
모자에 가려 보이지 않는다. 어떤 감정일지 짐작할 수 없다. 반
지를 교환할 차례가 됐을 때 나는 목을 한껏 늘인다. 레너드가
네 손가락에 금가락지를 끼워준다. 그러자 너는 그를 보며 미

133

소를 짓고, 네 눈동자에 어린 다정함은 오해의 여지가 없다. 나는 자리에서 일어난다.

"뭐 하나 물어봐도 되나요?"

일순 침묵이 흐르더니 말을 한 게 누군지 보려고 다들 고개를 돌린다. 등기소 직원이 사람들을 훑어보며 식을 방해한 장본인을 찾는다. 그게 나라는 걸 알고는 노여운 표정으로 눈살을 찌푸린다. 이렇게 된 이상 밀어붙이는 수밖에 없다.

"아들의 이름을 바꾸고 싶은데요. 정확한 절차를 알려주시면 감사하겠습니다."

J

네가 떠나 있는 동안 하루하루가 어찌나 길게 느껴지던지. 끊임없이 너를 생각했다. 지도를 꺼내 너의 여정을 따라가며 버스를 타고 세라트 산 정상에 오르는 모습, 너희 둘이 배를 타고 마르세유에 가는 모습을 그려봤다. 낯선 식당에서 아침을 먹으며 일정을 계획하는 모습도 눈에 선했다. 밤이면 침대에 누워 레너드의 품에 안긴 너를 상상했다.

기분 전환을 위해 자화상을 그리기로 했다. 이젤 옆에 거울을 놓고, 한참을 물끄러미 들여다보며 이마에 잡힌 가느다란 주름과 살짝 늘어진 턱을 유심히 관찰했다. 노화의 뚜렷한 징후를 부인할 수 없었다.

그러다 편지가 오기 시작한다. 프랑스 시골을 묘사한 너의

134

글은 매혹적이다. 네가 멀미를 한 이야기, 오이 피클을 먹는 레너드의 금욕적인 성품에 대한 이야기에 나는 배를 잡고 웃는다. 너에게서 소식을 들었다는 흥분이 가라앉은 다음에는 좀 더 은밀한 내용들을 찾아본다. 레너드를 언급한 부분은 어떻게 이해해야 할지 갈피를 잡을 수 없어 어리둥절하다. 그런데 레너드의 편지가 궁금증을 풀어준다. 레너드의 편지는 자세하고 솔직하며 숨김이 없다. 레너드는 네가 사랑을 나누는 것에 흥미를 느끼지 못하는 것 같다며 나의 조언을 구한다. 나는 즉시 답장을 쓴다. 네가 예전부터 육체적으로 둔감했고, 남자들에 대해 특히 그런 경향이 심했다고 말한다. 그가 너를 바꿀 수 있을 것 같지 않다고 얘기한다. 그날 나는 기운이 나서 자화상을 그린다. 거울을 보니 내 얼굴에 홍조가 되돌아온 것 같다.

여러 면에서 레너드는 어머니가 이상시했던 인물이었다. 말만 앞세우지 않고 행동하는 남자였으며 존경받을 만한 사람이었다. 내가 그의 탓이 아니라고 말하는 대신, 긴장을 조금 풀어보라고 충고했더라면 상황은 달라졌을까. 내가 더 너그러운 사람이었다면 그에게 다른 시도를 해보라고 자신감을 심어줬을지도 모른다. 그런데 내 말은 그의 두려움을 확인해주었고, 너를 섹스 없는 결혼 생활로 몰아넣었다. 운명은 그런 나를 벌하게 된다.

그 자화상을 언제 없앴는지는 이제 정확히 떠올릴 수 없다. 아마 던컨이 더 이상 나의 연인이 될 수 없다고 털어놓은 날이었는지도 모른다. 기억나지 않는다. 내 머릿속에서 그 시절은 흐릿하다. 그걸 없애서 기쁘다. 뺨의 장밋빛 홍조와 꿈결처럼 만족스러운 표정은 거짓이었다. 나는 레너드에게 모든 것을 말하지 않았다.

♩

　멀리, 청회색 배경에 왜가리의 실루엣이 보인다. 조류가 빠지면서 진흙과 자갈들 사이에 물웅덩이가 고였고, 잔잔한 수면에 구름이 비친다. 우리 셋은 등에 내리쬐는 햇살을 즐기며 하구를 걷는다. 로저가 성큼성큼 앞서가고, 클라이브와 나는 먹이를 쪼는 새들을 구경하며 어슬렁거린다. 우리가 방파제에 도착했을 땐 대여할 배가 한 척도 남아 있지 않다. 클라이브와 나는 쉴 수 있다는 게 기뻐 벤치에 앉는다. 클라이브는 책을 꺼내서 읽기 시작하고 나는 풍경을 감상한다. 잡아 온 것을 옮기는 어부들의 분주한 손놀림과 어쩌다 떨어지는 물고기를 낚아채기 위해 하강하는 갈매기들의 우아한 비행을 구경한다. 로저는 지연된 일정에 속을 끓이고 분통을 터뜨린다. 방파제를 열심히 오르내리며 배를 빌려달라고 어부들을 열심히 설득한다. 기어이 뜻을 이룬 그는 의기양양해서 우리에게 손짓을 한다.

　그가 빌린 배는 보통 전셋배보다 크고, 우리는 하구를 힘차게 벗어난다. 나는 뱃머리의 쿠션에 앉는다. 처음에는 클라이브도 로저를 도와 돛을 올리려 하지만, 연이은 타박에 내 옆으로 와서 앉는다. 키를 잡은 로저의 머리가 세찬 바람에 흩날린다. 그야말로 물을 만난 것 같은 모습이다. 나는 쿠션에 비스듬히 누워 바람을 한껏 품은 돛을 올려다본다.

"돌아가야 돼." 클라이브의 말을 무시하듯 배는 오른쪽으로 방향을 틀더니 빠르게 전진한다. 로저는 질주의 환희에 눈을 반짝인다. 머리 위로 푸르던 하늘에 검은 구름이 몰려든다. 갑자기 돛이 느슨해진다. 젖은 침대보처럼 축 늘어져 펄럭거린다. 로저가 왼쪽으로 뱃머리를 돌리지만, 이번엔 거의 움직이지 않는다.

"바람이 멎었네." 로저가 밧줄을 힘껏 당긴다. 클라이브는 팔꿈치를 세워서 상체를 일으킨다.

"너무 멀리 왔나 봐." 나는 덜컥 겁이 나서 일어나 앉는다. 하구를 벗어나 망망대해에 나와 있다는 게 실감난다. 파도가 뱃전에 부딪힌다.

"닻을 내리고 조수가 바뀌길 기다려야 해." 권위가 실린 클라이브의 목소리에 마음이 놓인다. "여기서 더 멀리 밀려 나갔다간 걷잡을 수 없어."

로저의 표정이 구겨진다. 그가 밧줄을 끌어당긴다. 방향을 바꿨더니 돛이 부풀며 조금 나아가는가 싶었지만, 갑작스런 방향 전환에 따른 기류가 잦아들자 언제 그랬냐는 듯 금세 멈추고 만다. 돛이 늘어진다.

"다음 조수는 몇 시야? 누구 확인해둔 사람 없어?"

이번에는 로저가 클라이브의 물음에 대답한다. "자정 직후야."

"자정이라고!" 이제 재미는 다 봤다는 듯이 탄식하는 클라이브의 목소리가 익숙하다. "따분하게 됐네. 먹을 걸 싸 온 사람은 없을 테지?" 그가 파이프와 담배 주머니를 꺼낸다. "대체 무슨 생각으로 이렇게 멀리 나온 거야?"

로저는 그의 말을 못 들은 척한다. 딱딱하게 굳은 그의 어깨에서 지체된 이 상태를 그냥 받아들이지 않겠다는 의지가 느껴진다. 로저는 밧줄을 감기 시작한다.

"제기랄, 이 친구야! 닻을 내리라니까. 그건 너무 위험해."

배는 방향을 틀고 우리는 1미터 남짓 전진한다. 그러자마자 로저는 우리가 썰물에 힘없이 밀리지 않도록 다시 방향을 바꿀 준비를 한다. 맞바람에 맞서 비스듬히 갈지자 방향으로 나아가려 한다. 그의 표정은 앞으로 벌어질 상황을 예고하는 듯하다. 그는 자연의 힘에 맞서 전쟁을 벌일 작정이다. 패배를 순순히 받아들이느니 지쳐 쓰러질 때까지 싸우려는 것이다. 파이프를 빠는 클라이브는 놀이를 망친 아이처럼 뚱한 표정이다. 이럴 때는 끼어들지 않는 게 상책이다. 이 두 남자에게 잔소리를 하려고 들었다간 어떤 결과가 벌어지는지에 대해선 이미 호된 수업료를 치르고 터득했다.

J

보는 순간 이거다 싶었다. 좌우대칭인 데다 말끔하고, 경사진 지붕과 커다란 창문이 흡사 아이들의 그림 속에 등장하는 집 같았다. 네가 그 집을 함께 빌리자고 했을 때 나는 무척 기뻤다. 중개인을 따라 집을 구경하는데, 문득 세인트이브스로 놀러 갔던 어린 시절의 기억이 머릿속에 떠올랐다.

시골에 오면 자유로울 수 있을 거라고 나는 생각했다. 클라

이브는 런던에 안전하게 감춰두고, 로저가 주말에만 찾아온다
면, 나는 다시 한 번 나만의 리듬에 따라 살 수 있었다. 아이들
에겐 뛰어놀 정원이 생기고 나는 작품 활동으로 돌아갈 수 있
었다. 우리가 남편들로부터 독립된 집을 갖게 된다는 사실은
새로운 시대의 시작을 알리는 듯했다.

애시햄에서의 일상은 차츰 나에게 맞는 패턴으로 정착됐다.
아침에는 그림을 그리고, 함께 점심을 먹고, 오후에는 아이들
이 사과나무 사이에서 숨바꼭질을 하거나 꽃밭에서 보물을 캐
는 동안 텃밭을 가꿨다. 손님들도 종종 찾아왔다. 어떤 집에 자
리를 잡고 뭔가를 추구해나갈 때 그 집에서 발산되는 신중한
몰입의 느낌을 나는 사랑했다.

내가 처음으로 틀을 벗어난 예술을 실험한 곳이 애시햄이었
다. 그림이 인생의 한 부분이 될지도 모르겠다는 걸 느끼기 시
작한 곳도 여기였다. 나는 일상적인 사물을 변형하는 작업의
즐거움을 발견했다. 프라 안젤리코(이탈리아의 화가이자 도미니크 수도회
수도사로, 로마 바티칸 궁 니콜라우스 5세 예배당에 벽화를 그리기도 했다)의 프레스
코화를 내 방 회벽에 그려 넣고, 아이들의 방은 색채의 정글로
꾸몄다. 벽과 문, 가구와 각종 장식들을 인물과 꽃과 추상적인
패턴으로 꾸몄다. 그렇게 내 작품은 넓어졌다.

J

너의 편지를 물끄러미 바라보다 반으로 접어서 주머니에 넣

는다. 팔꿈치를 창턱에 얹고 정원을 내다본다. 너의 말투가 어쩐지 석연치 않다. 까치밥나무 뒤에서 불쑥 머리를 내민 줄리언에게 손을 흔들어준다. 줄리언은 나를 향해 씩 웃더니 다시 사라진다. 오겠다던 약속을 네가 왜 취소했는지 이해할 수 없다. 너의 생일을 맞아 깜짝 파티를 계획했는데, 준비한 것들이 전부 소용없어졌다. 너의 글을 머릿속으로 되풀이해보며 숨은 의미를 찾아내려 한다. 온통 레너드 얘기다. 〈네이션〉에 실린 그의 글, 러시아 민중을 지지하는 그의 입장, 그가 참여한 정부 위원회. 어느 쪽으로 말을 굴려 봐도 의미는 똑같다. 나보다 레너드가 먼저라는 것.

J

어떨 때 사랑은 순식간에, 맹목적일 만큼 확실하게 다가오고, 또 어떨 땐 바다의 연무처럼 서서히 풍경을 에워싸며 해안의 풍경을 기억하기 힘들게 만든다.

던컨을 더 이상 남동생의 연인으로 보지 않고 내가 그와 사랑에 빠지기 시작한 건 언제였을까? 내 생각엔 에이드리언이 그를 애시햄에 처음 데려왔던 바로 그 주말, 정원에서 그림을 그리는 그를 봤을 때였던 것 같다. 그때까지는 에이드리언에게 연인이 있는지도 몰랐는데 그 모습이 묘하게 마음을 흔들었다. 그리고 화실 창가에 서 있다가 입 맞추는 두 사람을 봤을 땐 예리한 질투의 칼날에 마음을 베인 것 같았다.

140

다음 날 아침, 나는 잔디밭에 놓인 던컨의 이젤 옆에 내 이젤을 세웠다. 물감을 섞으면서 그를 유심히 관찰했다. 집중하는 그의 모습에서 치열함이 느껴졌다. 내가 선택한 주제라도 그를 거쳐서 보면 더 또렷하게 다가오는 것 같았다. 내가 붓을 들자 우리의 동작은 똑같아졌다. 라이벌 의식 같은 건 없었고, 오직 동일한 목표를 추구한다는 공감만이 있었다. 오래전 토비와 놀이방에서 함께했던 이후로 다른 누군가와 그런 기분을 느끼는 건 처음이었다. 사랑에 빠지지 않을 도리가 없었다.

J

욕실 문을 밀어 연다. 던컨이 세면대 옆에 서 있고, 타월 위에는 그의 면도솔과 면도날이 놓여 있다. 그가 몸을 돌려서 내게 손을 흔든다. 얼굴 가득 환한 미소를 짓고 있다. 오후 내내 텃밭에서 잡초를 뽑느라 피곤했던 나는 목욕을 하고 싶은 마음이 간절하다. 내 바람을 알 리 없는 던컨이 뺨에 비누 거품을 칠한다. 조바심치며 몇 분을 기다려보지만, 던컨에게 서두를 마음이 없다는 걸 알고는 그냥 목욕물을 받기로 결심한다. 물이 차오르면서 수증기가 스멀스멀 피어오른다. 고된 노동으로 다리와 허리가 쑤셔서 얼른 뜨거운 물에 몸을 담그고 싶다. 던컨은 거품을 눈처럼 덮은 파리한 수염을 면도날로 밀어내기 위해 턱을 반대편으로 돌린다. 나는 옷과 속바지를 벗어 바닥에 내려놓는다. 슈미즈 말고는 다 벗었다. 거울을 통해 나를 보는 던

141

컨의 시선이 느껴진다. 눈이 마주치자 씩 웃으며 거품을 흔든다. 나도 화답하듯 거품을 들어 보인다. 그러고는 슈미즈 슬립을 들어 올려 머리 위로 벗고 욕조 안으로 들어간다.

수건으로 몸을 감싼 채 타박타박 침실로 간다. 의자 등받이에 걸쳐놨던 스커트와 블라우스를 입는다. 블라우스는 구겨지고 스커트에도 물감 얼룩이 묻었지만, 그런 것쯤은 개의치 않는다. 손으로 머리를 쓸어 모아 사프란색 스카프로 감싼다.

겉모습이 어떻게 보이는지는 중요하지 않다. 유행을 좇으려는 시도는 단념했다. 옷을 잘 차려입으려고 노력하던 우스꽝스러운 고민은 완전히 내버렸다. 스카프의 매듭을 묶다가 머리를 핀으로 고정하며 지루해하던 때를 떠올린다. 여기서는 편안함 위주로 옷을 입는다.

아래층으로 내려간다. 거실 난로 앞에 쪼그려 앉아 손바닥에 불을 쬔다. 던컨은 소파에서 책을 읽고 있다. 불현듯, 그가 나를 안아주었으면 좋겠다는 마음이 한없이 간절하다. 그의 옆에 앉아 무릎을 베고 눕는다. 내가 바치는 찬사를 그는 말없이 받아들인다.

J

계단 아래쪽에서 누가 소리를 친다.

"네스? 와서 이것 좀 봐!" 로저의 목소리가 고요한 집 안을 가른다. 캔버스 위에서 붓을 멈춘 채 나를 방해하는 이 상황이 조용히 지나가길 기도한다.

"네사? 어디 있어? 좀 와보라니까." 로저의 목소리가 더 가깝게 들린다. 계단을 올라오는 소리가 들린다. 고개를 숙여 이젤 뒤에 몸을 감추고 그의 눈에 띄지 않을 거라는 어리석은 기대를 품어본다. 그의 몸이 문가를 꽉 채운다.

"여기 있었군! 우체부가 다녀갔는데 색슨한테서 카드가 왔어. 맞춤한 곳을 찾았대. 스위스 쪽 알프스 중턱에 있는 호텔이야. 첫 기차를 타라는군. 그의 말로는 진정한 영감을 안겨주는 곳이라는데. 어떻게 생각해?"

나는 열린 창문으로 바람을 타고 들어온 낙엽이 이젤 받침대 주변을 맴돌다 바닥으로 떨어지는 모습을 지켜본다. 스위스에는 가고 싶지 않다. 로저도 원치 않는다. 자신이 과녁을 한참 빗나갔다는 사실을 눈치챈 로저가 들뜬 기분을 가라앉힌다. 그러고는 엽서를 흔들며 회유의 미소를 짓는다.

"다음에 갈까?" 명랑함을 잃지 않으려고 애쓰는 목소리다. 내가 그에게 상처를 주었다.

"당신 혼자 가든지." 그가 원하는 게 아니라는 걸 알면서도 속을 떠본다.

"아니, 아니야. 정신 나간 생각이었어. 색슨이 얼마나 설득력 있게 글을 쓰는지는 당신도 잘 알잖아." 로저는 어느새 내 옆으로 다가왔고 팔은 닿을 듯 가깝다. 그의 사랑은 수도원처럼 숨 막히고 지루하다. 나도 어쩔 수 없다. 나는 벗어나야만 한다.

J

    과일 그릇은 테이블 중앙에 있다. 하얀 접시에 파릇한 사과를 담았다. 던컨의 이젤이 나보다 앞에 있기 때문에 내가 서 있는 곳에서 그의 뒤통수가 보인다. 연신 눈 위로 흘러내리는 그의 무성한 머리를 귀 뒤로 넘기고, 검은 갈기 같은 그 머리를 손가락으로 쓸어주고 싶다. 테이블 양쪽의 선반을 쳐다보는 그를 바라보면서 그것들도 그림에 포함시킬지 점쳐본다. 나는 그것들을 무시한 채 과일 그릇에만 집중하기로 결정한다. 대강의 밑그림을 그리기 시작한다. 테이블 끄트머리에 병이 하나 있는데, 그 그림자가 사과 위로 떨어진다. 나는 그림자와 과일 사이의 관계를 깨닫고 그걸 포함시킨다. 던컨은 벌써 작업을 시작했다. 붓이 물감을 들락거린다. 나는 그에 비해 움직임이 더디다. 물감을 선택해서 붓을 칠할 때마다 번번이 심사숙고한다. 우리는 오후 늦도록 그림을 그린다. 나는 작업의 리듬에 빠져들어 한동안 바깥세상을 잊는다. 실재하는 건 던컨의 존재뿐이다. 우리 둘이서만 다른 세상으로 들어선 것 같다. 우리의 눈은 같은 빛의 뗏목을 타고 같은 사물에 집중한다.

    느닷없는 울음소리가 정적을 꿰뚫는다. 나는 단번에 상황을 파악한다. 낮잠에서 깬 퀜틴이 배가 고파 엄마를 찾고 있다. 붓을 씻는다. 그때까지 그린 그림을 처음으로 바라본다. 내 접시와 사과는 크기가 엄청나다. 석회암을 조각한 것처럼 거대하다. 마음에 든다. 구성을 장악하는 방식이 적절하다. 던컨은 여전히 그림을 그리고 있다. 그의 캔버스를 힐끗 들여다보고 깜짝 놀란다. 내 정물이 조각상 같고 거의 흉측할 만큼 단단해 보이는 데 반해, 그의 그림은 맵시가 있고 무지갯빛이 감돈다. 그의 그림 속에서 과일과 병과 테이블은 그림자와 빛이 나누는 섬세한 교감의 일부이다. 내 시선은 사과에서 접시로, 다시 선반의 물병으로 이어지는 곡선을 따라 움직인다. 색조의 은근한 변화를 눈여겨보다가 내가 사용한 조악한 색과 비교한다. 나와 함께 있는 사람이 위대한 예술가라는 걸 느낀다. 계단을 올라갈 때 마음에 차오르는 평범한 느낌은 익숙하다.

아이들 방에 갔더니 놀랍게도 네가 창가의 의자에 앉아 퀜틴을 무릎에 올려놓고 있다. 울음을 그친 퀜틴은 네가 준 장난감 토끼를 만지작거리고, 줄리언은 바닥에 무릎을 꿇고 앉아 네 이야기에 푹 빠졌다. 나는 방해하고 싶지 않아 침대에 걸터앉는다. 너와 눈이 마주치지만, 누가 입을 떼기도 전에 줄리언이 네 소매를 잡아당기며 이야기를 계속하라고 조른다. 나는 눈을 감는다. 정원의 흙바닥에서 노는 요정들 이야기다. 토비가 세인트이브스 해변에 떠밀려 온 양의 해골을 발견했을 때 어머니가 들려줬던 얘기가 생각난다. 해골에 사는 생명체들 이야기였지. 네가 겁을 내자 양의 뿔에 당신의 녹색 숄을 감고는, 너를 침대에 눕히면서 그게 계곡이 있고 꽃이 피고 염소들이 뛰노는 산과 다를 게 없다고 말씀하셨었지. 그림을 완성한 던컨이 정원의 나무에 등을 기댄 채 담배를 피운다. 하늘을 올려다보는 그가 무척 아름답다고 생각한다. 고개를 돌렸더니 네가 나를 보고 있다. 그러더니 시선을 돌려 나무 밑에 그대로 서 있는 던컨을 쳐다본다. 너에게 내 사랑을 감추는 건 불가능하다.

J

택시가 멈췄을 때 레너드는 이미 집 앞에서 나를 기다리고 있다. 택싯값을 치르는 나를 향해 다가온다. 그의 표정에 근심이 가득하다. 카는 이미 도착했고, 너의 상태를 읊는 레너드의 얘기를 들으며 우리는 서로를 끌어안는다. 레너드와 내가 즉시 새비지 박사에게 가서 조언을 구하기로 한다.

나는 우선 너를 보게 해달라고 부탁한다. 너는 어두운 방에 누워 있고, 나는 침대 가장자리에 앉는다. 너는 나를 뿌리치지 않는다. 레너드가 봤다는 사나운 헛소리가 지나간 걸 알기 때문에 나도 한결 차분한 느낌이다. 네 어깨를 어루만지며 뭐라도 좀 먹어보겠다는 약속을 받아낸다.

새비지 박사의 진료 대기실에 있는데, 카에게서 전화가 온다. 간호사로부터 전화기를 넘겨받은 레너드의 얼굴이 하얗게 질린다. 나는 네가 무슨 짓을 했는지 단번에 짐작한다.

택시가 부산한 거리를 내달린다. 우리는 카에게서 들은 얘기를 곱씹는다. 집에 도착하자마자 레너드가 문을 벌컥 열고 뛰어 들어간다. 나는 천천히 따라간다. 레너드가 빈 약병을 발견하기도 전에 나는 이미 너를 흔들어 깨우려는 노력이 부질없다는 걸 안다.

의사들이 밤새 애를 쓴다. 면회는 허용되지 않는다. 응접실 의자에 앉아 하염없이 난롯불만 들여다본다.

네가 없는 삶은 생각도 할 수 없다.

6

창문으로 햇살이 쏟아진다. 침대에 누운 채 빛을 향해 몸을 돌린다. 눈을 뜨니 창밖의 사과나무 잎사귀가 황갈색과 금색으로 반짝인다. 잠시 가만히 누워서 집 안의 소리에 귀를 기울인다. 모든 게 고요하다. 옆방에서 자고 있는 던컨을 생각한다. 침대에서 나와 슬리퍼를 꿰어 신고 어깨에 숄을 두른다. 밖에서는 사과나무들이 산들바람에 춤을 추며 살아 있는 모자이크를 그린다. 아래층으로 내려가 벽난로 시렁에 주전자를 올린다.

잠시 후에 뒤따라 들어온 던컨은 잠기운에 눈동자가 퀭하다. 뒤집어서 의자로 사용하는 물통에 앉아 내 손을 잡는다. 나는 그의 정수리에 입을 맞추고 씻지 않은 그의 체취를 들이마시며 뺨에 닿는 거친 머릿결을 느낀다. 우리는 잠시 그 자세를 유지한다. 잔디밭에 뿌려놓은 빵 부스러기를 향해 날아드는 마지막 여름 제비들을 바라본다. 던컨이 내 손을 놓는다. 그에게서 물러나라는 신호다. 저민 빵을 포크로 찍어 불에 구우며 바쁘게 아침을 준비한다. 접시나 식기도 없이 소작농처럼 먹고 너저분한 서로의 모습을 보면서 공범자가 된 듯한 즐거움에 미소를 짓는다. 선반을 둘러보며 점심에는 뭘 먹을지 궁리한다. 농장에서 가져온 달걀이 있다. 나중에 텃밭에서 감자와 당근을 캐 올 생각이다. 우리에게는 베이컨이 있고 저장 식품도 많다. 토스트에 발라먹을 잼을 한 병 꺼낸다. 지난여름에 담은 딸기 잼이다. 숟가락을 찾아서 던컨에게 잼과 함께 건넨다. 그는 숟가락을 받아 꽃병 옆에 놓는다. 테이블을 장식하려고 내가 꺾어 온 꽃들이다. 그는 배치를 눈여겨보고 꽃병의 형태와 각도를 따지면서 정물화의 주제로 적당한지 가늠한다. 숟가락을 하나 더 찾아보지만, 눈에 띄지 않는다. 그러자 던컨이 손가락을 잼에 담갔다가 내 입에 댄다. 그의 손가락에서 끈적이는 달콤한 잼을 핥아먹는다. 그는 손가락을 다시 잼에 담근다. 다가오는 전쟁을 우리는 어떻게든 견뎌낼 것이다.

J

인물은 둘이다. 오른쪽에는 화가가 이젤 앞에 서 있다. 나는 그의 포즈에 많은 노력을 기울인다. 그의 자세에는 성실함과 더불어 명석함이, 외골수의 목적의식과 함께 감수성이 담겨야 한다. 화가의 옷은 어둡고 극적으로 처리한다. 얼굴의 이목구비는 그리지 않는다. 중요한 건 그의 손이고, 나는 여러 가지를 시도하며 적절한 각도를 모색한다. 손의 유연함과 자유로움을 포착하기가 여간 어렵지 않다. 결국 그건 모호하게 처리해서 그걸 형체로만 국한하는 위험을 감수하는 대신 손의 재주를 암시한다. 여자는 화가의 발치에 무릎을 꿇고 앉아 있다. 화면을 장악하는 화가로부터 여자가 시선을 빼앗아 와서는 안 된다. 여자의 옷은 짙은 색 치마와 흰색 블라우스로 단순하게 처리한다. 얼굴도 공백으로 남겨둔다. 거장과의 관계를 암시하는 건 여자의 수그린 머리, 자신의 그림 앞에서 구부정하게 웅크린 어깨의 선이다. 인물들 사이의 공간이 매우 중요하다. 그 공간은 무한한 동시에 가까워 보여야 한다. 그와 가까이 있다는 사실이 중요한 반면, 그녀가 작업을 할 수 있는 이유가 그의 냉담함, 그가 조금 떨어져 있다는 사실 때문이라는 것도 느낄 수 있어야 한다. 공간은 녹색, 오렌지색, 흰색, 자주색, 청색의 줄로 채운다. 각각의 색을 공들여 칠한다. 색의 밝기를 달리하고 질감과 깊이를 더한다. 그 색들은 둘의 관계에 함축된 잠재력, 우리 눈에 보이지 않는 그림들의 힘을 암시해야 한다.

캔버스에서 물러나 그림을 살펴보다가 뭔가 특별한 것을 발견한다. 화가를 전면에 배치하려 했음에도 불구하고 그는 오히려 배경처럼 보이고, 무릎을 꿇은 여자의 광채가 시선을 잡아당긴다. 그림을 좀 더 주의 깊게 관찰한다. 화가는 음침하고 칙칙한 반면 여자는 생기를 발산한다. 그림을 그리는 그녀는 본연의 모습을 드러낸다. 블라우스의 색감, 신발의 오렌지색이 생동감 있는 배경과 조화를 이룬다. 내가 흔치 않은 일을 해냈음을 깨닫는다. 행복한 여자를 그린 것이다.

J

"현실을 차단하고 있잖아! 모래에 머리를 파묻은 채 전쟁이 일어나고 있지 않다고 스스로를 속일 순 없어!"

나는 인상을 찌푸린다. 런던을 벗어나 시골에 아주 정착하려는 내 계획을 지지해주길 바랐건만. 네 뒤로 책꽂이에 꽂힌 레너드의 책들이 보인다. 내가 앉은 자리에서도 몇몇 제목을 알아볼 수 있다. 《민주주의》, 《세계정부》. 마음속에서 반발심과 수치심이 뒤엉킨다. 지금 벌어지고 있는 상황이 심각하다는 건 나도 안다.

"하지만 너는 정말로 이런 것들이……." 테이블 위에 단정하게 쌓아놓은 레너드의 원고를 막연하게 가리키며 내가 묻는다. "……변화를 불러올 수 있다고 생각해? 어쨌거나 그들은 클라이브의 팸플릿을 불태웠어. 다른 건 몰라도 그건 전쟁 지지를 획책하는 것처럼 보였다고. 지난주에 마을에 갔다 돌아오는 길에 던컨이 흰 깃털을 뒤집어썼다는 얘기를 내가 하지 않았니? 끔찍했어. 푸줏간에서 일하는 젊은이 둘이 우리를 계속 쫓아왔단 말이야."

나는 한숨을 내쉰다. 예전부터 정치는 내가 이해할 수 있는 영역 밖의 문제였다. 심지어 내가 여자의 참정권 허용을 찬성하는 입장인지도 잘 모르겠다. 그런 건 진짜 중요한 것들과 아무 상관도 없어 보인다. 지금도 유럽 국가들이 서로 싸운다는 게 나로서는 이해하기 힘든 미친 광기로만 여겨진다.

"우리가 주전론 광풍에 휩쓸리지 않았다고 해서 그걸 무시해야 한다는 뜻은 아니야. 메이너드 말이, 키치너(1차 세계대전 당시 영국 국방장관)의 포스터가 붙은 후로 케임브리지 제자들 중에 제일 똑똑한 애들이 전부 입대했다는 거야. 최소한 우리의 운명을 결정하는 이런 말들이 무슨 뜻인지 정도는 이해할 필요가 있다고."

네 발치의 바닥에 펼쳐져 있는 공책을 바라본다. 리치몬드 여성조합에서 강연을 해달라고 했던 너의 부탁을 잊지 않았다. 나의 침묵에 너도 흥분을 가라앉힌다. 다시 입을 열었을 때는 목소리가 한결 부드럽다.

"그런데다가 결국에는 언니의 예술도 타격을 받을 거야."

나는 발끈한다. 그건 내 마음을 뜨겁게 만드는 주제다.

"거기엔 정치가 개입할 여지가 없어! 그림을 그릴 때 내가 추구하는 건 보편적인 세상에 존재하지 않아. 내 앞의 사물, 그리고 내가 캔버스에 그리는 것 사이의 관계에 존재하니까. 작업을 시작할 때는 어떤 그림이 될지 알 수 없지만, 그걸 찾게 되면 항상 느낌이 와. 다른 모든 것들을 의미 있게 만드는 건 바로 그거야. 그건 메아리, 반복이나 움직임일 수도 있고, 뭔가를 연결하는 단 하나의 선일 수도 있어."

나는 입을 다문다. 무슨 말을 하건 너의 조롱에 직면할 거라는, 해묵은 두려움이 머릿속에서 고동친다. 그런데 놀랍게도 너는 내 말을 귀 기울여 듣고 있다. 그제야 너를 똑바로 쳐다본다. 앓고 난 끝이라 여전히 창백하기는 하지만 뭔가 달라진 기미가 보인다. 통통한 뺨, 발그레한 목, 무릎 위로 솟은 배의 풍만한 곡선을 물끄러미 바라본다. 문득 한 가지 생각이 뇌리를 스친다.

"너, 살쪘구나."

내 입에서 나온 뜬금없는 얘기가 재미있는지, 너는 활짝 웃는다.

"응. 레너드가 실론 주를 통째로 다스렸던 데는 그만한 이유가 있었더라고. 그릇을 다 비우면 군것질거리를 줘!"

너를 보고 있자니 생각이 깊어지면서 터무니없어진다.

"아이 가졌니?"

너는 얼굴을 붉히며 고개를 돌린다. 나는 너무 놀란 나머지 민감한 주제를 건드린 건 아닌지 걱정할 겨를이 없다. 계속 따져 묻는다.

"너희가 결정을 내린 줄 알았는데…… 레너드가 편지에 쓰기로는……."

"뭐랬는데? 내가 아이를 갖지 말았어야 한다고 생각한다고? 아니, 나는 왜 그러지 말아야 하는 건대? 새비지 박사는 전혀 문제될 게 없다 하고, 진 토머스도 조심만 하면 나한테 너무 좋을 거라는데. 언니는 이모가 되고 싶지 않아?"

나는 바닥을 내려다본다. 네가 아이를 가질지 모른다는 생각은 해본 적이 없다.

"네 병은 어쩌고? 출산으로 인해 더 위험해질 수도 있잖아."

장해물이 될 만한 것들을 되는 대로 집어 던진다.

"그러니까 언니도 내 생각에 반대하는 거로군."

그 말을 들으니 죄책감이 든다.

"그런 거 아냐. 네가 또 아플까 봐, 그게 싫어서 그럴 뿐이지. 임신을 하면 기운이 굉장히 떨어질 수 있으니까."

네가 뭐라고 대꾸하기 전에 레너드가 차를 가지고 들어온다. 그는 잔을 나눠주고 네 옆에 앉는다. 네가 헛기침을 한다.

"네사 언니는 시골로 철수하기로 했대. 우리도 따라갈까? 몽구스하고 만드릴원숭이를 전부 키우려면 우리한테도 공간이 필요할 테니까."

두 사람의 미소에서 이게 둘만의 은밀한 놀이라는 걸 깨닫는다. 레너드는 원숭이처럼 박수를 치며 머리를 흔든다. 있지도 않은 수염을 매만진다. 그러고는 손이 발인 양 네 목에 두르고 머리에서 이를 잡는 시늉을 한다. 너는 그의 손을 코에 대고 손바닥 안쪽을 핥는다. 나는 찻잔을 쟁반에 내려놓고 일어선다.

"가봐야겠다. 작업실에서 던컨을 만나기로 했거든."

네가 문까지 따라 나온다. 털을 다듬는 원숭이 흉내를 내던 레너드의 모습이 여전히 우리 사이를 가로막고 있다. 옛날에 너는 내 애완동물이었는데. 네가 돌아서는 내 팔을 잡는다.

"사실은, 언니가 시골로 완전히 떠나면 언니가 너무 그리울까 봐 그러는 거야."

♩

던컨과 나는 메이너드가 이따금 주최하는 저녁 모임을 위해 런던에 간다. 그는 레스토랑에 들어서는 우리에게 손을 흔들며 테이블 끄트머리에 비어 있는 두 자리를 가리킨다. 우리는 그가 시키는 대로 키가 크고 체격이 건장한 젊은 남자 양 옆에 앉는다. 나는 어쩐지 던컨에게서 버림받은 느낌이 들어 자리를 바꾸고 싶다. 우리를 환영하는 메이너드의 말에 이어 리튼이 음탕한 농담을 하자 다들 요란하게 웃는다. 그런데 젊은 남자를 보니 분위기에 어우러지지 못한다. 긴장한 탓에 어색하게 나이프만 만지작거린다. 그의 소심함을 알아차린 건 나만이 아니다. 던컨이 남자를 편하게 해주려고 그에게 말을 건다. 따돌림당한 느낌을 애써 외면하며 샴페인을 홀짝인다. 이름은 데이비드지만 친구들은 버니라고 부른다는 젊은 남자의 얘기가 들린다. 그날 밤, 그와 던컨은 연인이 된다.

나는 혼자 집으로 돌아간다. 택시를 타고 가는데 내가 어떤 감정인지 갈피를 잡을 수 없다. 서로 허기진 입을 벌린 채 손으로 거추장스러운 옷을 벗어던지며 침대에 함께 누운 두 남자를 그려본다. 어깨에 두른 숄을 단단히 여미고 머리를 창문에 기대며 유리가 단단해서 다행이라고 생각한다. 늙고 외로운 느낌, 내 아이들의 놀이에서 환영받지 못하는 훼방꾼이 된 기분. 서서히 멈추는 택시의 문을 열고 내린다. 요금을 치르고 집으로 들어간다. 위층으로 올라가선 옷도 벗지 않은 채 침대에 눕는다. 지금 내가 할 수 있는 건 잠이 들길 기다리는 것뿐이다.

고집스레 눌러대는 초인종 소리가 나를 깨운다. 눈을 뜨다가 창으로 쏟아지는 햇살에 소스라친다. 팔꿈치를 세워 몸을 일으키곤 이브닝드레스와 부츠 차림의 내 모습에 어리둥절해진다. 그러다 기억이 난다. 감정을 추스를 틈도 없이 누군가의 목소리가 들리고, 손님들이 현관으로 들어오는 소리가 난다. 따지는 소리, 해명하는 소리, 계단을 올라오는 발소리가 들린다. 급기야 내 방문을 두드린다. 뭐라고 대꾸할 기회조차 없다. 던컨이 벌컥 문을 열고 들어와 환하게 웃으며 내 침대에 앉는다. 그 뒤로 버니가 조신하게 따라 들어온다. 나는 화가 치민다. 던컨이 몸을 기울여 따지려는 내 입을 키스로 덮어버린다. 나도 어느새 미소를 짓는다. 그러곤 함께 부둥켜안은 채 웃음을 터뜨리고, 간밤에 무슨 일이 있었건 우리를 갈라놓을 수 없다는 걸 깨닫는다. 던컨은 팔을 뻗어 버니를 우리 옆으로 끌어당긴다.

J

　버니가 우리의 모델이 되어야 한다는 건 던컨의 생각이다. 던컨이 그를 데리고 내가 작업실로 사용하는 방에 들어올 때 나는 저만치 물러나 있다. 자세를 놓고 호들갑을 떨며 그를 세웠다가 의자에 앉혔다가 빛을 조절하기 위해 커튼을 여닫는 동안 나는 열심히 내 이젤을 준비한다. 그러면서 던컨이 작업을 시작하고 싶어 조바심친다는 걸 느낀다. 마침내 그림을 그리기 시작했을 때 버니를 관찰하는 던컨의 강렬한 눈빛은 두 남자의 감정을 고동치게 만들고, 그 기운이 방 안을 가득 채우는 것 같다. 나는 애써 캔버스에 시선을 고정한 채 붓을 부여잡는다. 이 그림을 완성하려면 내 감정을 무시해야 한다.
　나중에 우리 둘의 초상화를 비교하면서 나는 내 그림이 실패라고 인정한다. 던컨의 그림이 사랑스럽고 성적 매력이 충만한 젊은 남자를 탐구했다면 내 그림은 무기력하고 창백한 소년의 캐리커처였다. 버니의 벗은 상체를 그린 던컨의 작품에는 시선

을 사로잡는 매력과 생동감이 있고, 얼굴의 표현에서도 에너
지와 다정함이 묻어난다. 내 그림에서는 분홍색과 레몬색, 갈
색이 투박한 얼룩처럼 서로 충돌한다. 살에 섞어 넣은 녹색 줄
무늬는 버니의 피부에 병색을 드리운다. 점에 불과한 눈에서는
유약함과 이기심, 심지어 탐욕마저 느껴진다. 내가 질투심을
그렸다는 걸 깨닫는다.

J

버니에게 편지를 쓴다. 테이블 위에 종이 한 장을 펼쳐놓고
펜을 든다. 별로 어렵지 않다. 그래봐야 말을 짜 맞추는 것뿐이
니까. 말은 상처를 줄 수 없고, 살을 찌르거나 벨 수 없고, 평
정심과 자의식을 짓밟을 수도 없다. 버니에게 우리와 함께 살
자고 청한다. 집과 정원, 잔디밭에 만개한 아름다운 사과나무
의 묘사로 운을 떼고, 맛있는 식사와 글쓰기에 도움이 될 고요
함을 약속한다. 새로 설치한 수도의 장점을 늘어놓고, 벌을 치
기에는 과수원이 천국일 거라고 말한다. 그러고는 얼마나 보고
싶은지 모른다며 발림소리를 더한다.
편지를 다시 읽어보다가 내 거짓말 솜씨에 깜짝 놀란다. 던
컨은 벽난로 앞을 오락가락 거닐고 있다. 젖은 옷 위에 담요를
둘렀고, 뒤엉킨 머리카락에서 물이 떨어진다. 괴롭고 초조한
심정으로, 내리는 비에 악담을 퍼붓는다. 그를 보니 언젠가 아
버지를 따라 구경 갔던 사자, 동물원 우리 안에서 어슬렁거리

158

던 그 사자가 떠오른다. 끝없이 탈출을 꿈꾸는 사자의 운명이 너무 끔찍하다고 생각했던 기억이 난다. 편지에 서명을 하고 봉투를 붙인다. 코트에 모자까지 쓰고 빗줄기를 무릅쓴 채 우체국으로 걸어간다. 버니가 당장 오지 않으면 던컨이 떠나리라는 걸 알기 때문이다.

J

너는 벽난로 옆에 서서 추한 배경에 과일을 그려 넣은 내 정물화를 유심히 관찰한다. 벌써 물감이 벗겨지고, 난롯불 열기에 형체가 뒤틀리기 시작했다. 간밤에 벌인 파티의 흔적이 테이블 위에 그대로 널려 있고, 입었던 옷들은 의자에 늘어져 있다. 너의 시선이 던컨이 걸쳤던 털실 가발과 종이로 만든 가슴에 멈춘다. 나는 옷들을 한 팔에 쓸어 안고 테이블을 치운다. 얼추 점심 무렵이지만 던컨과 버니는 아직 일어나지 않았다. 너와 레너드가 엄격히 지키는 작업 시간표를 생각하니 부끄러워진다. 지금쯤이면 너는 으레 몇 백 단어의 글을 썼을 시간이다. 너는 내가 치운 의자에 앉는다. 내 생활이 너에게 얼마나 하찮아 보일지 생각한다. 열린 창문으로 줄리언과 퀜틴이 정원에서 노는 소리가 들린다. 낡은 욕조에 물을 채워놓고 서로 물을 튀기며 차갑다고 비명을 지르고 깔깔거린다. 저러다 금세 안으로 뛰어 들어와 옷이랑 젖은 수건을 내던지곤 다른 놀이를 시작할 것이다. 지끈거리는 머리를 애써 무시한 채 일단 눈앞의 상황에 집중하기로 한다.

"그러니까 그 집을 빌리기로 했단 말이지. 정말 좋은 생각인 것 같다. 흠 잡을 데 없는 곳이야. 그리고 그렇게 하면 런던과 시골을 번갈아가며 지낼 수 있을 테고."

"응. 레너드는 런던을 벗어나는 게 나한테 좋을 거래."

네 말투만으로는 너도 레너드와 같은 생각인지 알 수 없다. 예상했던 대로 줄리언과 퀜틴은 파티 분장이 몇 군데 남은 걸 제외하면 홀딱 벗은 채 벌컥 뛰어 들어온다. 줄리언은 너를 보고는 멈칫했다가 너에게 냅다 달려간다. 놀랍게도 너는 아이의 벌거숭이 꼬락서니에 웃음을 터뜨리고, 줄리언이 사탕을 찾는다며 네 주머니를 뒤져도 내버려둔다. 줄리언이 사탕을 찾아내자 너는 그걸 뺏으려는 시늉을 하고, 아이가 너를 피해 문으로 달려가자 짐짓 토라진 척한다. 나는 분위기가 잠잠해지길 기다린다.

"미안해. 어젯밤에 다들 늦도록 놀았거든. 애들도 차려입게 했더니 아직도 저렇게 신이 났네."

"그랬구나. 가족들끼리 모인 파티였어?"

"아니, 아무튼……. 버니의 생일이었어. 근사하게 차려입자는 건 던컨의 생각이었고."

목소리는 차분하게 유지하지만 버니의 이름을 말하면서 주춤거리고 만다. 네가 나를 쳐다본다.

"언니가 파티를 열었어?"

"버니가……." 나는 갈피를 못 잡고 말을 멈춘다.

"네스? 무슨 일이야?"

나는 모든 걸 말해버린다. 어쩔 수 없다. 누군가에게는 말을 해야만 한다.

"애들이 자러 간 후에 던컨은 소파에서 잠이 들었어. 다들 잔뜩 취한 상태였고. 그래서 버니랑 나는 그를 그냥 내버려두는 게 좋겠다고 판단했지. 담요를 가져다 덮어주고 불을 끈 다음, 버니랑 나는 함께 위층으로 올라갔어. 방으로 가려고 돌아서는데 버니가 내 팔을 잡고는 파티를 열어줘서 고맙다는 거야. 다시 한 번 생일 축하한다고 했더니 그가 내 뺨에 입을 맞췄어. 그런데 그게 끝났어야 하는 데에서 끝나지 않는 바람에…… 몸을 억지로 빼내야 했어."

"그러면 언니는 그를 원치 않았어?"

"당연히 아니지! 너한테 어떻게 보일지 알아……. 내가 하찮아 보이겠지……. 하지만 버니랑 잤다면 성폭행당하는 느낌이었을 거야."

나는 와락 눈물을 쏟는다. 네가 나를 어떻게 생각하는지에 대해서는 더 이상 신경 쓰지 않는다. 네 눈앞에 실패한 내 인생을 펼쳐놓는다. 너는 자리에서 일어나더니 내 앞에 무릎을 꿇고 앉는다.

"언니, 울지 마."

그러고는 내 머리를 당겨서 너의 어깨에 얹고 앞뒤로 가만히 흔들어준다.

"절대로 그렇지 않다는 건 언니도 알잖아. 언니 주위를 살펴봐."

내가 고개를 든다.

"보면 어떤데? 애들은 통제 불능이고, 집 안은 엉망진창이고, 그림은 팔리지 않아."

네가 내 얼굴에 입을 맞춘다. "내가 얼마나 여기 오고 싶어 하는지 몰라서 그래? 이런 생활을 한 조각만 얻을 수 있다면 내일 당장 글쓰기를 포기하리라는 걸 몰라?"

나는 미심쩍은 눈초리로 너를 쳐다본다. 너는 벽난로 옆에 걸어놓은 잘 익은 복숭아와 살구 그림을 가리킨다. 열매 사이의 줄기와 잎사귀, 혼란스러운 장식을 엮어서 형태를 부여하는 패턴을 손으로 따라간다. 어느새 다시 정원으로 나간 줄리언과 퀜틴이 신나게 뛰어노는 소리가 들린다. 조금 있으면 던컨이 내려올 테고, 나는 부엌에 가서 점심을 차릴 것이다. 내 삶의 조각들이, 파티의 흔적과 아이들이 벗어 던진 옷과 반만 완성된 벽난로가 차츰 하나의 완성된 풍경이 되어간다. 너는 한 점의 그림을 완성해냈다.

ʃ

"해봐, 어디 한번." 마조리의 말투는 흡사 결투를 신청하며 장갑을 던지는 기세다. 던컨이 내 옆구리를 찌른다.

"그래, 네스! 재미있겠다!" 열심히 부추기는 던컨의 모습이 놀랍다.

"좋아." 나는 마조리 옆에 있는 실크 쿠션에 앉는다. 그녀가 내 손을 잡더니 손바닥을 위로 펼친다.

"편안하지?"

내가 고개를 끄덕인다. 마조리는 눈을 감고 심호흡을 여러

162

번 한다. 나는 마조리의 드레스에 달린, 서로 싸우는 용 두 마리 형상의 보석 브로치를 바라본다. 마조리가 눈을 뜨고 내 손을 유심히 들여다본다. 마조리가 몸을 움직일 때마다 머리에 꽂은 공작 깃털이 살랑거린다.

"자기는 생명선이 강하네. 군데군데 끊어져서 질병을 암시하기는 하지만, 그래도 늙도록 살 거야." 마조리의 목소리는 유혹하는 듯하다. 나는 미심쩍으면서도 그녀가 또 무슨 말을 할지 궁금하다.

"아이는 하나, 둘, 셋, 넷…… 아니…… 셋을 가질 거야." 그 말에 가슴이 철렁 내려앉고, 행여 마조리가 내 은밀한 기도를 들은 게 아닐까 의심이 간다. 던컨을 보니, 마조리의 예언에 열심히 귀를 기울이고 있다.

"열정적으로 사랑하고 사랑받을 거야. 그런데……." 여기서 마조리는 자신의 예언이 정확한지 확인하려는 듯이 내 손을 더 바짝 끌어당긴다. "……그게 반드시 같은 사람은 아니야." 숨이 가쁘고 뜨거워진다. 던컨이 눈살을 찌푸린다.

"성격은 어때? 그런 것도 알 수 있을 거 아냐." 그는 화제를 바꾸고 싶은 눈치다. 마조리가 내 손바닥을 다시 들여다본다.

"비밀이 많고, 입이 무겁고, 질투심이 강해. 당신은 뭔가를 숨기고 있어……. 어쩌면 상처?" 나는 느닷없이 들켜버린 심정으로 몸을 부르르 떤다. 손을 얼른 잡아 빼고 자리에서 일어난다.

"이리 와, 던컨. 이번엔 당신 차례야. 당신은 무슨 비밀을 감추고 있는지 들어보자고."

J

　전쟁의 기운을 무시하기 힘들어진다. 메이너드는 재무부에서 들은 체펠린 비행선에 대한 끔찍한 이야기를 전해주었고, 루퍼트는 터키에서 전투 중에 사망했다. 강제 징병 문제는 현실 속으로 더 바짝 파고든다. 던컨의 아버지는 그 현실이 닥칠 경우 복무를 피할 수 있을지 모른다는 바람으로 아들에게 농장을 빌려주기로 했다.

　하지만 그렇게 방치된 상태일 줄은 미처 몰랐다. 과실수는 돌보지 않은 채 내버려뒀고, 밭은 곳곳에 잡초가 뒤엉켜서 걸어 다니는 것조차 힘들 정도였다. 닭장에서는 썩은 내가 진동해서 남은 암탉들은 빈 헛간에서 지내고 있었다. 영양이 부실한 양 몇 마리는 농장 한구석에 모여 허물어진 건초 가리에서 힘없이 지푸라기를 뽑아 먹었다. 소들의 행방은 알 길이 없었는데, 그 미스터리는 끝내 풀리지 않았다.

　던컨과 버니가 과실수의 가지를 치는 동안 나는 집 안 정리에 착수했다. 껍질이 일어난 벽지에 템페라 물감으로 그림을 그리고, 전에 세 살던 사람들이 버리고 간 곰팡이 핀 싸구려 장식들을 떼어냈다. 커튼과 쿠션 커버에 물을 들이고 우리가 그린 그림을 벽에 걸었다. 방들을 하나씩 차례차례 작업하면서 생활하고 일할 수 있는 공간으로 만들었다. 그럭저럭 편안히 지낼 수 있게 된 다음에는 던컨과 버니를 도와 농장 일을 했다.

　밭을 갈아야 한다는 생각은 모두 같았지만, 헛간에서 쓸 만한 쟁기를 하나 찾아냈을 뿐 우리에게 말을 빌려주려는 사람은 아무도 없었다. 버니가 며칠씩 근처의 농장을 찾아다녔지만 돌아오는 얘기는 언제나 똑같았다. 말을 전부 사용 중이라는 것이었다. 결국, 그럼 우리가 직접 쟁기를 끌어보자는 의견을 냈다. 그건 그야말로 등이 휘는 노역이었고, 불과 몇 시간 만에 패배를 자인해야 했다. 우리는 힘이 빠진 채 절룩거리며 집으로 돌아갔다.

그래도. 우리의 일상은 충만하고 평온했다. 아이들이 정원에서 숨바꼭질하는 소리를 들으면 바다 건너에서 벌어지고 있는 전쟁을 잊을 수 있었다. 나는 그중 덜 허물어진 헛간을 작업실로 꾸미고 꽃이 만개한 과수원을 그렸다. 사과와 배를 딸 때는 마음이 뿌듯했다. 우리의 기묘한 삼각관계도 전쟁에 비하면 훨씬 멀쩡해 보였다. 아침에 눈을 뜰 때마다 우리들의 평화가 깨지지 않기를 마음속으로 기도했다.

그러다 집에서 지내기가 너무 추워졌고, 우리는 그나마 쓸 만한 스토브가 있는 헛간으로 거처를 옮겼다. 나는 벽에 붙은 접이식 침대를 쓰고 던컨과 버니는 바닥에 양탄자를 깔고 잤다. 아이들은 클라이브에게 보냈고, 한 번 가면 몇 주씩 만나지 못했다. 남자 둘이 가축을 돌보는 사이에 나는 있는 재료로 상을 차렸다. 할 수 있을 땐, 작업을 했다. 헐벗은 나무를 그렸고, 소복하게 덮여 잠시나마 세상을 지워버리는 눈을 그렸다. 기다리다 보면 언젠가는 상황이 제 모습을 찾을 것 같았다. 우리가 서로 부둥켜안고 어두운 겨울 저녁을 보낼 때, 팽팽하게 감아났던 던컨의 욕망이 풀리기 시작했다. 아침마다 나는 얼어붙은 풍경을 바라보며 봄의 징조를 기다렸다.

버니가 떠나겠다는 뜻을 처음 밝혔을 때, 그 소식이 내겐 해
방처럼 반가웠다. 아주 오래전부터 꿈꿔온 순간이었다. 그래도
신중하게 처신해야 한다는 걸 모르지 않았다. 날이 풀려서 집
으로 다시 돌아갔을 때 그가 차지했던 자리를 일깨워주는 표시
로 던컨이 그린 초상화를 벽난로 위에 걸었다. 나는 그에게 우
리의 소식을 담은 편지를 보냈다. 버니는 프랑스에서 하는 일,
그가 돕고 있는 난민들의 비참한 처지를 자세히 적어 답장을
보냈다. 내가 그의 편지를 소리 내어 읽으면 던컨은 조용히 귀
를 기울였다.

♩

　섣달그믐. 너는 옷깃과 가장자리를 레이스로 장식한 비둘기
색 드레스를 입고 있다. 레너드가 모임을 이끌며 음료수를 나
눠준다. 나는 네 맞은편에 앉아 가싱턴(옥스퍼드 남동쪽에 있는 마을)
에서 있었던 일화로 너를 웃게 만들려고 노력한다. 너는 피곤
해 보인다. 눈동자가 흐릿한 것이 못내 마음에 걸린다. 그쪽으
로 건너가서 네 어깨를 안아주고 싶다. 하지만 그러는 대신 다
같이 참여했던 팬터마임 얘기, 오톨라인의 남다른 분장 얘기를
들려준다. 너에게 괜찮은지 묻는다. 네가 대답할 틈도 없이 레
너드가 다가오더니 너에게 피곤하지 않냐며 부산을 떤다. 가서
눕는 게 좋겠다는 그의 말에 네가 고개를 젓는다. 너는 기운을
내서 메이너드에게, 뒤이어 클라이브에게 질문을 던진다. 옆에

166

서 잠시 서성이던 레너드는 설득이 불가능하다는 걸 깨닫고 주최자의 역할로 돌아간다. 화제는 어쩔 수 없이 전쟁으로 넘어간다.

"그러니까 자네 생각은 그렇게 될 거라는 거네." 클라이브의 무심한 목소리를 액면 그대로 받아들이는 사람은 아무도 없다. 메이너드의 대답을 듣기 위해 다들 몸을 앞으로 기울인다.

"그래. 며칠 내로 발표가 나올 거야. 단독 부양의 의무가 없는 18세에서 41세의 남자는 전부 강제 징집 대상이야."

저마다 각자의 상황을 따져보느라 잠시 침묵이 흐른다. 그 침묵을 깨뜨리는 건 던컨이다.

"나는 거부할 거야. 그래 봐야 지들이 어쩌겠어?"

"감금. 강제 노동. 그에 따른 모든 것들." 메이너드의 말에 던컨의 안색이 변한다. 불현듯 감옥에 갇힌 던컨, 그림을 그리지 못해 의기소침한 그의 모습이 떠오른다.

"그래도 뭔가 방법이 있을 테죠." 버니가 처음으로 입을 연다. 그는 레너드가 준 술을 단숨에 들이킨다.

"그래. 면제 신청을 할 수 있어. 보통은 건강상의 이유지. 양심적 병역 거부에 대한 조항도 없지는 않아. 하지만 제한적이고 첫 판결은 지방법원에서 내리게 돼."

클라이브가 앓는 소리를 낸다. "그게 무슨 의미인지는 우리도 다 알아. 자신들의 이익 외엔 안중에도 없는 호전주의자들."

던컨이 의자에서 벌떡 일어나 못된 판사 흉내를 내며, 신이 나서 눈동자를 치뜨고 매질을 하는 시늉을 한다. 다들 그의 동작을 따라한다. 클라이브가 '룰 브리타니아(제임스 톰슨의 시에 토머스 아르네가 곡을 붙인 이 노래는 영국에서 국가와 비슷하게 취급된다)'를 부르고,

메이너드는 병역 면제 신청이 기각되는 얼토당토않은 이유들을 나열한다. 버니는 나태하고 비만한 판사가 되어 의자에 털썩 주저앉아 코를 곤다. 레너드는 갈피를 잡지 못하는 장군 역할을 맡아 있지도 않은 지도를 들여다보며 부대를 어디에 배치할지 몰라 머리를 긁는다. 너까지도 주검을 보며 환희에 차서 손을 비비는 시늉을 한다. 짧은 연극이 끝나고, 우리는 그것이 안겨준 잠깐의 위안에 박수를 치며 환호한다. 그러나 이미 다음 단계로 접어든 전쟁의 심각성을 잊은 사람은 아무도 없다.

J

두 번의 공판이 있었다. 나도 따라갔던 첫 번째 공판에서는 배심원석을 채운 농부들이 던컨과 버니의 병역 거부 신청을 만장일치로 기각했다. 투옥을 피할 수 없을 것 같은 참담한 심정으로 몇 주를 보냈다. 나는 던컨을 안전하게 지키기 위해 할 수 있는 모든 수단을 강구했다. 재판에 영향을 줄 수 있을 것 같은 사람이면 가리지 않고 도와달라는 편지를 보냈다. 결국 두 번째 공판에서는 메이너드의 증언 덕분에 신청이 받아들여졌다. 던컨과 버니의 청구는 "국가적으로 중요한" 일에 임한다는 조건으로 인정되었다.

그날 밤, 우리 셋은 버니가 프랑스에서 가져온 마지막 와인을 땄다. 벽난로 앞 양탄자에 셋이 나란히 누워 천장을 올려다

봤다. 다들 취했고, 창을 압박하는 어둠이 우리를 보호해주는 것 같았다. 어두컴컴한 허공을 응시하던 버니가 여문 옥수수밭과 열매가 풍성한 과수원을 묘사했다. 던컨은 알을 쑥쑥 낳는 암탉과 토실토실한 양들을 더했고, 나는 거기에 자루 가득 담아 온 텃밭의 채소와 한 다발씩 묶어 말린 허브, 그리고 저장 식품을 가득 담은 항아리들을 보탰다. 우리는 몸이 뒤엉킨 채로 누워 그렇게 낙원의 풍경을 그렸고, 그러자 전쟁은 머나먼 지옥, 불길이 너울거리며 타오르다가 결국엔 잦아들 미친 불장난처럼 느껴졌다.

다음 날 아침엔 던컨과 버니를 깨우지 않고 나 혼자 일찍 일어났다. 서둘러 옷을 입고는 빵 반 덩어리와 사과 두 알, 전날 밤에 벌인 잔치에서 남은 치즈를 가방에 챙겼다. 창고에 있던 자전거를 타고 벌판을 가로지를 때까지도 날은 어스름했다. 난로 앞에 몸을 맞대고 누워 살아남자고 다짐했던 우리의 결의를 떠올렸다. 그러자 좁은 시골길을 따라 페달을 밟는 다리에 힘이 실렸다. 차가운 새벽 공기에 정신이 들면서 강인한 의지가 생겨났다. 내가 해야 하는 일이 뭔지 잘 알고 있었다. 던컨과 버니가 자영업자로 남아 있어서는 법원의 조건을 충족시킬 수 없었다. 그들에게 일자리를 찾아줘야 했다.

역에서 기차표를 사고 플랫폼으로 나가 기차를 기다렸다. 루이스(잉글랜드 남부의 도시)에서 만나 짧게 인사를 나눴던 헥스 씨를 떠올렸다. 자전거를 화물칸에 싣고 이등석으로 갔다. 그에게 사정을 얘기한 후 간청을 해보자고 마음먹었다. 그러려면 직접 만나야 했다. 편지로는 그만한 효과를 낼 수 없다.

농장 입구에 자전거를 멈추고 내려서면서 심호흡을 했다. 나

지막한 돌담에 자전거를 기대놓고 집까지 걸어갔다. 현관문이
살짝 열려 있었다. 초인종을 눌렀더니 더러운 앞치마를 두른
가정부가 나왔다. 내가 온 이유를 재빨리 설명했다. 가정부는
아무 말 없이 옆에 있는 헛간을 가리켰다. 서둘러 그곳으로 갔
다. 헛간 내부는 침침했지만, 그래도 헥스 씨는 나를 기억했다.
나의 간절한 부탁에 그는 일꾼이 두 명 더 생기면 좋을 거라며
던컨과 버니에게 일을 주겠다고 약속했다. 이제 우리가 살 집
을 구할 일만 남았다.

J

　그곳에 대해 나한테 처음 얘기한 사람은 너였다. 레너드가
지역신문에 실린 광고를 봤고, 둘이 함께 가서 살펴봤다고 했
다. 내게 필요한 걸 모두 갖춘 것 같다며, 만약 내가 그곳으로
정한다면 서로 걸어서 오갈 수 있는 거리에 살게 되는 거라고,
편지로 나를 부추겼다. 하지만 막상 그곳을 처음 봤을 땐 흠결
만 내 눈에 들어왔다.
　그래도 뭔가 나를 잡아끌었다. 자전거를 타고 거친 길을 달
려갈 땐 하늘이 우중충했는데, 입구에 들어서는 순간 풍경이
나를 압도했다. 집 앞에는 나무 그늘이 드리운 연못이 있었다.
연못을 보고 있는 사이에 구름에 가렸던 해가 나오더니 하얀
클레머티스 꽃을 은빛으로 물들였다. 집에는 빨간 기와를 얹었
고, 건축업자가 비율을 착각했는지 창문이 집에 비해 지나치

게 컸다.

스테이시 씨라는 사람이 문을 열어줬다. 커다란 창문으로 쏟아져 들어오는 빛은 거침이 없었고, 그를 따라 여기저기 돌아보는 사이에 내 심장박동은 점점 빨라졌다. 넓은 공간을 보며 머릿속으로 배치를 시작했다. 여기는 클라이브의 침실, 여기는 메이너드의 서재, 던컨의 방과 아이들이 쓸 방, 내 작업실. 미닫이문을 열자 자연 그대로의 정원이 나왔다. 금잔화와 양귀비, 디기탈리스, 그리고 수레국화가 제멋대로 흐드러졌다. 거기서 아이들이 즐겁게 뛰노는 소리가 들리는 것 같았다. 테라스에서 그림을 그리는 던컨과 잔디밭을 거니는 손님들을 상상했다. 그리고 그 한가운데 내가 서 있는 게 보였다. 생기 넘치고 당당하며 사랑받는 내가 있었다. 마음을 정했다. 나는 스테이시 씨에게 이 집을 장기임대 하겠다고 말했다.

7

퍼질러 앉은 채 손으로 이마를 훔치며 허리를 젖힌다. 살에
닿는 땅의 기운이 따뜻하다. 올려다본 파란 하늘에는 구름이
앞서거니 뒤서거니 하며 흘러간다. 어렸을 때처럼 상상 속의
동물이나 성의 모양을 찾아본다. 꼬투리콩의 어린 모종을 트레
이에서 조심스레 들어 올린다. 미리 파놓은 구멍에 모종을 넣
고 뿌리를 흙으로 덮어준다. 가느다란 실뿌리가 바람에 하늘거
린다. 머잖아 옆에 박은 막대를 휘감으며 빛을 향해 뻗어나갈
것이다.

찰스턴(잉글랜드 남부 이스트서식스 주 루이스에 있는 작은 마을)에 정착하
는 건 쉽지 않았다. 집에는 수돗물이 나오지 않고 전기도 들어
오지 않았다. 메이너드가 보내준 가구를 들여놨는데도 휑한 방
이 많았다. 텅 빈 흰색을 가리려고 인디언레드와 코발트를 섞
어 벽에 칠했지만 그것 말고는 집을 꾸밀 시간이 거의 없었다.

전쟁으로 인해 물자 부족이 심하고, 던컨과 버니가 매일 일을 나가다 보니 텃밭이 제일 문제다. 잡초를 뽑거나 파종을 하다가 허리를 펴고는 방을 빈 캔버스라고 상상하며 머릿속으로 밑그림을 그려보기도 한다. 던컨의 창문 위에 파랗고 노란 달로띠를 그리고, 창턱 아래엔 녹색과 갈색 동그라미로 대칭을 주면 좋겠다고 생각한다. 옆에 있는 막대기를 집어다가 그의 방문에 그릴 백합과 양귀비 꽃병을 스케치한다. 이 꽃들이 그동안 내가 뽑아버린 꽃나무들의 보상이 되어줄까. 먹을 게 워낙 귀하다 보니 땅이 한 뼘만 있어도 채소와 과일을 심어야 한다.

해야 할 일들을 따져본다. 클라이브한테 아이들을 학교에 보내고 싶지 않으니 여기서 직접 가르치겠다고 얘기했다. 가정교사를 한 명 채용했고, 비용을 줄이기 위해 다른 아이들도 받았다. 당근밭에 자란 민들레를 뽑는다. 줄리언이 걱정이다. 퀜틴은 수업을 곧잘 따라가는데, 줄리언은 내가 뭘 하라고 하면 일부러 어긋나간다. 내가 등만 돌리면 몸을 비틀고, 내가 다른 아이들에게 관심을 쏟으면 질투를 하는 것 같다. 어제도 애나-제인의 정물화를 봐줬더니 과일 그릇을 쳐서 바닥에 떨어뜨렸다.

던컨이 농장에서 가져다준 모종을 꺼낸다. 아직도 할 일이 산더미다. 손가락으로 콩 심을 구멍을 판다. 손톱이 부드러운 흙을 파고 들어간다. 텃밭 너머로 눈을 돌린다. 펄 힐이 바로 앞에 있지만, 웅장한 곡선을 그리는 언덕에는 인적이 보이지 않는다. 속내를 털어놓을 사람이 아무도 없다. 나는 모든 결정과 그에 따른 결과를 혼자 감당하는 선장의 심정이다. 가끔 밤에 침대에 누워 있으면 나한테 기댄 모든 사람들의 숨소리가 뒤섞여 들리는 것 같다. 나는 이 배를 안전한 곳으로 몰고 가야 한다. 윙윙거리며 얼굴 주변을 날아다니는 말벌을 손을 내저어 쫓는다. 지난해에 열렸다가 떨어져 그대로 썩어가는 과일을 묻어줄 시간이 없었다. 콩을 다 심고 흙투성이 손을 치마에 문질러 닦는다. 프랑스어 수업 시간이다. 그런 다음에는 고된 노동에 지치고 허기져 돌아오는 던컨과 버니를 위해 수프를 끓여야 한다. 자리를 털고 일어나는데 멀리서 우르릉 소리가 들린다. 그게 총소리라는 사실을 깨닫고는 깜짝 놀란다. 전쟁의 소리를 듣는 건 처음이다. 괴로움에 겨워 토해내는 나의 외침에 느릅나무에 앉았던 까마귀들이 푸드덕 날아간다.

J

너와 레너드가 찾아온다. 네가 도착했을 때 나는 거실에서 벽난로 타일에 그림을 그리고 있다. 아침내 텃밭을 가꾸느라 옷은 진흙투성이다. 아이들에게 반나절 동안 마음껏 놀아도 된다고 했더니 직접 만든 장난감 총으로 이제 얼마 남지도 않은 관목 덤불을 습격하는 줄리언과 퀜틴의 소리가 들린다. 나는 얼른 걸레에 손을 닦는다. 너는 목선을 넓게 처리한 짙은 청색 드레스를 입고 있는데, 로저의 작업실에서 만든 오메가 디자인이라는 걸 한눈에 알 수 있다. 두 사람이 앉을 자리를 치워주고 부엌에 가서 차를 끓인다.

돌아왔더니 너 혼자 내가 그리던 타일을 보고 있다. 우리 두 사람의 중간쯤 되는 바닥에 찻쟁반을 내려놓는다.

177

"레너드는 애들을 찾으러 갔어." 너는 설명하듯 말하고 타일 하나를 가리킨다. "이건 바다를 의미한 거야?"

눈은 네가 가리키는 타일을 바라보지만, 나도 레너드를 따라 애들을 찾으러 나가야 할 것 같은 생각으로 머릿속이 어지럽다. 레너드는 내가 아이들을 너무 오냐오냐 받아준다면서, 좀 더 엄격하게 키우는 게 아이들에게도 도움이 된다고 믿는다.

"바다를 생각했던 것 같기는 하지만, 내 마음속에 가장 선명하게 자리 잡고 있는 색과 패턴이기도 해."

너는 내 대답을 곰곰이 따져보는 눈치다.

"특별히 바다의 풍경을 생각하지 않았다면 여기 이건 뭘 의도한 거야?" 너는 타일 가운데의 검은 직선을 손가락으로 훑어 내린다. "나는 이게 등대일 거라고 짐작했는데."

그 선을 본다. 파란 소용돌이를 닻처럼 고정해줄 게 필요하다는 생각에 그려 넣었던 기억이 난다.

"딱히 뭔가를 의미한 것 같지는 않지만, 네가 그걸 등대로 보는 해석에는 전혀 불만 없어." 주전자를 들고 차를 두 잔 따른다. 너는 계속 타일을 들여다본다.

"하지만 이게 등대가 아니라면, 심지어 어떤 구체적인 걸 의미하는 것도 아니라면, 이건 여기 왜 있는 거야?"

우유를 탄 찻잔을 너에게 건넨다. 그때 창밖에서 등골이 오싹할 정도의 비명이 들려서 고개를 든다. 정원에는 아무도 보이지 않는다.

"파란색에, 패턴에 그게 필요했어. 눈이 머물 곳을 주니까."

너는 내게 숨 돌릴 틈조차 주지 않는다.

"그렇다면 보는 사람을 포함시키고 싶은 거네?"

"물론이지. 하지만 내가 그림을 그릴 때 관객을 최우선으로 생각하는 것 같지는 않아."

"그건 반가운 소리야. 나는 오히려 독자를 충분히 생각하지 않아서 걱정이지만 말이야. 내가 글을 쓸 때 그러는 건 뭔가를 더 깊이 파고들 기회를 주기 때문이야. 그렇지 않고서는 배제될 수밖에 없는 것 속으로 들어갈 기회. 반면에 언니는, 내가 제대로 이해했다면, 정반대의 문제를 직시해야 해. 언니는 이미 안에 있고, 그렇기 때문에 언니의 작품 밖에 있는 사람들의 시점을 찾아내는 게 언니의 숙제야."

나는 자리에서 일어선다.

"내가 하는 작업을 너무 과대평가하는구나. 나는 그저, 무엇보다…… 감정을 잊기 위해 그릴 뿐이야."

말은 할 만큼 했다. 나가서 아이들을 찾아보려고 숄을 집는다. 그런데 그럴 새도 없이 레너드가 정원에서 들어온다.

"찾았어요?" 말이 너무 급하게 튀어나온다. 고개를 젓는 레너드의 얼굴은 찌푸린 인상으로 굳어졌다. 제멋대로 날뛰는 아이들이 못마땅한 기색이다. 그가 네 옆에 앉고, 나는 세 번째 잔에 차를 따른다. 그는 너의 스카프를 단단히 여며주며 너의 목을 가볍게 어루만진다. 네가 그의 손을 잡아 손바닥에 입을 맞춘다. 나는 내 찻잔을 내려다본다. 밤마다 혼자 누워 잠드는 침대의 모습이 머릿속을 떠나지 않는다. 창문에 돌멩이 던지는 소리가 들린다. 고개를 들었더니 얼굴 하나가 보인다.

"토비!"

네가 나를 쳐다보는데, 믿을 수 없다는 난감한 표정이다. 나는 자리에서 일어나 창가로 걸어간다. 퀜틴이 헝클어진 머리에 나무칼을 들고 안으로 들어선다. 그 아이의 형도 뒤를 따라 들어온다.

 "그래. 이제야 들어왔구나. 줄리언, 와서 차 좀 마시렴." 그 이름을 말할 때에야 비로소 내 실수를 깨닫는다. 줄리언은 토비의 첫 번째 이름이었고, 놀란 나머지 순간적으로 둘을 혼동했던 것이다. 너는 줄리언에게 토비의 이름을 붙이고 싶다는 나의 바람을 끝내 허락하지 않았다. 아이들이 네 옆에 몰려들어 마룻바닥에 앉아 서로 너의 관심을 끌려고 투닥거린다. 너는 꼴이 그게 뭐냐며 아이들을 놀리다가 가방에서 주전부리를 꺼낸다. 아이들은 웃고 박수를 치면서 너의 말에 열심히 귀를 기울인다. 아이들이 자라면서 멀어져갈 게 두려워지기 시작한다.

 네가 와 있는 동안 나는 거의 말을 하지 않는다. 너는 얘기를 하고, 아이들은 네 옆에 잠자코 얌전히 앉아 있다. 네 손가락에 못 보던 반지가 보인다. 어느새 네가 돌아갈 시간이 되고, 나는 레너드의 팔짱을 낀 네가 춤을 추며 뒤따르는 아이들을 수행원처럼 거느린 채 걸어가는 모습을 지켜본다.

J

 너에게 모델이 되어달라고 부탁한다. 용케 시간이 난다. 너를 의자에 앉혀 공상을 하게 하면 그림 그리기가 더 수월할 거라는 생각에 이젤을 정원에 펼친다. 네가 다른 사람의 시선을 얼마나 질색하는지 알고 있다. 네가 앉은 의자와 몸의 윤곽을 스케치한다. 드레스의 따뜻한 황갈색과 불이 붙은 것 같은 진홍색 리본을 그린다. 그림을 그리니까 혼자 고립된 느낌이 옅어지기 시작한다. 감내해야 했던 모든 상처와 실망이 차츰 줄어들더니, 이윽고 내 앞의 풍경과 규칙적인 손의 움직임만 남는다. 세인트이브스의 정원에서 접이식 의자에 앉았던 어머니, 점심을 먹은 후에 눈을 감고 짧은 평화를 즐기던 어머니를 생각한다. 내 붓 끝에서 사랑스러운 손길, 팔로 다정하게 감싸 안는 그리운 보호의 느낌이 살아난다. 네가 쓰고 있는 모자의 챙, 얼굴을 띠처럼 감싸는 머리카락을 칠한다. 너의 콧날과 입매를 그린다. 이목구비를 그린 후에 붓을 멈추고 어떤 효과가 나는지 살펴본다. 실패다. 나이프로 물감을 전부 긁어낸다. 꼭 감은 너의 눈, 의자에 기댄 뒷머리를 바라본다. 갸름한 네 얼굴을 전부 살색으로 칠한다. 다시 바라본다. 표정을 그렇게 공백으로 남겨둔다. 붓을 내려놓는다. 내게 의미하는 너의 모습이 완성된다.

J

겨울은 시리게 춥다. 아침 일찍 일어나 낡은 담요로 몸을 감싸고 부엌으로 가서 던컨과 버니가 먹을 식사를 준비한다. 주전자를 벽난로 시렁에 얹고 빵을 썬다. 그런 다음에는 되는 대로 자루 두 개를 채워서 점심 도시락을 싼다. 비틀거리며 부엌으로 들어온 던컨과 버니가 동상에 걸린 손가락과 발가락을

장갑과 부츠에 우격다짐 집어넣을 때까지도 날은 아직 어둡
다. 지붕에서 물이 떨어지는 곳에 받쳐둔 대야가 꽁꽁 얼었다.
수도관도 얼었다. 아침에 양동이를 들고 들을 가로질러 샘에
다녀와야 한다. 두 사람은 농장에서 순무를 캘 거라는데, 땅을
어떻게 팔지 모르겠다. 찻주전자에 끓는 물을 붓고, 숟가락으
로 찻잎을 주전자 안쪽에 짓이겨가며 차를 조금이나마 진하게
우려내려고 허튼 안간힘을 쓴다. 차는 거의 바닥이 났고, 커피
는 이미 몇 주 전에 떨어졌다. 그래도 던컨은 김이 솟는 찻잔을
감사히 받는다. 피로에 지친 기색이다. 그의 체력은 버니를 못
따라가고, 몇 달째 계속되는 고된 노동의 여파가 나타나기 시
작한다. 잠이 부족한 탓에 눈은 붓고, 살결은 낡은 서류처럼 퍼
석거린다. 그를 안아주고 싶다. 내 침대에 뉘이고 품에 안아 재
우고 싶다. 하지만 그러는 대신 난롯불을 뒤적이고, 아이들이
아침을 먹을 자리를 만든다. 식사를 마친 던컨과 버니에게 잘
다녀오라며 입을 맞춘 후, 추워서 더 버틸 수 없을 때까지 문가
에 선 채 시골길을 터벅터벅 걸어가는 두 사람의 뒷모습을 바
라본다.

ʃ

전쟁이 더 깊숙이 파고들어온다. 전쟁의 광기가 집 안으로 침
투한다. 보이지 않지만 전염력이 강한 악의 기운이 문으로 몰래
숨어들고 틈새로 슬금슬금 스며든다. 줄리언이 가정교사를 심

하게 때려서 얼굴에 냉찜질을 해줘야 했다. 이제 집안일을 믿고
맡길 사람도 찾을 수 없다. 하루는 에밀리가 아침 10시가 넘어
서야 왔기에 늦었다고 야단을 쳤더니 대뜸 그만두겠다고 한다.
군수품 공장에 가면 돈을 더 많이 받을 수 있단다. 식량 부족이
심해진다. 던컨은 피곤을 이기지 못해 저녁을 먹다가도 곯아떨
어지기 일쑤다. 버니와 내가 침대에 데려다 눕힐 때가 많다. 나
도 자고 싶다. 이불을 머리끝까지 덮어 쓰고 자다가 다른 곳에
서, 삶이 이렇게 힘겹지 않은 곳에서 깨어나고 싶다.

J

　　침대에 누운 채 나뭇가지를 흔드는 바람 소리에 귀를 기울이
며 해협 너머의 포성과 문밖에서 서성이는 버니의 느린 발걸음
소리를 애써 무시한다. 그는 나와 자겠다는 욕망을 아직도 포
기하지 않았다. 눈을 감고 그의 공세가 지나가길 기다린다.
　　느닷없이 큰 소리가 들린다. 벌떡 일어나 앉지만, 순간적으
로 정말 들린 건지 상상의 소리인지 분간이 서지 않는다. 그때,
쿵 소리가 나고 고함이 다시 한 번, 연이어 또 한 번 들려온다.
이불을 젖히고 달려 나간다. 어두운 복도에 가만히 서서 귀를
기울인다. 고함이 들리는 곳은 복도 맨 끝 방이다. 문을 열자 촛
불 빛에 다리가 여럿인 괴물이 드러나는데, 자세히 보니 벌거
벗은 채 뒤엉킨 던컨과 버니다.
　　"내가 본때를 보여주지!" 버니가 던컨을 짓누르며 나직하게

183

으르렁거린다. 몸과 몸 사이에 빈틈이 보이지 않는다.

"이 개자식!" 던컨은 힘에 부치는 목소리다. 버니의 주먹이 던컨의 가슴을 연달아 내리친다. 어깨에 두르고 있던 담요로 두 사람을 덮어버린다. 내 행동은 의도했던 효과를 발휘한다.

"일어나." 담요를 걷어내며 말한다. "당장."

버니가 비틀거리며 일어나는데, 땀범벅인데다 잔뜩 예민해진 상태이고 찢어진 입술에서 피가 흐른다. 던컨은 바닥에 누워 꼼짝도 하지 않는다. 숨을 힘겹게 몰아쉬다가 천천히 일어나 앉는다. 그를 부축해서 일으켜 세운다. 그는 내 어깨에 팔을 두르고 기우뚱거리며 간신히 균형을 잡는다. 그를 내 방으로 데려간다.

왜 싸웠는지 묻지 말아야 한다는 것쯤은 알고 있다. 던컨 옆에 누워 그를 안아준다. 그가 내 품에 얼굴을 묻은 채 흐느낀다. 그가 내 몸 안으로 들어올 때 그가 생각하는 사람이 나일까, 버니일까 궁금하다.

J

메리가 모델을 해주기로 한다. 그녀가 클라이브의 연인이 됐다는 사실에는 더 이상 개의치 않는다. 메리에게 서서 고개를 숙이고, 시선은 바닥을 향하게 한다. 머리는 하나로 땋았다. 처음에는 손을 어디에 둬야 할지 마음을 정하지 못한다. 몸 앞으로 들게 했다가 옆으로 떨어뜨려보기도 한다. 어느 쪽도 마음에 들지 않는다. 지나치게 개방적이고 너무 유혹하는 듯한 자세다. 메리에게 머리를 묶는 것처럼 손을 들어보라고 한다. 이 자세는 효과가 있다. 내면의 성찰과 근심이 적당하게 섞여 표면에 드러난다. 나머지 부분을 대략적으로 스케치한 후, 욕조로 시선을 옮긴다. 잠시 고민한 끝에 욕조의 뒤를 살짝 일으켜 세우고, 바닥에 평평한 선을 넣어서 둥그스름한 느낌을 덜어내자고 결정한다. 욕조의 윤곽에서 붓이 오래 머문다. 은색과 회색을 섞어 옆면을 칠하고, 검은색과 흰색, 청록색, 연분홍의 줄을 넣는다. 아랫부분을 칠하기 전에는 옆면에 칠한 색들, 그리고 원래 칠하려고 했던 진한 황동색과 금색 사이에서 잠시 고민한다. 결국 둘을 절충한다. 욕조 뒤의 아치형 공간에 꽃병을 하나 세운다. 황갈색이 들어간 카민색을 선택한다. 평온함을 가르는 상처 같다. 꽃병에 어떤 꽃들을 꽂을지도 한참 생각한다. 정원의 잎사귀들, 보라색과 노란색 꽃창포, 담을 따라 활짝 피어난 수국을 떠올려본다. 어느 것 하나 딱 떨어지는 느낌을 주지 않아서 전부 포기한다. 그 대신 아치의 곡선을 반복하며 줄기 세 개를 그린다. 두 개는 오른쪽으로, 하나는 왼쪽으로 구부러지게 한다. 줄기 끝에는 결국 타원형의 튤립을 그린다. 색은 꽃병에도 섞은 빨간색을 칠한다. 그러다가 막판에 왼쪽으로 구부러진 꽃에는 흐릿한 레몬색을 칠한다. 왜 그렇게 하는지는 나도 모른다. 다만 둘은 가까이 붙어 있고, 나머지 하나만 쓸쓸히 떨어져 있도록 나눌 필요가 있다고 느낄 뿐이다.

다시 인물에 집중한다. 머리와 손은 만족스럽지만, 그녀에게 입힌 흰색 슈미즈가 지나치게 부드럽다. 슈미즈를 지우고 누드로 그리기로 결심한다. 메리에게 다시 포즈를 취해달라고 부탁

할까 생각하다가, 가슴과 어깨를 그리다 보니 원하는 선을 만들어낼 수 있겠다는 생각이 든다. 실제의 모델을 참고하지 않고, 바닥을 칠하려고 준비했던 금색과 황동색으로 살색을 만들어낸다. 인물이 배경에 녹아들자 보는 시선으로부터 물러나는 동시에 둥근 욕조와도 분리된다.

　캔버스는 몇 주가 지나도록 이젤에 놓여 있다. 왜 그런지 그걸 내려놓기가 꺼려진다. 자꾸 그 앞으로 가서 걸음을 멈추고 들여다보는데, 한 시간을 꼬박 서 있을 때도 있다. 인물의 고요함, 그리고 모든 걸 감싸 안을 잠재력을 지닌 욕조의 윤곽과 그 가운데 놓인 단호한 간극의 모순에 매료된다. 처음에는 욕조의 옆면에 칠한 은회색이 성찰을 유도하지만, 바닥의 풍요로운 금색으로 인해 이제 그 색에 차가움이 감돌게 됐다는 사실도 흥미롭다. 마침내 캔버스를 내리고, 포장해서 로저에게 팔아달라고 보낸다. 리얼리즘과 추상의 균형을 추구한 구성이라는 설명을 동봉한다. 그 말이 얼마나 진실되다고 생각하는지에 대해서는 털어놓지 않는다.

ℐ

　"자네한테는 질투할 자격이 없어!" 벽난로 앞에 바짝 다가앉아 초라한 표정으로 불길을 응시하는 던컨에게 로저가 말한다.
　"내 생각도 그래. 그건 이성 간의 끌림이야. 버니와 바버라. 따지고 보면 그보다 더 자연스러운 게 어디 있어?" 소파에 느

186

굿하게 앉은 클라이브는 파이프 담배를 뻐끔거린다. 나는 안락 의자에서 뜨개질을 하며 오가는 이야기에 귀를 쫑긋 세운다.

"남자들 사이의 사랑은 남녀의 사랑만큼 강하지 않다는 거야?" 던컨의 목소리에 절절한 괴로움이 묻어난다.

클라이브는 대꾸하기 전에 잠시 뜸을 들인다.

"내 생각은, 차이가 중요하다는 거야. 사랑은 차이라는 틈새에서 만개하는 법이거든."

"그건 사랑이 아니야!" 로저는 의자에 앉아 몸을 앞으로 기울인다. "어쨌거나, 남자라고 해서 다른 남자와 충분히 다르지 말라는 법이 있어? 차이라는 게 정말로 마법의 성분이라면 말이야."

"차이가 있건 없건, 다시는 그를 보고 싶지 않아!" 던컨의 목소리는 이제 까칠하다. 땔감을 집어 불에 던져 넣는다. 불길이 솟구친다.

"처음으로 사랑에 빠졌던 때가 기억나. 아마 열일곱인가 열여덟 살 때였을 거야." 다들 자리를 잡고 로저의 이야기를 듣는다. 던컨마저도 불길에서 눈을 돌린다. "전에도 여러 번 봤던 여자였지만, 그때까진 아무 일도 없었거든. 그런데 어느 날 길에서 우연히 지나치는데 얼굴에 묘한 표정이 어린 거야. 눈동자가 거의 호전적으로 반짝이더라고. 대단히 흡족하면서도 뭔가를 찾는 것 같은 표정이었어. 마치 방금 맛있는 식사를 마쳤지만 여전히 배가 고픈 것처럼. 그때 이후로 그 여자 생각이 머릿속에서 떠나지 않는 거야. 모든 걸 삼켜버릴 듯한 그 눈망울로 나를 바라보는 모습을 끊임없이 상상했지. 그러다 다시 그녀를 만났을 땐 너무 늦어버렸어. 내 환상 속에서 베일을 씌워버린 후였으니까. 더 이상 그녀를 있는 그대로 볼 수 없게 된 거지. 속수무책으로 사랑에 빠졌지만, 나를 그렇게 만든 건 그녀의 말이나 행동이 아닌 그녀에 대한 나의 환상이었던 거야." 로저의 말이 잦아들며 침묵이 감돈다. 다들 자신이 경험했던 사랑의 기억을 떠올린다. 제일 먼저 입을 여는 건 클라이브다.

"어느 정도는 환상이 있지. 하지만 환상에 진실이 없다고는 생각하지 않아. 사랑에 빠지는 상대에게는, 자네 말대로 환상에 불을 지피는 뭔가가 있어야만 해. 보고 반응하게 되는 어떤 특징, 우리가 쏟아붓는 그 모든 감정들을 정당화하는 뭔가가 있어야 한다고."

던컨이 투덜거린다. "얘기를 너무 추상적으로 만들고 있잖아! 물론 양쪽 면이 모두 있지. 직관적인 면과 상대방을 인식하는 방식, 우리 자신의 성격과 딱 맞아떨어지는 느낌. 하지만 날것 그대로의 감정도 있어. 희망, 좌절, 욕망……."

클라이브가 늘어져 있던 몸을 일으킨다. "내 경우엔, 나랑 침대에 가고 싶어 하지 않는 것 같은 사람하고는 절대로 침대에 가지 않아."

"내가 이해하는 바로는 말이지," 로저가 클라이브의 말을 자르며 끼어든다. "문제는 버니가 던컨이랑 침대에 가고 싶어 하지 않는 게 아니야. 버니가 바버라하고도 침대에 가고 싶어 한다는 게 문제지."

"바버라뿐이라면!" 던컨의 농담은 김이 빠진 느낌이다.

"아무튼," 클라이브는 생각의 실마리를 놓치고 싶지 않다는 듯이 파이프를 쳐든다. "상호성이 있어야 해. 그렇지 않으면 한 사람은 고통을 자초하는 꼴이야. 자존심이 상하는 일이기도 하고. 원하고 또 원하는데 그 갈망을 끝내 채우지 못하니까. 그건 영혼을 갉아먹는 일이지. 결국엔 그게 얼마나 굴욕적인지조차 인식하지 못하게 돼."

언제부터 귀를 닫아버렸는지는 모르겠다. 심지어 오고간 대화를 정확하게 기억하는 건지, 아니면 괴로운 나머지 뇌가 이런 말들을 지어낸 건지조차 확신할 수 없다. 아는 거라곤 어느 순간 뜨개질을 멈추고 조용히 밖으로 빠져나왔다는 것뿐이다. 계단을 오르다가 창밖으로 보이는 가느다란 은빛 달을 향해 나를 들어서 어디론가 보내달라고 기도한다. 방으로 들어가 침대에 눕는다. 베개에 머리를 묻고 베갯잇의 서늘한 기운에 이마를 적신다. 감은 눈꺼풀 안에서 이미지가 출렁인다. 난로 앞에 무릎을 꿇고 앉은 던컨의 얼굴에 파인 주름살, 춤추는 아이들을 꽁무니에 단 채 레너드의 팔짱을 끼고 걸어가던 너. 나는 주먹을 말아 쥐고 다리를 가슴까지 끌어당긴다. 얼마나 그렇게 누워 있었는지는 모르겠다.

문 두드리는 소리가 들리고, 문가가 환해진다. 마지못해 눈을 뜬다. 던컨이 침대 옆에 무릎을 꿇고 내 머리를 쓰다듬는다.

"네스." 목소리에 가책이 가득하다. "나는 당신을 사랑해. 당신도 알잖아."

차마 뭐라고 대답을 할 수 없다. 대신 그의 손을 잡아서 입술에 가져간다. 지금 내가 원한다면, 그가 내 침대로 들어올 거라는 생각이 든다. 나는 이불을 들춘다. 우리는 부드럽게 사랑을 나누고, 그런 다음에는 가만히 그의 품에 안겨 있다. 커튼을 치지 않은 창문 너머의 달을 응시하며 우리의 휴전에 감사한다.

J

네가 글자를 고르는 동안 나는 활자를 담아놓은 칸을 들여다본다. 너는 글자를 전부 뒤집어서 트레이 아래쪽에 놓는다. 한 줄이 다 차면 글자 위에 납 띠를 놓고 조심스럽게 자리를 잡은 후 다음 줄을 시작한다.

"익숙해지고 나면 실제로는 차라리 느긋한 작업이야." 너는 완성된 문장을 내게 보여주며 말한다. 나는 거꾸로 뒤집힌 단어를 해석하느라 애를 먹는다. 손가락으로 트레이의 글자들을 집어서 각각의 칸에 되돌려놓는 너의 빠른 손놀림이 감탄스럽다. 차분하게 몰입하는 모습도 부럽다.

"물론 기계를 돌리기까지는 애를 먹었어." 네가 말을 잇는다. "우리가 가진 거라곤 작동 매뉴얼과 기계에 대한 레너드의 기초 지식뿐이었거든."

너와 레너드가 함께 매뉴얼을 연구하고, 처음으로 인쇄된 종이를 프레스에서 뽑아 들고는 승리감에 젖어 서로 얼싸안는 모습을 그려본다.

"그래서, 어떤 책을 찍을 예정이야?" 내가 묻는다.

너는 웃음을 터뜨린다.

"모든 건 우리가 기술을 얼마나 빨리 습득하느냐에 달렸어. 지금 당장은 캐서린의 소설 한 편이랑 톰의 얇은 시집 정도를 생각하고 있어. 어쩌면 에세이 몇 권도. 처음엔 소설 두 편으로 시작할 거야. 레너드의 것과 내 것."

나는 하품을 한다. 테이블 앞을 떠나 창가로 가서 창문을 열어놓은 창틀에 팔을 얹는다. 네가 나를 다시 부른다.

"캐링턴(여류 화가인 도라 캐링턴, 1893~1932)이 목판화를 몇 점 만들어줬어. 리튼이 보여주기 전까지는 이렇게 재주가 있는지 몰랐거든. 우리는 그걸 찍기로 이미 결정했어. 한번 볼래?"

네 개의 이미지가 인쇄된 종이를 받아 든다. 간결하면서도 과감한 선이 인상적이다.

"목판화를 어떻게 활용할 생각인데?" 다시 테이블 앞에 앉으며 내가 묻는다.

"책을 싸는 커버에 넣고, 본문 시작하기 전의 속표지에도 넣고, 본문 중에도 쓸 수 있지. 활용 가능성은 무궁무진해."

"글자랑 목판화를 함께 인쇄할 수 있다는 얘기야?"

"응. 그렇게 어렵지 않아. 그림을 넣을 공간을 만들어놓고 그 주변에 활자를 심기만 하면 돼."

나는 인쇄된 종이를 가져가도 되느냐고 묻는다. 그날 밤, 다들 잠자리에 든 후에 네가 보내준 소설을 꺼낸다. 이번에 다시 읽으니 네가 묘사한 정원의 모습이 머릿속에 생생하게 그려진다. 눈이 글자를 따라가는 동안 마음으로는 부지런히 구상을 한다. 종이와 목탄을 꺼낸다. 너의 문장 옆에 꽃과 줄기와 잎을 그린다. 정원에서 이야기를 나누는 두 여인을 스케치한다. 은밀한 속내를 나누는 두 사람의 모자를 비스듬히 기울인다. 신이 나서 손놀림이 빨라진다. 그러다 보니 어느새 너의 소설은 내 그림으로 뒤덮인다. 테두리만 그려 넣은 곳도 있고, 정원의 이미지와 장식 패턴을 이용해서 정교한 삽화를 넣은 곳도 있다. 아침에 원고를 포장해서 너에게 다시 부친다. 그림 작업이 즐거웠다는 쪽지를 동봉한다. 집안일을 할 때도 기운이 나는 것 같다. 페이지마다 내 그림을 곁들여 인쇄된 너의 책을 상상해본다.

J

그렇게 해서. 아이를 하나 더 갖게 된다. 던컨에 대한 사랑 때문에 겪은 온갖 시련에도 불구하고 이런 결실을 맺게 된다. 침대 옆에 거울을 기대놓고 그 앞에 선다. 아직은 티가 거의 나지 않는다. 가슴이 약간 봉긋해지고 젖꼭지 주변으로 살짝 주름이 잡히고 배가 확실히 둥그스름해진 정도다. 지금으로선 아기가 신기루 같고, 현실이라기엔 소망에 가깝다. 눈을 들어 내 눈동자에 비친 작은 사람을 응시한다. 그리고 너를 생각한다. 책상 앞에 구부정하게 앉아 새 소설을 구상하는 너를 생각한다. 너는 나보다 훨씬 많은 것을 이뤘다. 그때 갑자기 깊은 곳에서 어떤 움직임이 감지된다. 손을 배에 얹는다. 눈동자 속의 사람이 반짝인다.

아이는 집에서 낳을 작정이다. 크리스마스가 다가올 때 계획을 세운다. 전쟁은 끝났고, 물자는 여전히 부족하지만 그래도 집을 꾸밀 시간은 있다. 침실 바닥을 솔로 문질러 닦고 황금빛 도는 짙은 갈색, 꿀 같은 그 색을 칠한다. 새 커튼과 침대 커버에 물을 들인다. 벽과 천장과 문에도 그림을 그린다. 크리스마스이브 다섯 시에 양수가 터진다. 버니가 자전거를 타고 의사

192

를 부르러 간 사이에, 던컨은 나를 부축해서 방으로 올라간다. 진통이 잠시 잦아든 동안 벽난로 선반을 붙들고 호흡을 고른다. 출산을 하자마자 아기를 안게 해달라고 부탁한다. 의사가 고개를 끄덕여 허락한다. 산파가 깨끗한 수건에 감싼 딸아이를 건네준다. 손가락을 구부린 모양이 조그만 별 같다. 갓 태어난 딸을 품에 꼭 끌어안았다가 아버지의 팔에 얹어준다.

오후에는 선물을 교환한다. 버니는 아기를 들여다보다가 아기가 눈을 뜨자 환호성을 지른다. 그러더니 이 애가 크면 결혼하겠다고 너스레를 떤다. 버니가 요람에 누운 아이를 들어 올리려고 손을 뻗는데, 그가 내 딸마저 훔쳐 갈 것 같은 두려움에 사로잡힌다.

J

목판화를 작업한다. 아이는 옆에 있는 요람에서 자고 있다. 몇 분에 한 번씩 아이를 쳐다보며 아름다움에 감탄한다. 욕조를 그렸던 그림을 조각하는 중이다. 이번에는 인물을 욕조 바로 앞에 배치했다. 눈은 여전히 아래를 굽어보고 손은 이번에도 땋은 머리를 잡고 있지만, 풍만한 몸에서 욕조의 둥근 곡선이 반복된다. 아치 모양 창문에 꽃병을 놓고, 꽃은 두 송이만 꽂았다. 서로 반대 방향으로 휘어진 꽃은 완벽한 대칭을 이룬다. 작업을 하면서 딸의 이름을 고민한다. 클라리사, 레이철, 헬렌. 아이에게 어울리는 좋은 이름이 생각나지 않는다. 딸은 하

늘에서 보내준 천사, 기도의 응답이다. 나무를 조각하듯 아이
의 미래를 꿈꾼다. 내 딸은 위대한 예술가가 될 거야. 나는 실패
했지만 이 아이는 성공할 거야. 나는 인물의 엉덩이를 모성이
묻어나는 욕조의 윤곽만큼이나 관능적으로 조각한다.

8

“와줘서 고마워요.”

레너드를 따라 응접실로 들어간 나는 벽난로를 사이에 두고 그와 마주 앉는다.

“언제부터 몸이 안 좋았던 건가요?” 짜증스러운 속내를 숨기기 힘들다. 우리가 정했던 대로 줄리언과 퀜틴을 너한테 맡길 수 있었다면 안젤리카를 돌보기가 훨씬 쉬웠을 것이다. 레너드가 한숨을 쉰다.

“한동안 두통 때문에 고생하긴 했지만, 앓아누운 건 얼마 전에 걸린 독감 때문이에요. 아무래도 아이들을 데려가시라는 말씀을 드려야 할 것 같아서요.”

“알았어요. 아이들은 정원에 있나요?”

“네.”

자리에서 일어나 줄리언과 퀜틴이 눈에 들어오길 바라며 창가로 걸어간다. 창가 테이블에는 너의 글씨로 빼곡한 종이가 놓여 있고, 주변엔 잉크병과 펜이 있다. 몸을 숙여 자세히 들여다보다가 아이들의 스케치가 곁들여진 걸 발견한다. 종이 한 장을 집어 든다.

"예쁘네요." 내가 그림을 찬찬히 들여다보며 말한다.

"네." 레너드가 순순히 대답한다. "아이들이 여기서 지내는 시간을 알차게 활용할 수 있도록 버지니아가 생각해낸 거예요. 원래는 연극을 한 편 만들 계획이었지만, 버지니아가 앉은 상태에서 아이들이 몰두할 거리를 주는 게 더 좋을 것 같아서 내가 설득했죠. 아이들이랑 소설을 완성하지 못해서 무척 속상할 거예요."

커다란 모자를 쓴 여자가 맹렬하게 자전거 페달을 밟는 풍자 만화를 들여다본다.

"그렇게 심각한가요?"

"퍼거슨 박사는 심장이 걱정스럽다더군요. 윔폴 스트리트 _(병의원이 밀집된 런던의 중심가)의 전문의한테 가보는 게 좋겠다고 했어요."

나는 레너드를 물끄러미 쳐다본다.

"그러니까 이번에는 오래된 그 문제가 아니라 심장 탓일지 모른다고 생각하는 건가요?"

"그 둘을 따로 떼어 생각하는 게 가능한지 모르겠네요. 어느 쪽이든, 그녀도 사태의 심각성을 인식했으니까 아이들을 맡아서는 안 된다는 데 동의한 거죠."

"버지니아를 좀 볼 수 있을까요?"

레너드가 고개를 끄덕이고, 나는 너의 방으로 올라간다. 침대에 누워 있을 줄 알았더니 서판을 무릎 위에 올려놓은 채 의자에 반듯하게 앉아 있다. 내가 들어서자 고개를 든다.

"자동차 소리가 들렸다고 생각했어."

나는 침대에 걸터앉는다.

"안젤리카는 어때?" 너는 종이를 간추리며 묻는다.

"아주 솔직히 말하자면 나도 몰라." 나는 보모가 어떻게 하고 있을지 걱정하며 바닥을 내려다본다.

"네사……." 네가 손을 내민다. "미안해. 내가 언니의 기대를 저버렸어. 아이들이 여기서 지낼 날을 내가 얼마나 손꼽아 기다렸는지 언니도 알지."

"그랬니?" 날카로운 비난의 기운을 감추지 못한다.

"당연하지. 아이들이랑 함께할 것들도 잔뜩 계획했는데. 레너드가 언니한테 연락을 하자고 고집을 피웠어."

"그리고 넌 뭐든지 레너드가 하자는 대로 하고?"

너는 나에게 내밀었던 손을 무릎에 내려놓는다.

"난 그 사람한테 너무 많은 걸 빚지고 있어, 네스. 그 사람이 나를 위해 하는 일들을 언니는 상상도 못할 거야."

나는 고개를 돌린다. 수화기 너머에서 들리던 레너드의 걱정스러운 목소리, 응접실에서 네 얘기를 하는 동안 그의 얼굴에 어렸던 안타까운 표정을 떠올린다.

"그 사람이 없으면 난 아무것도 못할 거야. 가끔은 날개를 조금만 펼칠 수 있게 해줬으면 좋겠다고 바랄 때도 있지만."

버니와 바람을 피우는 던컨, 그의 오랜 부재를 생각한다.

"그래서 날개를 펼 수 있으면 뭘 할 건데?"

"아, 그야 많지. 예를 들면 아이도 낳고."

"그거야 아직 늦지 않았잖아."

너는 냉소가 가득한 표정으로 나를 쳐다본다.

"무슨 소리야, 당연히 늦었지. 내 나이가 마흔이야."

"난 마흔둘이고."

"언니한테는 늘 더 쉬웠잖아."

나는 자리에서 일어선다. 해묵은 이런 말씨름은 신물이 난다.

"나가서 애들을 불러와야겠다." 나는 문으로 향한다.

"언니……." 그 말에 걸음을 멈춘다. 너의 목소리가 애처롭다. "내가 원했던 삶이 이런 게 아니라는 거 알잖아." 의자에 앉아 담요를 두르고 무릎엔 서판을 올려놓은 너를 물끄러미 바라본다.

"아이들이랑 같이 작업했다던 소설, 마음에 들더라."

"그래?" 네 얼굴이 환해진다. "몸이 좀 나아지면 아이들을 다시 보내줘."

♩

우리는 너의 새 집 정원에 접이식 의자를 마주 보게 놓고 앉아 있다. 사과나무에 꽃이 활짝 피었고, 희고 붉은 꽃잎이 바람에 흩날려 우리 발치에 떨어진다.

"물론 애시햄을 기어이 포기할 수밖에 없었던 건 타격이었어." 네가 차를 따르며 말한다.

레너드를 도와 죽은 가지를 잘라내는 줄리언과 퀜틴이 시야의 가장자리로 얼핏 보인다. 우리의 얘기 틈틈이 톱질 소리가 끼어든다.

"그래도 이 집이 우리 소유라는 게 얼마나 다행인지 몰라." 너는 나에게 찻잔을 건네주며 말을 잇는다. "이 집에서는 아무도 우리를 나가라고 할 수 없으니 말이야."

우지끈 소리와 함께 죽은 가지가 땅으로 떨어진다. 아이들이 환호성을 지르며 가지에 달려든다.

"혹시 언니가 와서 집 꾸미는 걸 도와줄 수 있을까, 생각해 봤어."

나는 고개를 든다. 뜻밖의 얘기다. 기뻐해야 할지, 모욕감을 느껴야 할지 갈피가 잡히지 않는다. 돈이 생기면 쓸 데야 많다. 시간을 벌기 위해 너의 작품 얘기를 꺼낸다.

"글을 쓰기엔 적당한 곳인 것 같아?"

"그러길 바라지. 사실은 얼마 전에 새 소설을 시작했어. 레너드는 그걸 유령 소설이라고 불러."

나는 자세를 고쳐 앉는다. 베어낸 나뭇가지를 끌고 땔감 모아두는 헛간으로 향하는 레너드와 줄리언 뒤로 어정쩡한 꽃잎 모자이크가 생겨난다. 저 꽃잎들은 머잖아 풀 속으로 가라앉고 축축한 흙 속에서 썩어갈 것이다.

"누가 유령인데?"

네 말소리가 너무 작아서 처음에는 들리지 않는다.

"토비."

나는 화들짝 놀란다.

"토비에 대한 소설을 쓰고 있어?"

"응. 그러려고 했던 건 아니야. 타인의 삶에는 절대 개입할 수 없다는, 사실상 그럴 수 없다는 아이디어에서 출발했는데, 글을 쓰다 보니 토비의 삶에 초점이 맞춰졌어."

나는 너의 대답을 곱씹는다. 토비가 죽은 후에 네가 바이얼 릿에게 썼던 편지들, 그가 아직 살아 있다는 허구 위에 쓰인 그 편지들을 기억한다. 네가 머뭇거린다.

"난 언니가 기뻐할 줄 알았는데."

♩

이젤에 캔버스를 올린다. 붓을 든다. 망설이는 손길로 형편 없이 칠을 한다. 억지로 붓을 움직이며 형태를 만들어간다. 이 렇게 하는 이유는 달리 뭘 해야 할지 알 수 없기 때문이다. 실 패작이 될 건 틀림없다. 열려 있는 문을 그린다. 의자를 그리고, 문 옆에는 테이블을 그리고, 문 맞은편에는 덤불에 닿아 있는 또 다른 의자를 그린다. 문에는 그늘을 드리운다. 문은 흥미롭 지 않고, 공간을 채우기엔 너무 작다. 관심을 다시 의자로 돌린 다. 야외용 의자 위에 가장자리가 주황색인 파란 쿠션을 더한 다. 밝아서 오히려 공허함이 두드러진다. 열려 있는 문과 정원 사이에 낀, 부조리한 의자다. 밖에 있는데도 안에 있는 것처럼 보인다. 문 안에 있는 의자는 좀 더 우아하게 표현한다. 등받이 를 둥글게 처리하고 다리에도 모양을 넣는다. 어떤 색을 칠할 지는 결정하지 못한다. 회색, 갈색, 청색을 칠해본다. 어떤 색도 딱 들어맞는 느낌이 없지만, 신경 쓰지 않는다. 그 색은 숙제로 남겨둔다. 앉는 부분은 더 짙은 정사각형으로 처리한다. 이번엔 쿠션이 아니라 공책을 올려놓는데, 표지 사이의 페이지가 또렷하게 보인다. 그림 양옆으로는 어두운 커튼을 드리워서 의자들을 감싸는 액자 역할을 하게 한다. 의자들의 불필요한 반복을 강조하고, 그것들의 다툼에 주목하게 만들고 싶다.

J

주소가 레너드의 글씨체인 걸 알아보고는 놀라서 소포를 뜯는다. 원고를 꺼내 테이블에 펼쳐놓는다. 레너드가 내 목판화의 배치를 변경한 게 단번에 눈에 들어온다. 공들여 적어 보낸 내 요구 사항을 전부 묵살했다. 나는 분해서 부들부들 떤다. 레너드의 어리석은 판단으로 인해 내 삽화가 망가지게 놔둘 순 없다! 내 디자인을 마구 짓밟는 그를 네가 그냥 내버려뒀다는 게 믿기지 않는다. 나는 두 사람의 오만과 아마추어 같은 태도를 비난하는 편지를 쓴다. 너나 레너드와는 두 번 다시 일을 하고 싶지 않다고 말한다.

J

밖에서 그림을 그리기엔 날이 너무 추워서 연못이 내다보이는 2층으로 이젤을 가져간다. 유리 같은 수면에 반사된 헐벗은 버드나무 가지가 마녀의 머리카락처럼 묘한 느낌을 준다. 정원 한 귀퉁이, 나무 두 그루와 우물과 풀밭, 그리고 그 너머의 하늘을 그리기로 한다. 던컨은 나보다 조금 앞에 이젤을 놓는다. 그림을 그리면서도 기울어진 그의 머리와 어깨, 그리고 손놀림을 볼 수 있다. 빛의 작용에 따른 변화를 제대로 담아내기란 쉽지 않다. 나무껍질에는 진홍색을 섞고, 돌담의 결은 산호색으로 표현한다. 그러는 사이에 빛이 또 바뀐다. 하늘은 은색과 짙은 청색을 섞어 칠한다. 던컨은 붓을 내려놓더니 침대에 걸터앉는다.

"그는 결혼할 거야. 확실해."

버니의 이야기라는 걸 알아차린다.

"응. 그럴 것 같아."

"멜로리는 결혼했어. 에이드리언도 결혼했고. 심지어 메이너드마저 결혼을 생각해. 다들 굴복하고 말 거야."

"당신만 빼고?" 차마 물어볼 엄두를 내지 못하던 질문이다.

"나만 빼고."

고개를 드니 던컨이 절망에 찬 표정을 짓고 있다.

"네사. 나도 그럴 수 있으면 좋겠어."

나는 손이 떨린다. 던컨이 내 반응을 살피는 게 느껴진다. 나는 지금까지 그린 나무들과 돌담과 하늘을 바라본다. 형체들을 열심히 응시한다면 멈추지 않을 이유를 찾을 수 있을지도 모른다.

"네스."

그는 내가 자신을 용서해주길, 그래도 달라지는 건 아무것도 없을 거라고 말해주길 원한다. 나는 창밖으로 시선을 던지다가 돌담 울타리 안쪽에 아늑하게 자리 잡은 어린 싹들을 발견한다. 다시 캔버스를 향해 몸을 돌린다.

"그리던 거 마저 그리자."

J

우리는 찰스턴 집의 응접실에 있다. 메이너드에게서 평화협정에 대해 듣고 난 후 보편적인 대의를 위해 목숨을 바치는 것이 과연 현명한 행동인지에 대한 토론이 이어졌다. 난롯가에서 불을 다시 일으키던 로저가 웅크리고 앉는다.

"입대하는 사람들이 정말로 그걸 고민할 거라고 생각하는 거야? 내가 아는 남자들을 전부 생각해봐도, 하나같이 전투나 역경에 대해서만 말하지 죽는 것에 대해서는 아무도 애기하지 않아. 아무튼 공공연하게 드러내놓고 하지는 않는다고."

메이너드가 몸을 앞으로 숙인다.

"하지만 그건 반드시 생각해야 할 문제야. 특히 시간이 흐르고 사상자 수가 증가할수록."

로저는 아무 대꾸 없이 신문지를 육각형으로 깔끔하게 접어 통나무 사이에 끼운다.

"나는 세상이 더 나아진다는 확신만 있다면 한 목숨 바치겠다고 동의할 수 있을 것 같아." 창가에 걸터앉은 던컨의 목소리는 둥둥 떠다니는 것처럼 들린다.

"아, 바로 그게 문제지! 그걸 누가 약속할 수 있겠어? 뿐만 아니라 그 효과가 얼마나 오래 지속될지도 따져봐야 해. 우리의 기대수명만큼은 지속될까? 만약 그렇다면 균형이 맞고 희생의 값을 한다고 볼 수도 있겠지. 그렇지만 불과 몇 년 지나지 않아 가치가 소멸해버린다면?" 메이너드의 목소리엔 냉소가 역력하다.

"글쎄, 나 같으면 목숨을 바칠 가치가 있다는 말에는 절대로 설득당하지 않을 거야. 나라면 구명보트에 남은 한 자리를 놓고 피카소하고 멱살잡이라도 할 거야. 그리고 거기 걸린 게 땅 한 조각이라고 해도 결코 주저하지 않을 거라고." 우리는 클라이브의 결연한 외침에 한바탕 웃음을 터뜨린다. 로저는 종이와 땔감으로 쌓아 올린 근사한 구조물에 성냥불을 댕기고 나를 쳐다본다.

"여자의 입장은 어때? 지금 우리가 남성의 한계를 드러내고 있는 건가?"

나는 탐욕스런 혀처럼 종이를 집어삼키는 불길을 바라본다.

"죽을 각오를 하는 게 어떨지는 상상할 수 있어. 예를 들어, 내가 신뢰하는 예술가를 위해서."

로저의 시선은 나를 꿰뚫을 것만 같다. 그가 무슨 생각을 하는지 안다. 던컨을 놓아주라는 그의 소리 없는 간청이 들리는 듯하다.

J

버니가 떨어져 나갔다고 해서 달라진 건 없다. 이제는 던컨이 집 밖에서 연애를 할 뿐이다. 던컨이 없는 동안, 내 일상은 우편물을 중심으로 돌아간다. 아침에 가방을 매고 진입로를 올라오는 집배원을 보면 희망이 솟는다. 현관으로 달려가 잔뜩 쌓인 봉투를 뒤적이며 오늘은 부디 던컨에게서 온 편지가 있기를 기도한다. 봉투를 뜯고 내용을 재빨리 훑으면서 전반적으로 좋은 내용인지 나쁜 내용인지를 파악한다. 그런 다음에야 찬찬히 읽기 시작하고, 급기야 줄줄 외울 때까지 계속 들여다본다. 텃밭에서 일을 하거나 그림을 그릴 때도 가지고 다니면서 숨은 신호가 있는지 찾아내려 한다. 그러다 보면 말들이 머릿속에서 비틀리고 뒤집어지다가 결국에는 "당신이 행복했으면 좋겠어"라는 말이 "나는 지금 사랑에 빠져 행복하고 더 이상 당신을 원하지 않아"인지, 아니면 "당신이 보고 싶으니까 얼른 집으로 갈게"인지 알 수 없는 지경에 이른다. 답장을 쓰는 건 즐거우면서도 고역이다. 테이블 앞에 앉아 종이와 펜을 꺼낸다. 종이를 반듯하게 펴면서 마음을 가라앉힌다. 마음이 차분해지기 전에는 절대 펜을 들지 않는다. 그래야만 그를 질리게 만들거나 애걸하는 글을 쓰지 않을 거라고 확신할 수 있기 때문이다. 최선을 다해 무색무취한 문장을 구사한다. 집과 안젤리카, 공통의 친구, 온통 우리가 공유하는 것들에 대한 소식들로만 채운다. 내 머리를 어지럽히는 생각들을 글로 옮기거나 외로움과 갈망을 털어놓을 엄두는 나지 않는다. 그 대신 장미 얘기, 현관에 새로 그린 벽화 얘기를 한다. 가정이라는 미끼, 던컨이 돌아오게 만들 수 있을 것 같은 모든 유혹의 장치를 집어넣는다.

하루는 불길한 예감으로 가득한 편지를 받는다. 의사가 장티푸스 진단을 내렸다고 한다. 편지를 끝까지 읽기도 전에 집 안을 날듯이 돌아다니며 가방에 옷과 세면도구를 던져 넣는다. 안젤리카의 손을 잡고 서둘러 기차역으로 갈 때도 오로지 던컨에게 최대한 빨리 가야 한다는 생각뿐이다. 토비의 이미지가 머리에서 고동친다. 기차에 자리를 잡고 앉는데, 지저분한 차창에 토비의 관이 비친 것만 같다. 안젤리카는 낯선 엄마의 모습이 무서운지 보모에게 찰싹 달라붙어 떨어지지 않는다. 해협을 건너 파리에 가서도 도저히 멈출 엄두가 나지 않는다. 행여 너무 늦게 도착할까 봐 겁이 나서 지치고 졸린 사람들을 다그친다.

기차역에서 택시를 탄다. 좁은 길을 달려가는 동안에도 오로지 던컨 옆에 있고 싶은 마음뿐이다. 집 앞에서 택시가 멈추자마자 얼른 내려서 초인종을 누른다. 가정부가 응접실로 우리를 안내한다. 열린 창문으로 깔끔하게 다듬은 회양목 울타리가 보인다. 한참 만에 우아한 옷차림의 여자가 나타난다. 던컨의 어머니라는 걸 단번에 알 수 있다. 그녀는 악수를 하며 걱정해줘서 고맙다고 말한다. 던컨이 회복 중이니 안심하라는 말도 한다. 그러고는 우리의 너저분한 옷과 어지럽게 널린 짐을 훑어본다. 안젤리카에게 시선이 닿자 입매가 단호한 일자로 굳어진다. 던컨을 좀 볼 수 있겠냐고 물었더니, 자신의 우월한 입장을 확신하듯 고개를 젓는다. 어디에 묵고 있느냐는 질문에 막 도착했다는 내 대답을 들으면서도 그녀의 미소는 전혀 흔들리

지 않는다. 우리의 여독을 구실 삼아 자리에서 일어나며, 던컨
이 건강을 회복하면 다시 오라는 말을 어깨 너머로 덧붙인다.
우리를 문까지 안내하는 일조차 가정부에게 맡긴다. 타고 왔던
택시는 떠난 지 오래여서 우리는 하는 수 없이 시내까지 걸어
간다.

나는 아무 자격이 없다. 그의 부인도 아니고 연인도 아니고,
가족도 친구도 아니다. 호텔 방에 앉아 바다를 내다본다. 창밖
으로 몸을 한껏 빼면 던컨이 몸을 추스르고 있는 집이 눈에 들
어온다. 마침내 그를 만날 수 있게 됐을 때, 나를 거부하는 사
람은 그의 어머니뿐만이 아니라는 사실을 깨닫는다. 내가 찾아
온 건 그를 웃음거리로 만들었다. 그는 나에게 거의 말을 걸지
않는다.

나는 집을 빌린다. 계속해서 호텔 방값을 치를 여유는 없고,
그렇다고 돌아갈 수도 없다. 던컨은 안젤리카를 보러 찾아오
고, 그와 나는 정원에서 그림을 그리며 지중해의 과감한 색과
찬란한 빛의 향연을 만끽한다. 나한테 화가 났던 그의 마음도
차츰 누그러진다. 어머니가 잉글랜드로 돌아가자 그는 내가 사
는 집으로 들어온다.

∫

네가 레너드와 함께 찾아온다. 우리는 좁은 십들 사이로 난
서늘한 길을 따라 항구까지 걸어간다. 너는 나의 팔짱을 끼고,

부두에 멈춰 서서 잡아 온 물고기를 내리는 어부들을 바라본다. 고독한 작가에 비해, 던컨과 내가 함께 그림을 그리는 모습이 얼마나 부러운지 모른다고 말한다. 우리더러 서로 좋아하면서도 정절을 지킬 수밖에 없는 오누이 같다고 말한다. 너의 말은 가위가 되어 번개처럼 단호하게 하늘을 가른다. 나는 예쁘게 차려입은 아가씨들이 부두 끝에서 애인을 기다리며 웃고 떠드는 모습을 물끄러미 바라본다. 네 말은 실에 꿰어 지나는 사람들에게 푼돈을 받고 파는 말린 불가사리처럼 나를 오그라들고 초라하게 만든다.

J

똑같은 꿈을 반복해서 꾼다. 꿈에서 나는 창가에 앉아 정원을 굽어본다. 어머니의 녹색 숄을 두른 내 옆에 남자아이가 있다. 아이는 너무 집중한 나머지 인상까지 쓰면서 잡지를 오린다. 너는 정원의 간이 의자에 비스듬히 기대앉아 무릎에 공책을 펼쳐놓고 있다. 나는 종이 위를 정신없이 오가는 너의 손을 바라본다. 갑자기 문가에서 인기척이 느껴진다. 고개를 돌리면 웬 남자의 실루엣이 보이는데 빛이 환해서 얼굴을 알아볼 수 없다. 던컨일 거라고 짐작하지만, 확신할 수 없다. 남자가 다가와 내 어깨에 손을 얹는다. 옆에 있는 아이가 불안감과 질투심으로 동요하는 게 느껴진다. 남자가 나를 원한다는 걸 감지하지만, 한편으로는 아이와 함께 그냥 창가에 조용히 앉아 있고 싶기도 하다. 자리에서 일어나며 남자를 향해 몸을 돌린다. 그런데 놀랍게도 남자는 사라지고 없다. 문을 바라보지만 열린 문에는 빛만 가득하다. 다시 정원으로 시선을 돌린다. 너의 의자도 비어 있다. 네가 거기 있었다는 걸 말해주는 유일한 증거는 잔디밭에 엎어놓은 공책뿐이다. 아이를 내려다봤더니 아이마저 사라지고, 바닥에는 오려낸 종이만 어지럽다. 나는 우두커니 허공을 응시한다.

J

던컨이 보낸 편지의 첫 번째 단락을 다시 읽는다. 새 이름을 접할 때마다 번번이 가슴을 찌르는 듯한 아픔을 느낀다. 어디선가 날아와 잔디밭에 저절로 뿌리를 내린 데이지를 바라본다. 한바탕 두려움이 나를 갈가리 찢어놓는다. 이번 관계가 오래 이어져서 던컨이 영영 안 돌아오면 어쩌지? 간신히 몸을 일으켜 문을 나선다. 어둠이 몸을 짓누를 때까지 걸어 다닌다.

돌아오니 줄리언이 의자에 앉은 채 잠들어 있다. 손으로 머리를 받친 모습을 보자 안쓰러움이 밀려와서 몸을 숙여 뺨에 입을 맞춘다. 그러자 줄리언이 눈을 뜨고 나를 쳐다보는데, 그 눈빛에 어찌나 혐오감이 가득한지 흠칫 놀란다. 다시 한 번 몸을 숙여 입을 맞추려는데 줄리언이 나를 밀쳐낸다. 그러고는 의자에서 벌떡 일어나 냅다 달려간다. 방으로 따라가지만 입을 꾹 닫고 말을 하지 않는다. 다음 날에야 내가 걸어 다니느라 아이의 생일을 그냥 넘겼다는 걸 깨닫는다.

J

　이번에는 다른 꿈이다. 나는 엎드려서 카펫의 무늬를 손가락으로 따라 그린다. 복잡하게 얽힌 줄기와 잎의 무늬, 커다란 꽃의 곡선을 따라간다. 머리 위의 놀이방 테이블은 익숙한 지붕이다. 고개를 돌리면 치마를 입은 가정부들의 다리가 보인다. 빨래를 개키며 나누는 그들의 수다는 내 놀이의 편안한 배경음이다. 옆구리에 따뜻한 느낌이 들어 고개를 반대쪽으로 돌리면 토비가 보인다. 몸을 따로 분간할 수 없을 만큼 우리는 가까이 붙어 있다. 입을 다물고 가만히 있지 않으면 이 온기가 사라질 것 같다. 이런 생각을 하고 있는데, 문득 뭔가 달라진다. 나는 잎사귀와 꽃의 미로에서 길을 잃는다. 토비가 사라진 걸 깨닫는다. 그의 몸이 있던 자리가 휑하고 차갑다. 나는 소리 내어 엉엉 울지만, 아무도 내 울음소리를 듣지 못한다. 가정부들은 무슨 일이 일어났는지 모르는 눈치다. 고개를 숙였더니 무늬와 색깔이 전부 사라지고 없다. 아무것도 남아 있지 않다. 내가 직접 무늬를 그려 넣어서 빈자리를 메우기로 한다. 하지만 아무리 열심히 노력해도 내가 잃어버린 것을 채울 수 없다.

212

J

일요일이고, 집엔 나 혼자뿐이다. 아이들은 클라이브에게 보냈다. 오랜만에 찾아오는 손님도 없다. 나는 아침 일찍부터 찰스턴의 응접실에 앉아 던컨이 왜 오지 않는지 따져본다. 돌아오겠다는 그의 편지를 받은 후부터 온통 그 생각뿐이었다. 그에게 뭐가 필요할까 궁리하며 방을 전부 치우고 꾸몄다. 관계를 끝냈다니, 그의 마음이 아프다는 것쯤은 짐작할 수 있다. 마음을 추스를 공간이 필요할 거라고 속으로 되뇐다. 그에게 아무것도 강요하지 않고, 아무것도 요구하지 말자고 다짐한다. 그를 다시 옆에 두는 것만으로도 충분한 보상이 될 테니까.

커튼 사이로 스며들어 바닥에 쏟아진 빛을 바라본다. 편지에 언급한 날에 그가 오지 않은 이유가 뭔지 따지지 말자고, 마음을 천 번쯤 다잡는다. 편지는 외울 수 있을 정도다.

당신과 저녁 식사를 함께 할게.

식탁에는 그의 자리가 그대로 있고, 오리 요리는 찬장에서 식어간다. 테이블에 앉아 타들어가는 초를 바라보며, 자갈길에 빗방울이 떨어지고 바람이 나무를 흔들 때마다 흠칫 놀라 몸을 일으킨다. 그러다 결국 동이 텄고, 응접실로 자리를 옮겼다.

오후가 저물어갈 무렵에야 던컨의 목소리가 들린다. 순간적으로 분출하며 온몸의 신경을 곤두세우는 감정을 애써 억누른다. 테이블에 꽂아놓은 금잔화가 햇살에 반짝인다. 이번에는 여기 오래 머물 거라는 희망이 샘솟는 건 어쩔 도리가 없다.

던컨이 들어선다. 그런데 그의 태도가 어쩐지 나를 얼어붙게 만든다. 그는 형식적으로 내 어깨를 토닥이고는 그대로 지나쳐 의자에 털썩 앉는다. 몇 주의 기다림, 억눌렀던 외로움이 한꺼번에 밀려온다.

"어젯밤에 올 줄 알았는데."

던컨이 앓는 소리를 내며 의자에 더 깊숙이 가라앉는다.

"걱정했어. 무슨 일이 있는지 몰라서." 나는 던컨의 대답을 기다리자고 스스로를 다독인다.

"네사. 어쨌든 지금 여기 있잖아."

소용돌이치며 치밀어 오르는 화를 도저히 담아둘 수가 없다.

"내 인생이 이것뿐인지 아나 보지? 나는 당신만 기다리며 사는 사람이야?"

던컨이 실눈을 뜬다. 나무 상자에 그린 천사 그림을 바라보는 것 같다. 날개의 위치를 놓고 티격태격 웃으며 함께 그렸던 그림이다. 문득 끔찍한 예감이 들면서, 이러다 던컨이 영원히 떠날지도 모른다는 걸 깨닫는다. 나는 즉시 수세로 돌아선다. 감정을 억누른다.

"미안해. 오느라 피곤할 텐데. 차 한잔 끓여 올게."

짜증에 겨운 표정의 던컨이 부엌으로 향하는 나를 바라본다.

J

커튼 틈새로 스미는 달빛 한 조각을 제외하면 온통 어둠뿐이다. 나는 베개에 뺨을 댄 채 귀를 쫑긋 세운다. 내 몸은 갈망으로 팽팽하다. 눈을 꼭 감고 계단을 올라오는 발소리가 들린다고 상상한다. 언젠가 오리라는 걸 나는 의심하지 않는다. 몸을 숙여 내게 입을 맞출 때의 차가운 팔, 늘어진 내 머리를 귀 뒤로 넘겨주던 장갑의 감촉을 생각한다. 다시 눈을 뜨고 바람에 파르르 떠는 희미한 달빛을 바라본다. 온 신경을 곤두세우고 발소리에 귀를 기울이지만, 들리는 거라곤 방 한쪽에서 자는 너의 고른 숨소리뿐이다. 그래도 나는 어머니가 온다는 걸 의심하지 않는다. 어머니가 어떤 드레스를 입었는지 떠올려본다. 주름이 풍성한 푸른색 벨벳 치마로 바다처럼 몸을 감싼 어머니의 모습을 그려본다. 어머니가 일일이 작별 인사를 건네야 하는 손님들, 모자와 코트와 우산을 찾느라 분주한 현관의 풍경을 생각한다. 젖은 자갈 위를 미끄러지듯 달려가는 말발굽과 가볍게 흔들리다 보면 어느새 잠이 들 것 같은 마차의 따뜻함을 상상한다.

흠칫 놀라 눈을 뜬다. 자리에서 일어나 커튼을 들춘다. 하늘에는 회색 기운이 어려 있다. 나뭇가지와 잎사귀에서 떨어지는 빗방울이 보인다. 실망스러운 마음이 유리창의 빗물처럼 흘러내린다.

J

축음기의 선율이 방 안을 활보하고 행진한다. 몇 커플은 이미 춤을 추고 있다. 네가 런던에 새로 마련한 집은 놀랄 만큼 화려하다. 의자에는 대담한 노란색 체크무늬 천을 씌우고, 벽난로 선반엔 녹색 유리 장식품을 늘어놓았다. 새 램프들도 보인다. 너는 내가 모르는 여자와 얘기를 하고 있다. 이마를 드러내고 뒤로 쓸어 넘긴 갈색 머리와 움푹 들어간 눈, 도발적인 입을 가진 여자를 유심히 살펴본다. 네가 보낸 마지막 편지에서 색빌 가문의 딸이자 소설가인 비타 색빌-웨스트를 만났다고 했던 게 기억난다. 너는 그녀를 묘사하면서 화려하다는 표현을 썼다. 귀족적이고 오만하며 앵무새처럼 옷을 입는다고 했다. 사교적인 잡담을 참을 수 없다면서, 그녀를 다시 만나는 건 생각도 못 할 일이라고 했다. 경쾌하고 발랄한 음악이 흐른다. 네가 비타의 손을 잡고 장난스럽게, 하지만 위풍당당하게 춤을 추러 나간다. 모두의 눈이 너에게 쏠린다. 비타는 요란스러운 오렌지색 실크 바지를 입고 머리에는 검은색 깃털을 두개 꽂았다. 너는 몸을 숙였다가 깡충 뛰고 옆으로 미끄러지는 새로운 춤을 선보인다. 비타를 한 바퀴 돌려놓고 머리 위로 팔을 쳐든 너의 모습이 거침없고 자유로워 보인다. 느려진 선율에 맞춰 너는 비타의 가슴에 뺨을 대고 엉덩이를 돌리며 투스텝으로 뒤로 물러났다 앞으로 나간다. 춤이 끝나자 모두 박수를 친다. 너는 기쁨에 겨운 표정으로 사람들을 둘러보고 빨갛게 달아오른 얼굴로 허리를 숙여 절한다. 그러고는 한쪽에 마련된 음료수 테이블로 비타를 데려간다. 네가 음료수 잔을 건네며 비타의 귀에 무슨 말을 속삭이더니, 둘이 함께 큰 소리로 웃는다. 나는 던컨을 찾아 두리번거린다. 그는 창문 옆에서 톰과 얘기를 하는 중이다. 언제쯤이면 슬그머니 떠나도 괜찮을지 따져본다.

네가 다가온다. 너는 빈 의자를 가져다가 내 옆에 놓는다. 춤의 대성공으로 눈동자가 여전히 반짝인다. 축음기에서 새로운 노래가 흐른다. 리디아는 내키지 않아 하는 메이너드를 일으켜 세운다(리디아 로코포바는 러시아 무용수 출신으로 메이너드 케인즈와 결혼했다).

"어때?" 네가 입을 연다. "그녀를 어떻게 생각해?"

나는 비타를 바라본다. 그녀는 담배를 한 모금 깊이 빨아들이며 주변에 모인 사람들을 훑어본다. 그녀의 시선이 내게 와서 멈춘다.

"귀가 늘어진 당나귀를 보는 아랍 말처럼 나를 보고 있는 것 같은데."

너는 내 익살스런 대꾸에 흡족한 웃음을 터뜨린다.

"혈통 있는 집안인 건 확실하지. 집안의 선조가 노르만 정복 시절까지 거슬러 올라간다는 얘기를 내가 했던가?"

나는 아무 말도 하지 않는다. 젊은 남자가 비타에게 다가가 이야기를 나눈다.

"나도 저렇게 단발로 자를까 봐."

네 말에 나는 깜짝 놀란다. 그런 나를 보고 네가 눈을 찡긋한다.

"못할 게 뭐야? 이제 우리도 앞으로 나갈 때가 됐어. 게다가 머리핀에 의존할 필요가 없다는 걸 생각해봐!"

나는 늘어진 머리를 정돈하며 너를 바라본다. 짙은 색 새틴 드레스와 레이스가 내 눈을 사로잡는다.

"그래서 어머니의 드레스를 입고 있는 거니?"

너는 바짝 날이 선 내 말투를 무시한 채 몸을 가까이 기울인다.

"솔직히 말해봐. 굉장한 여자라고 생각하지 않아?"

"너는 내 질투심을 유발하기 위해서라면 무슨 짓이든 하니까, 대답하지 않을래."

"내가 언제 그랬다고 그래!" 그러더니 목소리를 낮춘다. "그녀한테 책을 내자고 했어." 너의 눈동자가 장난기로 반짝인다. "굉장히 잘 팔릴 거야. 그녀는 작가로서 인기가 대단하거든. 상을 탄다고 해도 놀랄 일이 아닐걸."

나는 불편한 마음에 자세를 고쳐 앉는다. 던컨이 나를 찾으러 와주길 바란다.

"사실은 그녀에 대한 책을 쓸까도 생각 중이야. 어쨌거나 언니는 늘 언니에 대해서만 쓴다고 불평하잖아." 너는 짓궂은 표정으로 나를 쳐다본다. "뭔가 다른 걸 시도해봐도 좋겠다고 생각했지. 가볍고 장난스러운 것. 이를테면 가상의 역사 드라마랄까. 옛날의 느낌을 새로운 형식에 담아봐도 괜찮을 것 같지 않아? 비타를 엘리자베스 시대의 대신으로 그리면 어떨까? 콧수염을 기른 남자다운 모습도 그럴듯하잖아? 하지만 역시 그녀라면 이국적이고 화려한 외국의 공주가 어울릴 거야."

J

    그리고 싶은 그림이 있다. 밤에 잠이 안 와서 깨어 있거나 집 안이 웅성거리기 전에 살금살금 벽을 따라 빛이 스미는 이른 아침이면 어쩌다 머릿속에 떠오르는 풍경이 있다. 난롯불을 응시할 때 눈앞에 펼쳐지기도 하고, 정원을 거닐다가 나무들 사이로 얼핏 지나기도 한다. 그 그림 속에서 우리는 테이블을 사이에 놓고 마주 앉아 있다. 내 옆에는 높다란 유아용 의자에 한 아이가 앉아 있다. 아마 토비인 것 같다. 네 옆에도 누가 있는데, 나는 늘 아버지일 거라고 생각한다. 상석에는 어머니가 있다. 우리에게 등을 돌리고 있지만 옆얼굴이 또렷이 보인다. 내가 이걸 그릴 시도를 하지 않는 이유는 번번이 바뀌기 때문이다. 등장인물은 너와 나, 유아용 의자의 아이, 두 명의 어른으로 늘 동일하지만 끊임없이 자리를 옮긴다. 가끔은 변화가 커서 인물 한 명이 아예 사라지기도 한다. 특히 그런 경우가 빈번한 건 어머니인데, 아마도 구성에서 차지하는 어머니의 두드러진 위치 때문일지도 모른다. 어머니가 없어지면 언제나 내가 그 자리를 차지한다. 마치 어떤 신비로운 힘이 작용하는 것처럼, 어머니를 상징하는 형체가 사라질 때마다 그 공간을 채울 수 있도록 내 몸이 변한다. 이 이동을 막을 방법은 없다. 그걸 막으려 했다간 빈 공간이 그림 전체를 삼켜버릴 거라는 막연한 느낌이 든다. 그리고 그런 일이 일어나지 않도록 막는 것이 이 그림에서 내가 맡은 역할이라는 걸 깨닫는다. 나는 캔버스의 풍경 속에 들어가 있지만, 동시에 바깥의 화가로도 존재한다. 너는 그림 속에서 동지가 되기도 하고, 보호해야 할 아이일 때도 있다. 그런가 하면 네가 가까이 있는 것이 위협이 되기도 한다. 너의 반대가 지나치게 강력할 때면 내가 가진 모든 수단을 동원해서 너를 물러나게 만들어야 한다. 그러면서도 너를 완전히 잃어버리는 위험을 감수할 수는 없다. 그림 속의 다른 요소들은 전면에 드러나거나 뒤로 물러나도 아무 문제가 없지만, 너는 균형의 유지를 위해 필요하다.

나는 아무에게도 반복되는 이 악몽에 대해 말하지 않는다. 다만 그걸 억누르기 위해 최선을 다한다. 인물과 꽃들, 풍경과 추상적인 패턴으로 주변을 장식한다. 어쩌다 꿈의 풍경을 곰곰이 생각할 때면, 빈 공간이 그렇게 끔찍한 건 아닐지도 모른다는 마음에 좀 더 가까이 살펴보고 싶은 유혹을 느낀다. 하지만 뭔가가 나를 막는다. 그런 생각이 환상일까 봐, 나를 망각에 빠뜨리려는 괴물일까 봐, 그래서 무슨 수를 써서라도 거부해야 하는 것일까 봐 겁이 난다.

한 번, 딱 한 번, 밖을 바라보는 어머니를 그리려 한다. 가지고 있는 사진들을 전부 꺼내 일렬로 세운다. 내가 제일 좋아하는 건 레이스 모자를 쓴 어머니의 모습이다. 사진 속의 어머니는 아직 젊지만, 눈에 어린 번민의 표정은 어머니가 겪은 경험의 깊이를 짐작하게 한다. 사진을 보다가 그땐 이미 첫 번째 남편, 사랑했던 남자를 잃은 후라는 사실을 깨닫는다. 상실을 알아버린 사람의 내면이 표정에 드러난다. 어머니는 이목구비가 섬세하다. 도드라진 광대뼈와 날카로운 콧날을 유심히 관찰한다. 피부는 설화석고라고 해도 될 만큼 매끄럽다. 사진 가장자리에 나뭇잎 무늬를 둘러서 그런지, 숲속에서 막 나오는 것처럼 보인다. 신화 속 인물처럼 보일 정도다. 그림이 얼른 그리라고 채근한다. 하지만 나를 바라보는 어머니는 그릴 수가 없다. 나는 어머니의 사진들을 내려놓는다.

시작했다가 중단하고, 그렸던 걸 지운다. 녹음이 우거진 배경을 그린다. 길과 정원이 있는 여름 별장, 꽃병을 올려놓은 테이블을 그린다. 작약과 디기탈리스의 분홍색과 연보라색이 진홍색 양귀비와 뒤엉킨다. 그러는 중에 가운데의 공간이 드러난다. 어머니의 얼굴이나 의자에 앉은 어머니의 몸을 그릴 때면 형태가 어긋나고 구성이 무너진다. 나는 밑그림을 차마 바꾸지 못한다. 그런데 너는 해낸다. 나는 실패했지만 너는 성공했다. 너는 나처럼 발목을 잡히지 않았다. 네가 소설에서 그려낸 어머니의 초상은 어찌나 사실적인지 책을 읽는 동안 어머니의 목소리가 들리고 꼿꼿한 어머니의 등이 보이는 것 같다. 내 그림을 들여다본다. 빈자리가 그대로 남아 있다. 임의적인 인물을 서둘러서, 되는 대로 그려 공간을 메우고 캔버스를 내린다. 세월이 흐른 다음에 그 그림을 다시 봤을 때, 나는 그렇게 그려 넣은 인물이 내 딸이라는 걸 알게 된다.

J

이맘때면 사방으로 빈 가지를 뻗은 나무들이 마치 부러진 부채처럼 보인다. 우리는 카시스(프랑스 남부 해안 마을)의 테라스에 앉아 있다. 나는 여름을 보내려고 이곳에 별장을 빌렸다. 계절이 저물어가는데도 날씨는 푸근하다. 너는 손에 펜을 들고 책을 읽는다. 어쩌다 한 번씩 공책에 생각을 적는다. 작가와, 내 생각엔 프루스트 같은데, 동등한 대화를 나누기라도 하는 것처럼 책에 열중한다. 나는 사진을 훑으며 신문을 넘긴다. 너에 비하면 나는 지적인 나비 수준이다.

"에이드리언이 한다는 그 일에 대해 어떻게 생각해?" 마침내 내가 묻는다.

네가 고개를 든다.

"무슨 얘기야?"

"에이드리언이 시작했다는 심리분석인가 하는 것 말이야."

너는 책을 뒤집어서 무릎에 내려놓는다.

"바보 같은 짓이지! 에이드리언이 하는 게 다 그렇잖아. 요즘에 만난 적 있어? 누가 무슨 말을 하건 다 안다는 듯이 고개를 끄덕이는 짜증나는 버릇이 생겼더라니까. 마치 거기에 담긴 숨은 뜻을 안다는 것처럼 말이야. 어찌나 짜증이 나던지."

"그 일이 에이드리언한테 도움이 될 거라고 생각해?"

너는 코웃음을 친다.

"다른 사람에게 비난을 전가할 수 있게 한다고 해서? 언니는 그게 전부 우리 잘못이라고 생각하잖아. 어렸을 때 우리가 그 애를 무시했기 때문에 그 애가 자신의 감정을 억누르게 된 거라고."

"그건 아냐!" 나는 에이드리언의 어린 시절을 생각하며 한숨을 쉰다. "다만 우리가 그 애를 위해 좀 더 많은 것을 해줄 수도 있었다고 생각할 뿐이야."

나를 쳐다보는 너의 눈초리가 매섭다.

"그런 얘기라면 시작도 하지 마. 좌절된 욕망에 대해서는 리튼한테서 질리도록 들었으니까. 왜 갑자기 다들 프로이트에 대해 떠들어대는 거야? 나는 그의 이론이 에이드리언한테 어떻게 적용되는지도 생각하고 싶지 않아."

나는 킥킥거리며 웃는다.

"어쩌면 네가 아침 식탁에서 그 애한테 달걀을 던졌기 때문인지도 모르지."

"어련하겠어! 뚝뚝 떨어지는 노른자와 엉망이 된 흰자! 심리 분석 상담실 앞이 문전성시겠네."

우리는 함께 배를 잡고 웃는다. 너는 에이드리언에 대해 신랄한 말을 몇 마디 더 하더니 다시 책을 읽는다. 나는 연필을 찾아서 꽃이 늦된 제라늄 화분을 스케치한다. 그림은 성공적이지 않다. 각도를 잘못 잡고 빛도 제대로 포착해내지 못한다. 그때 고맙게도 엘리스가 편지를 가져다준다. 봉투를 훑다가 케임브리지 소인이 찍힌 걸 집어낸다.

"줄리언이 보낸 거야." 나는 들으란 듯이 큰 소리로 말하고는 봉투를 뜯는다. 저녁 파티, 새로운 지도교사, 보트 여행에 대한 얘기를 허겁지겁 읽는다. 줄리언의 편지가 내게 생기를 안겨준다. 프루스트를 읽는 너, 네가 쓴 수많은 책들이 원래의 크기로 줄어든다.

"아주 잘 지내고 있대. 지도교사가 줄리언의 에세이에 대해 고무적인 얘기를 했나 봐. 1등을 받을 거라고 했다는데."

나는 생각 없이 재잘거린다. 너는 내 무릎에 놓인 편지를 쳐다본다.

“나도 좀 보여줘.”

편지를 넘겨주는 순간 실수를 깨닫는다. 줄리언의 편지는 무방비 상태의 너를 급습한 셈이다. 너는 예전부터 줄리언을 부러워했다. 나는 철렁 내려앉은 가슴으로 편지를 읽는 너를 바라본다.

“내가 보내준《올란도》애기를 했네.” 너의 목소리는 편하고 밝다. “얼마나 마음에 들었는지도 말했으면 좋았을걸. 레너드가 대충 따져봤더니 그 책의 판매 수익이 벌써 2,000파운드를 넘었더라는 애기 했던가?”

너의 가시는 정곡을 찌른다. 그 가시에 내 근육과 힘줄이 찢어지는 느낌이다. 너는 내가 그림으로 거의 한 푼도 벌지 못했으며, 모델에게 줄 돈조차 없다는 사실을 너무나 잘 알고 있다. 너는 다 읽은 줄리언의 편지를 내게 돌려준다. 나는 그걸 숨기듯 주머니에 집어넣는다.

9

창틀, 지중해의 태양에 이글거리는 파란 물감. 나는 화분에서 폭포처럼 쏟아지는 히비스커스 꽃의 주황색과 회벽에 반사되는 눈부신 빛에 매료된다. 처음엔 제각각의 음을 내던 색들이 함께 어우러지고, 그 소리가 나의 내면에서 공명하는 것 같다. 이 모습을 그리고 싶은 충동을 느낀다. 푸른색을 배경으로 한 빨간색, 빨간색을 배경으로 한 흰색의 강렬한 충격을 전달하고 싶다. 어쩌면 이런 강박적인 충동은 그림에 흠이 될지도 모른다. 그림을 그릴 때 나는 오로지 눈앞에 있는 것만을 생각한다.

돌고, 또 돈다. 기억의 만화경을 응시하며 변화하고 흩어지는 패턴, 처음에는 별 모양이었다가 점이 늘어나서 선이 되고 그 선들이 이어져서 기다란 직사각형이 되는 모습을 바라본다. 진실에는 여러 측면이 있고, 형체와 모양을 수없이 바꾼다. 내 그림이 너와 비교되면서 갈수록 초라해지는 게 속상했지만, 그런 한편으로 나는 나의 익명성을 즐겼다.

J

너는 테이블 위에 네모난 종이를 평평하게 펼치고 엄지와 검지로 깡통 속의 담배를 양껏 집는다. 담뱃가루를 길쭉하게 펼친 다음 가루가 밀리지 않도록 조심하면서 종이를 안으로 만다. 종이 가장자리에 침을 발라 가운데로 감아올리고 형태가 잡히도록 잘 누른다. 마침내 담배를 물고 초를 끌어당겨 불을 붙인다. 그러고는 의자에 등을 기대고 담배를 깊이 빨아들인다.

총파업과 관련해서 너와 논쟁을 벌이던 퀜틴이 콧방귀를 뀐다.

"그러니까 이게 이모의 대답인 거야? 막장에서 몇 천 킬로미터 떨어진 테라스에 앉아 욕망을 채우는 게!" 퀜틴이 레드와인 병을 집는다. 농담하는 놀리는 투다. 너는 씩 웃으며 빈 잔을 퀜틴에게 내민다.

"물론 이게 어떻게 끝날지는 우리 모두 알고 있었어. 영국노총에서 탄광 노동자들을 홀대했다가 이제 자기들이 당하게 된 거지."

레너드가 앓는 소리를 낸다.

"인류 역사에 비일비재했던 일이야. 가장 많은 권리를 지닌

자들이 정치적 자산을 획득해서 나머지 모든 자들의 편견과 동경의 대상이 되는 것. 그리고 그 과정에서 짓밟히는 것."

레너드의 진지한 얘기는 유난히 즐거웠던 저녁 시간에 반갑잖은 기운을 끌어들인다. 네가 킬킬거리며 웃는다.

"볼드윈(1926년 탄광 총파업 당시 영국 수상) 기억해? 그의 어이없는 라디오 연설. 공원 자유 발언대에 서기라도 한 것처럼 고함을 쳐댔잖아. 핑커(비타가 울프에게 준 개)를 무릎에 올려놓고 듣는데, 너무 과장한다는 생각을 지울 수 없더라고. 그래도 수상인데 좀 더 존경심을 가져야 하는 게 아닌가, 속으로 계속 중얼거렸다니까."

미소를 되찾은 레너드가 너의 손을 잡는다. 너는 그에게 입을 맞춘다.

"그것 때문에 우리끼리 얼마나 설전을 벌였다고! 당신은 계몽과 행동을 주장하고, 반면에 나는……."

"모든 힘을 아껴서 풍자극에 쏟아붓고!"

"허무주의가 무슨 소용이야?" 너는 퀜틴을 향해 눈을 찡긋한다. "더구나 이런 곳에서."

네가 손을 들어 바다를 가리킬 때 손에 쥔 담뱃불이 어둠에 작은 점을 찍는다. 나는 풍경을 바라본다. 산비탈에 어둠이 내려앉고 하늘엔 별이 총총하다. 오직 소리로만 짐작할 수 있는 바다가 저 멀리서 철썩인다. 저녁 공기는 따뜻하고 제멋대로 자라난 타임 향이 대기에 진동한다. 한자리에 모인 사람들을 둘러본다. 우리는 먹고 웃으며 내키는 대로 이야기를 나누었다. 내일은 안젤리카가 프랑스어를 배우는 동안 그림을 그리고, 그다음엔 던컨과 해변에 가야지. 삶의 즐거움에 둘러싸여

흡족한 느낌이다. 너는 나의 이런 기분을 알아차린다.

"완벽하지 않아? 잉글랜드에 있었다면 여전히 각자의 집에 틀어박혀 쓸쓸하게 난롯불을 들여다보고 있었을 텐데. 꿈결 같은 밤하늘 아래 이렇게 다 함께 앉아 있지 못했을 거 아냐." 너는 레너드를 바라본다. "우리의 죄를 고백할까?"

너는 주변을 돌아보면서 모두의 시선이 너를 향하고 있는지 확인한다.

"오늘 말이지." 너는 대단히 중요한 애기라는 분위기를 풍기며 운을 뗀다. "레너드랑 같이 집을 보러 갔었어."

나는 깜짝 놀란다. 뜻밖의 애기다.

"하지만 난 거기가 너무 비싸다고 생각했는데."

네가 눈썹을 치켜세운다.

"뭐, 그렇지만 협상의 달인이라면 그렇지도 않아."

그 말이 무슨 뜻일까 의아해하며 너를 응시한다.

"나는 그 남자한테 이렇게만 말했어. 맞지, 레너드? 너무 비싸긴 하지만 그 집을 빌릴까 한다고."

"그래서 그 사람도 동의했어?" 내가 얼른 묻는다.

"물론이지. 유리창을 새로 끼우고 우리 가구를 가져갈 거야. 이제 한 달에 300프랑만 내면 언제까지라도 그곳은 우리 집이 되는 거야."

"하지만, 그 값이면 거의 거저잖아!"

너는 나를 보며 환하게 웃는다.

"내가 뭐랬어. 과장한 게 아니라니까."

"그렇다면 그 집이 더 이상 매물로 나오지 않을 거란 애기야?" 던컨의 질문에 네가 뭐라고 대답하는지 들으려고 몸을 앞으로 기울인다. 너는 담배를 한 모금 피운다.

"그 점에 대해서는 아직 최종 합의를 보지 못했어." 네가 순순히 털어놓는다.

"그렇다면." 안도감이 다시 밀려드는 기분이다. "창문을 새로 달았다가 집이 금세 다른 사람한테 팔린다면 헐값이라고도 할 수 없겠네."

너는 이야기가 원하지 않는 방향으로 벗어나는 걸 거부하며 잔을 높이 든다.

"하지만 안 팔릴 거야! 그러니까 카시스에서의 새로운 인생을 위해 건배."

너는 세상에서 가장 교묘한 미소를 지으며 나를 바라본다.

나중에 방으로 올라가려는데 네가 나를 부른다. 너는 나를 응접실로 데리고 가서 소파에 앉는다.

"언니랑 얘기 좀 해야겠어. 그 집에 대한 언니의 반응을 이해할 수 없어. 여름 내내 여기로 이사 오라고 설득한 사람은 언니잖아!"

나는 네 옆에 앉아 달음질치는 마음을 진정시킨다. 네 말은 사실이다. 너를 설득해서 이곳에 집을 구하게 하면, 내가 겨울에 잉글랜드로 돌아갈 필요가 없을 거라고 생각했었다. 하지만 네가 바로 맞은편에 살지 모른다고 생각하니, 불현듯 경계심이 든다.

"나는 다만 네가 행복하지 않으면 어쩌나, 그걸 걱정할 뿐이야." 나는 말을 더듬거린다. "여기서 우리는 아주 다르게 살아. 대단히 소박하게 산다고."

"그래!" 네가 눈동자를 반짝인다.

나는 억지로 말을 잇는다.

"그런데 그런 생활이 너한테 맞지 않을 것 같아서 그러는 거야."

"말도 안 되는 소리." 너는 귀찮은 파리라도 쫓듯이 팔을 휘젓는다. "잉글랜드에서 레너드랑 나는 너무 많은 일에 얽혀 있어. 그런 생활을 벗어나는 건 우리한테도 한없이 좋을 거야."

"그러니까, 나한테 중요한 것들, 그림과 아이들, 여긴 그런 점에서 완벽한 곳이야."

저녁에 마신 와인의 기운이 온몸으로 퍼지면서 나중에 후회할 게 분명한 말을 하게 된다. 그걸 알면서도 말을 계속한다.

"내 얘기는, 너의 삶은 아주 다르잖아. 너한테는 도서관이 필요하고 사람들이 필요해. 나야 어디에 사는지 중요하지 않아, 다만……."

"다만 내가 언니 가까이 있기만 한다면." 애원하는 그 목소리 때문에 반박을 하기 어렵다. 너는 더 가까이 다가앉는다.

"네사…… 솔직히 얘기하자면, 언니가 여기로 완전히 이사를 해버리면 나는 견딜 수 없을 것 같아. 언니가 없는 잉글랜드에서 내 생활은 황무지처럼 메마른 느낌이야. 언니는 이 세상을 춤추게 해."

빙빙 도는 머리를 멈추려고 네 가슴에 기댄다.

"멍청한 소리 하지 마!" 내 말은 너의 드레스에 묻혀 웅얼거리는 수준에 그친다. "너는 나 없이도 얼마든지 잘 해나갈 거야. 아무튼." 나는 고개를 들고 덧붙인다. "내가 없으면 너는 제일 좋아하는 걸 할 수 있잖아." 나는 네 뺨에 입을 맞춘다.

"그게 뭔데?" 네가 묻는다.

"뭐긴. 네 마음 내키는 대로 나를 만들어내는 거지."

J

열린 창문으로 날아 들어온 그걸 제일 먼저 발견하곤 흥분해서 손가락질하는 건 안젤리카다. 그게 방을 빙글빙글 돌다 테이블 한가운데 놓인 램프에 앉을 때까지 다들 한 마디도 하지 않는다. 그렇게 큰 건 이제껏 본 적이 없다.

"박쥐야?" 안젤리카도 놀랐는지 나직하게 묻는다.

던컨이 고개를 젓는다.

"저건 나방이야. 크기로 보아 하니 황제나방 같은데."

"왜 램프 주변을 빙빙 돌아?" 안젤리카의 속삭이는 목소리가 조금 커진다.

"나방은 불빛을 좋아하거든." 이번엔 네가 대답한다. "램프 안으로 들어갈 수 있을 줄 알고 저러는 거야."

나는 나방을 잠시 쳐다보다가 일어나서 창문을 닫는다. 안젤리카가 쉭쉭거리는 낮은 목소리로 내게 외친다.

"그러지 마. 그러면 나갈 수가 없잖아."

나는 인상을 쓰고 툴툴거리는 안젤리카의 항의를 묵살한다.

"현관에 있는 잠자리채 좀 가져올래? 잡아서 줄리언 오빠 곤충채집에 보태주자."

안젤리카는 순순히 현관으로 달려가더니 잠자리채를 가지

233

고 돌아온다. 내가 그걸 받아든다. 램프를 숭배하는 나방은 느릿한 나선형의 순례 비행을 계속한다. 한 번에 잡아채긴 하지만, 나방의 격렬한 저항에는 나조차 깜짝 놀란다. 잠자리채를 유리에 붙인 채 가만히 있었더니, 몇 분 지나자 날갯짓을 멈춘다. 안젤리카는 하얗게 질린다.

"엄마. 놔줘. 너무 크잖아. 죽이지 마."

나는 잡지를 집어서 잠자리채의 입구를 막는다. 잠자리채를 테이블 위에 놓고 손잡이를 책으로 누른다. 그러고는 부엌에 가서 클로로포름과 헝겊을 가져온다. 안젤리카는 급기야 엉엉 울면서 클로로포름을 헝겊에 묻히는 내 소매를 잡아당긴다. 나는 잠자리채 안에 갇힌 나방을 바라본다. 솜털로 뒤덮인 날개는 옅은 황갈색이다. 잠자리채를 들어서 풀어주면 해방감에 날개를 퍼덕일 나방을 상상해본다.

"어차피 금방 죽을 거야." 레너드의 말은 단호하다. 안젤리카가 레너드를 쳐다보다가 다시 내게로 눈을 돌린다. 너는 고개를 끄덕인다. 잠자리채를 살짝 들고 클로로포름에 적신 헝겊을 들이민다. 아무도 입을 열지 않는다.

"가자." 한참 만에 내가 안젤리카에게 손을 내밀며 말한다. "이제 잘 시간이야."

그날 밤, 잠들지 못한 채 누워 있는데 천장에서 느릿하게 날개를 퍼덕이는 소리가 들리는 것 같다. 풀어주자는 안젤리카의 간청, 지극히 상식적인 레너드의 말, 줄리언을 위해 나방을 잡으려는 나의 의지를 떠올린다. 스텔라 언니와 토비, 그리고 어머니를 떠올린다. 그들의 죽음은 얼마나 황망했던가.

침대에서 일어나 어깨에 숄을 두른다. 커튼을 치지 않은 창문으로 스며드는 약간의 달빛을 제외하면, 응접실은 캄캄하다. 잠자리채는 책으로 고정해놓은 그대로 테이블 위에 있다. 가서 들여다본다. 달빛에 나방의 모습이 또렷이 보인다. 날개를 접고 있어서 훨씬 작아 보인다. 창문을 열자 찬 공기가 안으로 밀려든다. 입구를 막은 잡지까지 한꺼번에 들고 창가로 가져간다. 그러곤 잡지를 떼고 가볍게 흔들어 나방을 풀어준다. 한동안 그대로 서서 나방이 날아가길 부질없이 기다린다. 한참 만에 창문을 닫는다.

돌아서는데 문가에 너의 실루엣이 보인다.

"나오는 소리가 들린 것 같아서. 죽었어?"

"그런 것 같아. 놔주려고 했는데, 날아가는 건 보지 못했어."

"바보. 결국 모두의 기분을 상하게 만들었잖아. 안젤리카한테 나방이 살았다고 말할 수 없고, 줄리언한테 근사한 곤충을 잡아줄 수도 없게 됐으니."

"줄리언이 좋아하긴 했을 거야."

너는 창가로 걸어간다.

"그 장난꾸러기 녀석들을 위해서라면 언니는 못할 게 없지! 가끔은 애들에게 즐거움을 줄 수만 있다면 언니가 나를 기름에 튀기는 것도 주저하지 않을 것 같다는 생각이 들어."

나도 모르게 웃음이 나온다.

"코코아 마실래?"

우리는 부엌으로 가서 불을 켠다. 내가 프라이팬에 우유를 붓고 스토브에 올리는 사이에 너는 테이블 앞에 앉는다.

"나방 나무 기억나?" 네가 불쑥 묻는다.

커다란 잔에 코코아를 한 숟가락씩 담다가 고개를 든다.

"왜 있잖아. 나방을 잡으려고 세인트이브스에서 아버지가 당밀로 그렸던 나무 말이야. 그걸 생각하면 늘 감정이 복잡해져."

부글부글 끓기 시작하는 우유를 잔에 따르고, 네 맞은편에 앉는다.

"아버지의 곤충채집도 기억나. 아래에 이름을 적어서 알파벳 순서대로 완벽하게 정리했었지." 김이 모락모락 솟는 코코아를 한 모금 마신다. "그걸 보면서 어른들의 삶이란 저럴 거라고 생각하곤 했어. 모든 게 조직적이고 제자리를 지키는." 나는 네 말을 들으며 부엌을 훑어본다. 개수대엔 씻지 않은 접시들이 있고 빨아야 하는 행주도 쌓여 있다. 한숨이 나온다.

"막상 어른이 되고 보니 내 삶은 정반대였어." 나는 테이블 위에 놓인 그리다 만 드로잉들을 챙겨서 한쪽으로 치운다. "어머니의 바느질 바구니 밑바닥의 헝겊 조각들처럼 자잘한 부스러기들. 완성된 것도 없고 성공한 것도 없고."

네가 나를 쳐다본다.

"최소한 언니는 소질이 많잖아. 전부 언니 손 안에 있어."

"그렇게 치면 어른의 삶은 전부 성공이게!"

너는 어깨를 으쓱한다.

"아냐, 네스. 언니는 빛을 품고 있어. 그리고 나처럼 외로운 나방들은 들어갈 길을 찾아 램프 주위를 빙빙 도는 거야."

"네가 그 장면을 묘사할 줄 알았어! 그래, 오늘 밤에 테이블에 모여 앉았던 사람들은 어땠니? 그 사람들을 어떻게 그려낼 건데?"

너는 의자에 등을 기대고 나를 가만히 응시한다.

"그들은 서로 다른 목소리를 나타낸다. 나방으로 상징되듯이.”

“네 소설의 도입부처럼 들리는구나.”

♩

손님 명단을 훑어보다가, 그제야 이렇게 많은 사람을 초대하는 게 현명한 일이었는지 때늦은 고민에 빠진다. 두려움을 가라앉히기 위해 방 안을 거닐며 던컨과 내가 칠한 가구들을 살펴본다. 건드리지 않고 놔둔 건 거의 없다. 벽에도 그림을 그리고, 한가운데 있는 피아노까지 장식했다. 한쪽에는 팔고 싶은 그림들을 전시해놨다.

로저가 제일 먼저 도착한다.

“대성공이야. 런던의 모든 사람들이 축제를 벌이고 찬미할 거야.”

나는 그가 인사치레로 하는 말에 미소로 답한다. 하지만 그는 우리의 그림을 거들떠보지 않는다. 그를 졸라볼 새도 없이 다른 손님들이 도착한다. 나는 음료수 테이블 뒤에 자리를 잡고 펀치를 담아 건네준다. 내 작품에 대한 애기는 일부러 듣지 않으려 한다.

한쪽 구석에 있는 리튼을 보고 손을 흔든다. 그는 당장 다가온다.

“이런 세상에. 언론계 사람들을 이렇게 잔뜩 불러 모았을 줄은 몰랐네! 프로방스와 이탈리아 화풍의 차이를 설명하느라 완전히 녹초가 됐어. 이렇게까지 했는데도 얼마나 엉터리 같은 글을 쓸지는 생각하기도 싫어."

그때, 입구가 소란스러워진다. 네가 들어오고, 회색 양장 차림에 삼각형 모자를 쓴 다부진 체구의 은발 여자가 뒤를 따른다. 네가 도착했다는 소식은 마치 전기 스파크처럼 삽시간에 퍼진다. 리튼도 제대로 보겠다며 외알 안경을 눈에 끼운다.

"아, 버지니아 여신이 또 한바탕 휘저으시는군. 그녀가 오다니 무척 기쁜걸. 요즘은 좀처럼 마주칠 일이 없는 것 같았거든."

"버지니아도 이번 전시회의 후원자야. 최소한 100파운드는 내겠다고 했어. 그리고 어떤 작품을 받아도 상관하지 않겠대."

리튼이 웃음을 터뜨린다.

"신문사 사람들이 독수리 떼처럼 몰려드네. 새로 나올 책에 대해 뭔가 주워 먹을 게 없을까 싶어 저러는 거겠지. 그래도 오늘의 메인 요리는 당신이니까 저걸 뚫고 나가야 해."

리튼은 과감하게 네가 있는 방향으로 걸어간다. 나는 마지못해 따라간다. 캐링턴에 대해 물어보고 싶었는데. 네 주위에 모인 인파는 더 늘어난다. 내 전시회에서조차 네가 관심을 빼앗아 가리라는 걸 알았어야 했는데. 웅성거리는 소음 위로 호전적인 목소리가 카랑카랑 울려 퍼진다.

"이것 좀 보라지. 하긴 언론이 뭐든 제대로 한 적이 있었냐만."

나는 무슨 일인지 보려고 목을 잡아 늘인다. 목소리는 아랑곳없이 떠들어댄다.

"내가 말하지 않았습니까. 울프 부인이 피곤하니 오늘 밤에는 더 이상 어떤 질문에도 대답하지 않겠다고. 그러니 부디 우리가 지나갈 수 있게 길을 터주세요."

너의 동행은 몰려든 사람들을 밀어내고 너를 자리로 데려간다. 누군가 다가올 기미만 보여도 그녀는 냉큼 일어나 우산을 휘둘러 쫓아버린다. 우스꽝스러운 광경이다.

하프 연주자가 도착한다. 나는 서둘러 의자를 정돈한다. 레너드는 하프 연주가 시작될 때에야 들어온다. 그는 방 안을 두리번거리더니 동행과 앉아 있는 너를 확인하고는 내 옆의 빈자리로 다가온다. 연주가 잠시 중단된 틈을 타서 그에게 몸을 기울인다.

"버지니아와 함께 있는 저 여자는 누구예요?"

레너드가 괴로운 표정으로 나를 바라본다.

"에텔 스미스."

내가 속삭이는 목소리로 되묻는다.

"그 여성참정권자? 에멀린 팽크허스트하고 함께 투옥됐었던?"

레너드가 고개를 끄덕인다.

"그리고 이제는 그에 못지않게 호전적인 작곡가가 됐어요."

J

팔 하나가 쓱 다가와 나를 건드리는 바람에 놀라 고개를 든다. 네가 웃는 얼굴로 내 앞에 서 있다.

"네스! 언니가 잉글랜드에 돌아오니까 이런 즐거움이 있네.

거리에서 우연히 마주치기도 하고 말이야. 언니가 런던에 있는지도 몰랐는데.”

나는 주머니 속에 있는 던컨의 편지를 만지작거린다. 손가락 끝에 닿는 종이가 면도날처럼 날카롭다. 마음이 요동치는 터라 섣불리 대답할 엄두가 나지 않는다. 너는 내 팔짱을 낀다.

“가서 차 한잔 마시자.”

마음속에서 던컨의 말이 끓어 넘친다. 조용한 곳에서 마음을 가라앉힐 필요가 있다. 그래서 고개를 젓는다.

“미안해.” 그러고는 되는 대로 불쑥 내뱉는다. “내가 가봐야 하거든, 그러니까…… 갤러리에.”

너는 나를 빤히 쳐다본다. 나의 거짓말에 넘어가지 않은 눈치다.

“그래, 그러면 내일 점심 먹자. 한 시까지 오는 걸로 알고 있을게.”

나는 얼어붙은 것처럼 그 자리에 서 있다. 피터와 함께 만나자고 던컨이 제안한 시간이다. 던컨이 피터의 눈동자를 뭐라고 묘사했더라. 눈이 다 녹은 후의 풀밭이니, 뭐 그런 표현이었는데. 나는 서서히 사라지는 흰 눈 속의 풀, 겨우내 햇볕을 받지 못해 누렇게 뜬 풀잎을 떠올린다.

“안 돼, 가봐야 해…… 내 말은, 던컨이랑 점심을 먹을 거라서.” 돌풍처럼 휘몰아치는 감정을 숨길 길이 없다. 네가 내 허리를 감싸 안는다.

“언니, 왜 그래? 무슨 일이 있는 거지. 나한테 숨기려고 하지 마.”

너를 따라 광장 중앙에 있는 조용한 벤치로 간다.

“던컨이랑 점심을 먹기로 했어. 그가 나한테…… 피터를 만나보라고 했거든.”

그게 무슨 말인지 이해한 네 눈에서 빛이 번득인다.

“아니 무슨 권리로! 언니한테 너무 가혹한 짓이잖아!”

“아냐. 내가 부탁했어. 그는 나를 위해 자리를 마련한 거야.”

“하지만 어째서?”

고개를 들어 나무를 보고, 하늘을 가로지르는 구름을 본다. 내 삶을 지탱하던 보루가 갈라져 머리 위로 와르르 무너지는 것만 같다.

“왜냐면…… 그를 보지 않고는 살 수 없으니까.”

한동안 아무도 입을 열지 않는다. 잠시 후에 네가 내 손을 잡는다.

“그러면 최소한 나라도 따라갈 수 있게 해줘. 그러면 넷이 되니까. 내가 그 사람의 관심을 끄는 동안 언니는 던컨하고 얘기를 할 수 있잖아.”

나는 네 손을 힘주어 잡는다.

“아니야, 됐어. 말이라도 그렇게 해주니 고맙다. 하지만 이건 나 혼자 감당해야 하는 문제야.”

간신히 자리에서 일어난다. 뒤에서 네가 날 부른다.

“난 이번 주말에 로드멜(루이스에 있는 작은 마을)에 있을 거야. 언니를 보러 갈게. 일요일에.”

♩

　머릿속에 떠오르는 이미지를 떨쳐낼 수가 없다. 나는 강물에 지팡이를 찔러 넣고 그 주위로 빠르게 소용돌이치는 물살을 바라본다. 눈을 감으면 온통 던컨의 얼굴, 피터에게 몸을 기울이며 미소 짓던 그 얼굴만 보인다. 강으로 걸어 들어가자 얼음처럼 차가운 물이 신발 속으로 스며든다. 강둑 근처는 물이 얕고 갈색의 흙탕물이다. 점점 수위가 높아지는 걸 의식하며 앞으로 걸어간다. 사람들의 눈에 띄지 않도록 다리 근처를 벗어나지 않는다. 내가 하려는 짓을 누가 목격한다면 낭패다. 물속에 들어오니 그 차가움에 고통이 서서히 무뎌지기라도 하는지, 마음이 한결 차분해진다. 바라는 바다. 더 이상 아무것도 느끼지 않는 것. 가질 수 없는 걸 바라지 않는 것. 강의 중간까지 계속 걸어간다. 훨씬 깊어진 물살이 내 몸을 휘감는다. 발을 밀어 올리려는 물살에 기꺼이 몸을 맡긴다.

♩

　끊임없이 울려대는 초인종 소리에 정신을 차린다. 그 소리를 듣지 않으려고 귀를 막는다. 바닥에 찍힌 진흙투성이 발자국을 바라보며 불청객이 사라지길 기다린다. 옷은 찢기고 팔다리엔 온통 긁힌 자국이다. 손으로 이마를 짚었더니 끈적한 피가 손가락에 묻어난다. 감각을 마비시키던 물의 차가움이 천천히 되살아난다. 다리를 향해 돌진하던 물살, 나를 덮칠 듯 다가오던 다리, 강물이 솟구치면서 교각을 감싼 창살에 내동댕이쳐진 게 기억난다. 얼마나 오랫동안 거기 몸이 끼인 채 버둥거렸는지는 모르겠다. 생각나는 건 피터와 점심을 먹을 때 이제 다시는 나와 사랑을 나누지 못할 것 같다고 했던 던컨의 말뿐이었다. 빠르게 흘러가는 물을 바라보며 얼른 떨어져 저 품에 다시 안기길 원했다. 하지만 한편으론 뭔가가 나를 붙들었다. 어쩌면, 겁이 났던 걸까? 어느 순간 기진맥진한 채 숨을 헐떡이며 넓은 대들보를 따라 기어서 강둑에 몸을 내던진 모양이었다.

초인종 소리가 멈춘다. 잠시 조용하더니 창문에 네 얼굴이 나타난다. 문득 기억이 되살아난다. 일요일 아침, 네가 오겠다고 했던 날이다. 방을 들여다보던 네가 한참 만에 나를 발견하고는 손을 흔든다. 그림자 속으로 몸을 숨겨보지만, 소용없다. 너는 집을 빙 돌아서 유리문을 열고 안으로 들어온다. 내가 어떤 상태인지 알아차리고는 황급히 달려온다.

"네스. 언니! 이게 무슨 일이야? 흠뻑 젖었잖아. 게다가 피범벅이야. 사고를 당한 거야?"

아무 대답도 할 수 없다.

"강에 빠졌어?"

여전히 아무 말도 하지 않는다. 너는 서서히 상황을 파악하기 시작한다.

"이런, 세상에! 도대체 무슨 짓을 한 거야?"

너는 내 옷을 벗기고 따뜻한 담요로 감싼다. 불도 피운다. 그러고는 부엌에서 물이랑 헝겊을 가져다가 찢어진 머리의 상처를 씻어낸다. 그러면서 계속 말을 건다.

“왜 나한테 오지 않았어? 무슨 일이라도 있었으면 어쩔 뻔했어.”

당장 해야 할 일이 급해서인지 너는 내가 대꾸를 하지 않아도 개의치 않는 눈치다. 상처에 붕대를 감고는 찬장에서 브랜디 한 병을 꺼내 잔에 따른다.

“마셔. 도움이 될 거야.”

너는 잔을 내 입에 가져다 댄다. 한 모금 마신다.

“언니가 이럴 줄은 상상도 못했어. 모든 걸 끝낼 마음을 갖고 있는 건 나뿐이라고 생각했는데.”

너는 한숨 돌릴 시간을 주고는 다시 잔을 내 입에 댄다.

“언제나 언니를 행복하게 그렸었는데. 모든 것의 한가운데에 있는 모습으로.”

브랜디의 효력이 나타나기 시작한다. 줄리언과 퀜틴, 그리고 안젤리카의 생각이 수면 위로 떠오른다. 내가 입을 연다.

“약속해줄래……?”

내 목소리는 거칠게 갈라지고, 너는 몸을 더 바짝 기울인다.

“뭐든 말만 해.”

“아니, 이건 중요한 거야.”

말을 하려니 통증이 느껴지지만, 애써 계속한다.

“이 얘기를 아무에게도 하지 않겠다고 약속해. 아이들이 알게 된다면 못 견딜 것 같아. 던컨도.”

나는 잠시 말을 멈춘다.

“약속해. 아무에게도 말하지 않겠다고. 레너드한테도.”

너는 내 손을 힘주어 잡는다.

"약속할게. 그 대신 언니도 약속해줘."

너의 말은 무방비 상태의 나를 급습한다. 너를 보니 눈에 눈물이 가득하다.

"무슨 일이 있어도, 사는 게 아무리 끔찍하다고 여겨져도, 다시는 이런 짓을 하지 않겠다고 맹세해."

나는 고개를 끄덕인다. 너의 목소리만으로는 우리가 맺은 약속의 무게를 짐작할 수 없다.

♩

안젤리카는 침대로 올라와서 내 옆에 무릎을 꿇고 앉는다. 앞에는 립스틱과 크레용, 파우더, 브러시 같은 것들을 가지런히 정리한 쟁반이 있다. 내 얼굴에 화장을 시작하는 아이의 부드러운 손놀림이 느껴진다. 안젤리카는 붉은색을 칠하고 분홍색 줄무늬를 그리고 파란색을 넓게 펴 바르며 키득거린다. 아이는 나를 새롭게 재창조하는 중이다.

방에는 불빛이 반짝인다. 손님들은 이미 대부분 도착했고, 다들 우리처럼 환상적인 분장을 하고 왔다. 안젤리카는 신이 나서 어쩔 줄 모른다. 발을 바꿔가며 깡충깡충 뛸 때마다 요정 같은 얇은 치마가 펄럭이고, 등에 달린 날개는 금방이라도 날아오를 것처럼 나부낀다. 우리와 함께 온 클라이브는 인파 속으로 사라진다. 팽이처럼 이 무리에서 저 무리로 빙글빙글 옮겨 다니는 그를 바라본다. 안젤리카를 데리고 음료수 테이블

쪽으로 간다. 승마용 반바지를 입고 한쪽 눈에 해적 안대를 찬 여자가 손을 흔든다. 얼른 돌아서지만 너무 늦었다. 여자는 어느새 우리 앞으로 다가온다.

"어머, 예쁜이들! 아주 감칠맛 나는 걸! 둘 다 먹을 수 있겠어!" 리디아는 내 양쪽 뺨에 붉은 입술 자국을 찍고는 안젤리카를 바라본다.

"천사가 따로 없네!" 그녀는 한 팔로 우리 둘을 감싸 안는다. 그녀의 어깨에 놓인 앵무새 인형이 기울어진다.

"어디, 전부 털어놔봐! 당신이랑 던컨이 왕실 요트 장식을 의뢰받았다는 게 정말이야?"

내가 아니라고 하기도 전에 리디아는 반대편 끝에 있는 누군가를 발견했는지, 우리한테 얼음물을 마시라는 마지막 당부를 남기곤 다시 파티에 몸을 던진다.

창가에 서 있는 너와 레너드를 보니 마음이 놓인다. 우리는 너에게 다가간다. 너는 안젤리카의 복장에 한바탕 칭찬을 늘어놓다가 나를 바라본다.

"리디아한테 붙잡혔던 것 같던데."

"메이너드는 어떻게 저런 사람이랑 결혼할 생각을 하는지 도저히 이해할 수 없어."

우리는 함께 웃음을 터뜨린다. 네가 내 팔짱을 낀다.

"얼음을 구해 오는 일은 레너드랑 안젤리카한테 맡기고 우리는 어디 가서 좀 앉자."

우리는 조용한 구석으로 가서 빈 의자에 앉는다. 네가 몸을 기울이며 묻는다.

"기분은 어때?"

나는 고개를 끄덕인다.

"한결 좋아졌어. 안젤리카가 옆에 있어서 좋아. 빌리……."

너는 내가 힘겹게 꺼내려는 말을 알고 있다는 듯이 내 말을 막는다.

"제발, 하지 마."

내가 뭐라고 할 틈도 없이, 레너드가 하얗게 질린 얼굴로 허둥지둥 다가온다.

"안젤리카는 던컨한테 맡겼어요." 그는 그것부터 설명한다. "방금 메리랑 얘기를 했는데, 리튼이 오늘 아침에 죽었대."

너는 무의식적으로 내 손을 잡는다. 모두가 두려워하던 소식이다.

"캐링턴은?"

"랠프가 함께 있대. 아주 힘든 상태인가 봐. 당연하겠지."

한동안 아무도 입을 열지 않는다. 너무 갑작스럽게, 너무 거칠게 던져진 소식이다. 리튼의 병이 위중하다는 사실을 처음 알았을 때 캐링턴이 자살 시도를 했던 걸 모두 기억하고 있다. 너는 바닥을 내려다본다.

"그녀에게 편지를 써야겠어. 여기 와서 있으라고 할래."

레너드가 네 옆에 앉아 어깨를 감싸 안는다.

"랠프는 그녀를 혼자 남겨두는 걸 몹시 걱정하나 봐."

그러자 네가 불쑥 이렇게 말한다. "그녀가 끝내게 내버려두면 안 돼! 리튼은 그녀를 사랑했어. 그녀가 살아 있는 한, 그의 일부는, 어쩌면 그의 가장 좋은 부분이 계속 살아 숨 쉬는 거니까."

너는 나뭇잎처럼 몸을 떤다. 레너드가 나를 바라본다.

"택시를 부를까요?"

내가 고개를 끄덕인다. 파티를 계속 즐기는 게 무의미해 보인다.

J

유리 위를 미끄러진 그릇이 간발의 차이로 돌 앞에 멈춘다. 레너드는 거리를 측정하더니 심판의 권한으로 네가 이겼다고 선언한다. 너는 경쟁자들을 향해 인사한다.

"안젤리카, 차 내오는 것 좀 도와줄래?"

그러자 네가 안젤리카의 귀에 뭐라고 속삭인다. 안젤리카는 고개를 끄덕이더니 나를 따라 나선다. 우리는 함께 부엌으로 들어가고, 내가 안젤리카에게 쟁반을 건넨다.

"찻잔이랑 받침을 가져가서 테이블 위에 놓으렴."

그런데 안젤리카가 얼른 나가지 않고 레인지 주변에서 얼쩡거린다.

"왜 그러는데?" 내가 뜨거운 물을 주전자에 따르며 묻는다.

"지니 이모가 요정들한테 내 옷 살 돈을 달라고 할 거래." 안젤리카가 털어놓는다.

나는 주전자에 물을 채우고 찻잎을 휘젓는다.

"하지만 너한테는 지금도 예쁜 옷들이 있잖아." 나는 감정을 드러내지 않으려고 노력한다.

안젤리카가 한쪽으로 비스듬히 기울였던 몸의 중심을 반대쪽으로 옮긴다.

"이모는 내가 원하는 데 써도 된댔어. 우리는 돈에 쪼들릴 때가 많잖아. 지니 이모는 아주 부자고."

나는 움찔한다.

"생각 좀 해보자." 나는 찻주전자와 스콘 접시를 두 번째 쟁반에 놓으며 말한다. "자, 식기 전에 이걸 정원으로 내가야지."

차를 마시는 내내 마음이 불편하다. 자리를 마무리한 다음에는 안젤리카와 퀜틴을 구슬려 레너드를 따라 산책을 가게 한다. 말소리가 들리지 않을 만큼 멀어졌다고 생각되는 순간, 애기를 시작한다.

"안젤리카 말이, 네가 용돈을 주겠다고 했다면서."

"응. 그 애는 예쁜 것들을 좋아하니까 내 생각에는……."

"멋대로 끼어들어서 원하는 대로 해도 된다고 생각했겠지!"

"그건 오해야, 네스."

"오해라고? 정말로 순수한 의도였다면 나하고 먼저 상의를 했어야지. 안젤리카를 네 꼭두각시로 이용하려는 속셈을 내가 모를 것 같아?"

너는 빈 찻잔을 정리하다 말고 고개를 든다.

"도대체 무슨 소리를 하는 건지 모르겠어."

"요정의 메시지 운운한 건 나를 의도한 소리잖아. 이번엔 나한테 무슨 말을 하고 싶은 건데? 내가 엄마로서 적합하지 않다는 거야?"

너는 고개를 돌린다. 나도 소리를 지른 것이 후회되기 시작한다.

"지금은 우리 사이의 일만으로도 충분히 힘들어." 나는 입술을 깨물며 말을 계속할지 고민한다. 너는 망설이는 내 마음을 감지한다.

"안젤리카는 언니를 사랑해. 언니의 아이들 전부 마찬가지야."

나는 고개를 젓는다.

"아니. 그런 뜻이 아니야. 안젤리카가 계속 클라이브에 대해 물어봐."

너는 찻잔을 포개서 쟁반에 놓는다.

"어떤 걸 묻는데?"

"뭐, 특별히 구체적인 건 아니야. 클라이브가 왜 항상 런던에 있는지 알고 싶어 해." 나는 받침을 부지런히 챙긴다.

"안젤리카는 아직 몰라?"

다시 한 번 고개를 젓는다.

"이제 진실을 말해줄 때가 됐다고 생각하지 않아?"

나는 경악한 표정으로 너를 바라본다.

"도저히 말할 수 없었어! 안젤리카는 아직 너무 어려. 그리고 나이에 상관없이, 그러면 클라이브가 얼마나 힘들어질지 생각해봐. 안젤리카는 그의 성을 따랐는데."

"안젤리카도 조만간 알게 될 거야. 생긴 것도 던컨을 닮았는걸."

"그렇겠지. 하지만 아직은 때가 아니야."

"시간을 끌어봐야 무슨 도움이 된다는 건지 모르겠네."

무기력한 기분으로 너를 바라본다. 그러곤 불쑥 속내를 털어놓는다.

"아버지라는 부담을 느끼면 던컨이 아예 발을 끊어버릴까 봐 겁이 나서 그래."

나는 쟁반을 들고 정원을 가로지른다. 잠시 후에 네가 나머지 쟁반을 들고 부엌으로 따라 들어온다.

J

나는 지나치게 욕심을 부렸다. 이걸 뭐라고 표현하더라. 너는 언제나 관용구를 제대로 기억하지 못한다며 나를 놀리곤 했지. 아무튼 떠나는 안젤리카에게 손을 흔들다 문득, 내가 과욕을 부리고 있다는 생각이 든다. 길모퉁이를 돌아가는 자동차를 마지막까지 보려고 안간힘을 쓴다. 그대로 잠시 문가에 서서 정원을 바라본다. 연못 위에 옅은 안개가 어리고, 이른 아침의 햇살이 진주처럼 반짝인다. 몸을 돌려 안으로 들어간다.

안젤리카가 떠났으니 이제 하루 종일 그림을 그릴 수 있다. 복도를 지나 응접실로 들어간다. 아직 작업실에는 들어갈 준비가 안 됐다. 의자에 앉아 아이들이 태어나기 전에 품었던 화가의 야망을 떠올린다. 이제 안젤리카의 학교생활이 시작되어 마침내 자유를 얻었건만, 그토록 원했던 자유를 만끽하기는커녕 그림을 그리고 싶은 마음이 생기지 않는다. 테이블에 놓인 신문이 나를 노려보는 것 같다. 그걸 집어 들고 싶은 유혹을 애써 누른다. 그랬다간 딴청을 피우게 될 게 틀림없다. 마음을 비우고 예전의 젊었던 나와 교감을 시도해야 한다.

J

커다란 캔버스 두 개를 동시에 작업하고 있다. 하나는 거의 완성됐고 하나는 이제 막 시작했다. 둘 사이를 오가며 그린다. 새로 시작한 그림의 어려움조차 먼저 시작한 그림의 난관에서 한숨 돌릴 수 있어 반갑기만 하다. 첫 번째 그림에서는 우아한 옷차림의 여자가 벽난로 앞의 걸상에 앉아 있다. 여자는 벌거벗은 어린 소년을 바라보는데, 아들이라고 짐작된다. 여자의 얼굴엔 차가움, 뭔가를 자제하는 듯한 초연함이 어려 있다. 오른쪽에는 또 다른 여자가 훨씬 더 어린 아이를 데리고 소파에 앉아 있다. 첫 번째 여자에 비해 옷차림이 훨씬 수수하다. 굽이 낮고 헤진 이 여자의 구두는 첫 번째 여자가 신은 반짝이는 가죽 하이힐과 선명한 대조를 이룬다. 그리고 첫 번째 여자와는 달리 품에 안은 아이에게 완전히 집중한다. 아이가 장난감으로 손을 뻗지 못하도록 아이를 감싸 안고 있다. 소년은 이 아이를 바라본다. 소년의 자세만 보면 어머니에게 관심을 기울이는 것 같지만, 고개가 아이 쪽으로 돌아갔다. 말, 책, 배 같은 장난감이 인물들 사이의 공간에 놓여 있는데, 그들의 거리를 좁히려는 의도처럼 보인다. 걸상에 앉은 여자는 손에 거울과 손수건을 쥐고 있다. 소년을 위한 것인지, 본인의 외출 준비를 위한 것인지는 나도 결정할 수 없다. 여자가 소년을 바라보는 시선에서는 어쩐지 곧 떠날 것 같은 분위기가 느껴진다. 여자는 뭔가를 소망하면서도 체념한 표정을 짓고 있다. 여자는 소년을 끌어안는 대신 지나칠 정도로 유심히 소년을 바라본다. 정을 떼려면 사랑하는 마음을 억눌러야 한다는 걸 알고 있는 듯하다.

두 번째 그림에는 아이들이 등장하지 않는다. 여기서는 초점이 여자 둘에게 맞춰져 있다. 왼쪽엔 벌거벗은 여자가 소파에 비스듬히 누워 있는데, 아마도 모델을 서다 잠시 쉬는 것 같다. 오른쪽의 여자는 옷을 다 입었고 앞의 테이블에 놓인 과일 그릇을 바라본다. 그녀는 화가일지도 모르지만, 그림을 그리는 데 필요한 화구는 하나도 보이지 않고 옷차림도 전반적으로 지나치게 세련됐다. 이 여자는 소파에 누운 여자에게 조금도 관심이 없는 것 같다. 과일 그릇에 완전히 몰두해 있다.

두 번째 그림은 좀처럼 마무리를 지을 수가 없다. 여전히 핵심적인 뭔가가 빠졌다. 스토브와 석탄 통, 조금 낮은 두 번째 테이블, 램프와 꽃병도 그려보지만, 허전함은 가시지 않는다. 그러다가 두 여자 가운데 누구도 이 그림의 핵심이 아니라는 걸 깨닫기 시작한다. 그들이 창조하는 예술도 어쩐지 그들의 영향력 밖에 있는 것처럼 보인다. 소파 위의 여자는 팔을 베고 누웠다. 화가의 모델 일을 그만두고 싶은 것처럼 지쳐 보인다. 또 한 여자는 무슨 비밀을 밝혀내려는 듯이 과일 그릇을 응시한다. 어쩌면 화가는 그녀의 남편이거나 아들이고, 그녀는 다만 보조자로서 화가의 손님에게 차를 대접하려는 것일지도 모른다. 여자의 눈에서는 자신의 처지를 불행하게 여기는 마음이 엿보인다. 과일 그릇에 골똘히 집중한 태도는 상황이 달랐더라면, 입장이 바뀌었더라면, 여자도 화가가 됐을지 모른다는 걸 암시한다. 나는 결국 이 그림을 포기한다. 도저히 계속할 수가 없다. 여자들의 자세는 그들의 실패가 내 탓이고, 그들의 운명을 바꾸는 게 내 책임이라고 말하는 것 같다. 하지만 나는 방법을 모른다.

J

가운데 벽난로가 있고, 한쪽 끝에는 창문이, 구석진 귀퉁이에는 작은 스토브와 세면대가 있다. 짐 꾸러미를 문가에 쌓아놓고 공간을 거닐어본다. 휑뎅그렁한 게 마음에 든다. 안젤리카가 학교에 들어가면서 나 혼자 지내게 됐으니 일주일에 며칠은 찰스턴 집을 떠나 런던에 스튜디오를 빌려 던컨 가까이에서 지내기로 했다. 첫 번째 짐을 푼다. 손잡이 달린 항아리를 그린 던컨의 그림인데, 오렌지와 레몬 가지가 꽂힌 이 항아리는 그가 북아프리카에 갔다가 가져온 선물이었다. 그림을 벽난로 선반에 세운다. 그것만으로도 분위기가 달라진다. 다시 한 번 거닐어보며 어떻게 꾸밀지 궁리한다. 여기엔 침대를 놓고 낮에는 소파 겸용으로 사용해야지. 이젤은 창문 맞은편에 놓자. 낡은 칸막이를 하나 사서 스토브와 세면대를 가려야겠다. 검붉은색에 황금 잎사귀 무늬가 들어간 커튼과 크림색 벽을 상상해본다. 의자가 없기 때문에 창틀에 걸터앉아 연필과 스케치북을 꺼낸다. 그러다 어느새 드로잉을 하고, 머릿속에 떠오르는 것이 사라지기 전에 얼른 그리려다 보니 연필이 종이 위를 날아다닐 지경이다. 뭔가에 몰입하는 느낌이 익숙하다.

어느 날 아침, 열어놓은 창문으로 고양이 한 마리가 들어온다. 접시에 우유를 따라주지만 녀석은 의심스런 눈초리로 쳐다보기만 한다. 무시하는 게 상책이겠다고 생각한다. 그러고는 그림을 그리기 시작하는데 고개를 들 때마다 녀석의 파란 눈이 나를 물끄러미 쳐다보고 있다. 녀석은 한 시간쯤 그러고 있더니 창가로 걸어가서 창틀로 가뿐하게 뛰어올랐다가 지붕으로 사라진다. 녀석이 가버리자 괜스레 심란해진다. 접시를 씻고 있자니 시험에서 떨어진 것 같은 기분이 든다.

다음 날 고양이가 다시 돌아온다. 이번엔 우유 접시에 달려들어 허겁지겁 먹는다. 그러곤 얌전히 앉아 내가 그림 그리는 걸 쳐다본다. 녀석에게 마르코 폴로라는 이름을 붙여준다.

녀석의 방문은 정해진 일과가 된다. 어느새 아침이면 녀석이 오길 기다린다. 그림을 그리면서 녀석의 꿰뚫는 시선을 받는 것에도 익숙해진다. 우리는 친구 같은 사이가 된다. 낡은 상자와 담요를 구해다가 스토브 근처에 녀석의 자리를 마련해준다. 그림을 그리다가도 녀석에게 말을 하면서 밑그림이나 잘 풀리지 않는 문제를 설명한다. 그러면 녀석이 다 이해하는 것 같은 묘한 느낌이 든다. 마르코 폴로는 머잖아 내게 없어서는 안 될 존재가 된다. 파란 보석 같은 녀석의 눈이 나를 바라보지 않으면 그림도 그릴 수 없다. 녀석의 초연한 태도가 마음에 든다. 녀석이 나를 친구로 선택했다고 생각하면 우쭐해진다. 무엇보다 녀석의 시선은 나를 먼 옛날, 우리가 공부방에서 나란히 앉아 미래를 꿈꾸던 그 시절로 나를 데려간다.

❡

너희 집 현관에서 카디건을 찾고 있는데 전화벨이 울린다. 전화를 받았더니 웬 목소리가 추락, 병원 이송, 갑작스런 심장마비를 운운한다. 그 목소리가 용건을 다 전했을 때 나는 수화기를 내려놓고 전화기에 적힌 번호를 하염없이 바라본다. 어딘가 익숙한 숫자라서, 그게 누구의 번호인지 곰곰이 생각한다. 그러다 그게 너희 집 전화번호이고, 로저가 죽었으며, 너와 레너드는 이 사실을 아직 모른 채 테라스에서 나를 기다리고 있다는 걸 기억해낸다.

너는 무슨 일이 일어났다는 걸 즉시 알아차린다. 날아오는 주먹을 막으려는 것처럼 손을 쳐든다. 내 애기를 듣는 사이에 네 얼굴에서 핏기가 사라진다. 우리는 한참 동안 말없이 앉아 있다. 그러다 레너드가 일어나서 조용히 집으로 들어간다. 나는 고개를 돌려 너를 바라본다. 너는 가슴을 두 팔로 끌어안고 아이처럼 의자를 앞뒤로 까딱거린다. 네가 죽음이 너무 가혹하다는 생각을 하고 있다는 건, 굳이 묻지 않아도 알 수 있다. 나도 똑같은 생각이니까.

로저의 모습이 눈앞에서 너울거린다. 밝은 음악 같던 그의 목소리, 활기차던 그의 모습을 떠올린다. 나는 그의 사랑을 모질게 내치고 그의 우정을 당연시했다. 나는 느닷없이 비명을 지른다. 질끈 감은 눈을 차마 뜨지 못한다. 그랬다간 빛이 나를 부숴버릴 것만 같다. 나방의 날개처럼 가냘픈 눈꺼풀이지만 나를 파멸로부터 지켜주는 건 그것뿐이다. 눈을 떴다간 당장이라도 죄의 대가를 치르게 될까 두렵다.

네가 보인다. 너는 내가 깨어난 걸 알고는 곧장 다가온다.
"언니, 기분은 좀 어때? 뭘 좀 가져다줄까?"
나는 고개를 젓는다.
"언니 때문에 다들 얼마나 놀랐는지 몰라."
던컨과 아이들이 생각나서 뭐라고 말을 하려 하지만, 네가 내 손을 다독이며 말린다.
"쉬이. 말은 조금 있다가 해. 일단 뭘 좀 마시고."
너는 침대 옆의 쟁반에서 잔을 들어다 내 입에 댄다. 나는 반가운 마음으로 물을 들이킨다.
"자. 물을 마시면 좀 나아질 거야."
너는 잔을 내려놓고 내 옆에 앉는다.
"얼마나 이렇게 누워 있었던 거니?" 내가 속삭이듯 묻는다.
"이틀. 테라스에서 기절했어. 그냥 우리 집에 누워 있도록 하는 게 좋겠다고 생각했어."
내가 너의 팔을 움켜잡는다.
"이제 다시는 그와 얘기할 수 없다 생각하니 견딜 수가 없어."
"알아."
네가 주머니에서 편지를 꺼낸다. 로저의 글씨체다.
"그가 보낸 마지막 편지를 읽고 있었어. 찰스턴에서 언니와 함께 지내고 온 후에 보낸 거야." 네가 봉투에서 편지를 꺼낸다. "언니에 대해 썼어……. 언니가 자아내는 독특한 분위기. 언니의 삶에 어린 아름다움이 그를 지탱해주는 힘이라고 했어."

편지를 봐도 되냐고 묻고 싶지만, 아직은 때가 아니다. 그 대신 네가 앉아 있던 의자에 놓인 책을 바라본다.

"책을 읽어줄래?"

페르세포네와 하데스의 결혼 이야기를 읽는 너의 목소리에만 집중한다. 딸을 찾겠다는 일념으로 제우스와 거래를 하는 데메테르를 상상한다. 지하 세계에서 풀려난 페르세포네는 강렬한 빛에 눈을 깜빡인다. 풀려났을 때 하데스의 정원에서 딴 석류를 들고 있는 그녀를 상상한다. 그건 지하 세계에 머물렀던 시간을 기념하려는 것이었을까, 아니면 모든 것을 독단적으로 처리하는 어머니 데메테르에 대비한 것이었을까?

J

내 딸에게 더 이상 거짓말을 할 수 없다. 온종일 머릿속에서 이 생각이 눈덩이처럼 불어난다. 정원을 거닐며 잔디밭에서 벌레를 잡아먹는 지빠귀 한 마리를 바라본다.

안젤리카를 데리고 응접실로 들어간다. 어쩐지 여기서 얘기를 하면 조금 수월할 것 같다. 나무 밑에 활짝 핀 보라색 크로커스 꽃을 보며 함께 감탄한다. 내가 얘기를 하는 동안 안젤리카는 아무 말도 하지 않는다. 그 애가 내 얘기를 듣고 있다는 유일한 신호는 내 팔을 잡고 있던 손에 갑자기 힘이 들어간 것뿐이다. 차라리 아니라고 받아쳤으면, 질문을 퍼부었으면, 왜 진실을 숨겼냐고 따졌으면 좋겠다. 그런데 아무것도 하지 않는다.

내가 얘기를 마치자 손을 스르르 풀고는 정원으로 나간다. 안젤리카가 잔디밭을 걸어갈 때, 조금 전의 그 지빠귀가 또다시 눈에 들어온다. 이번엔 부리에 벌레를 물고 있다. 저녁에 안젤리카의 방으로 올라가 문을 두드린다. 분명히 안에 있는데 아무 대답이 없다. 안젤리카가 밖으로 나와 얘기하길 바라며 계단에 걸터앉는다. 내 기다림은 부질없다.

J

온 세상이 중국으로 변한다. 라디오에서 우연히 한커우(중국 후베이성의 상업 도시. 지금은 우한 시에 속해 있다)를 다룬 프로그램이 나오고, 웅성거리는 거리의 소음과 노래를 부르는 것 같은 상인들의 외침이 우리 집 거실로 고스란히 쏟아진다. 로열아카데미에서 열리는 중국 회화전에 갔다가 화려한 그림이 그려진 접시와 비단 부채를 사 들고 돌아온다. 중국 지도를 사서 한가할 때마다 들여다보며 지리를 익힌다.

중국에서 영어를 가르치고 싶다는 줄리언의 편지를 카시스에서 받는다. 말투를 보니 내가 바꿔볼 수 있는 차원의 결심이 아닌 것 같다. 줄리언이 3년 동안 떠나 있을 걸 생각하니, 상상만으로도 가슴이 먹먹해진다. 다만 얼마 동안이라도 함께 보내고픈 마음에 서둘러 잉글랜드로 돌아간다.

우리는 뉴헤이븐 부두에 서서 함께 페리를 기다린다. 나는 차마 줄리언의 팔을 놓지 못한다. 그랬다간 내 아들을 다시 만져볼 수 있기까지 한참 기다려야 하기 때문이다. 우리는 어울리지 않는 커플이다. 우리를 힐끔거리는 시선이 느껴진다. 뱃고동이 울리고 마지막으로 줄리언을 끌어안는다. 줄리언은 배에 오르다 말고 돌아서 손을 흔들더니, 이윽고 승객들 사이로 사라진다.

최대한 천천히 자동차를 몰고 찰스턴으로 돌아간다. 텅 빈 집이 두렵다. 집에 들어간 다음에는 나도 모르게 줄리언의 방으로 간다. 그의 침대에 앉아 책과 종이, 옷걸이에 걸린 재킷을 바라본다. 앞으로 그가 생활하게 될 새로운 풍경을 나로서는 상상조차 할 수 없다. 신발을 벗고 침대에 반듯하게 누워 옷걸이에 걸린 재킷으로 손을 뻗는다. 거친 울 재질이 어머니가 병자를 간호하러 나갈 때 어깨에 걸치던 숄과 비슷하다. 현관문이 닫히고 돌계단을 달려 내려가는 어머니의 발소리가 들릴 때마다 명치끝에 밀려들던 공허함이 기억난다. 줄리언의 재킷을 입어본다. 이 이별을 어떻게 견뎌낼지 모르겠다. 어머니의 이름을 부르던 아버지의 목소리가 들린다. "줄리아! 줄리아!" 그게 마치 줄리언처럼 들린다는 걸, 처음 깨닫는다.

낯선 우표가 붙어 있고 줄리언의 유려한 글씨체로 내 이름과 주소가 적힌 봉투를 보자마자 기뻐서 어쩔 줄 모른다. 종이가 얇아서 바스락거리는 편지를 집어 들고 얼른 부엌으로 간다. 봉투 안에 편지지가 여러 장 들어 있는 걸 보는 순간 날아갈 것 같은 기분이다. 편지를 꺼내서 테이블 위에 놓는다. 이 순간을 음미하고 싶은 마음과 당장 달려들어 읽고 싶은 마음 사이에서 갈등한다.

줄리언의 편지는 한 주일의 정점이다. 편지를 읽고 또 읽다
보니 낯선 나라만이 아니라 내 아들까지 새롭게 알기 시작하
는 느낌이다. 우리 사이에 놓인 물리적인 거리, 오로지 글을 통
해서만 의사소통을 할 수 있다는 그 사실 때문에 전에는 차마
드러내지 못했던 속내도 보여줄 엄두를 낼 수 있는 것 같다. 줄
리언이 내게 아무것도 숨기지 않고 모든 것을 말한다는 느낌
이 든다. 나는 눈앞에서 찬란하게, 숨김없이 펼쳐지는 그의 속
마음을 만끽한다. 그러면서 줄리언의 감정을 이해하고 그의 생
각을 짐작하기 시작한다. 그리고 그건 나도 마찬가지다. 나 역
시 해묵은 상처들을 편지에 전부 쏟아내고 전에는 도저히 말할
수 없을 것 같았던 애기들을 털어놓는다. 그렇게 몇 달이 흐르
자 우리의 관계가 달라지는 게 실감난다. 이제는 줄리언이 내
게 충고를 하고, 사랑과 보호를 다짐하는 것도 줄리언이다. 내
아들을 통해 내 삶이 펄럭인다.

J

초과된 우편요금을 지불할 돈이 모자란다. 보는 순간 줄리
언이 보냈다는 걸 알 수 있는 소포를 든 우체부는 문 앞에 서서
참을성 있게 기다린다. 지갑을 뒤져 동전을 센다. 3실링 11펜
스. 부엌으로 달려가서 그레이스가 장을 보고 남은 거스름돈을
모아두는 항아리를 뒤집는다. 달랑 1실링 6펜스. 여전히 턱없
이 부족하다. 현관으로 가서 가진 돈을 전부 집배원의 손에 쥐

어준다. 그는 오후에 다시 오겠다고 약속한다. 나는 줄리언의 소포를 들고 돌아가는 그를 바라본다.

오후에 초인종이 울렸을 땐 돈을 준비해놓고 기다린다. 집배원에게 고맙다고 인사를 한 후, 소포를 들고 작업실로 간다. 조심스럽게 끈을 자르고 갈색 포장지를 뜯는다. 안에 든 걸 보는 순간 숨이 멎는다. 색색의 화려한 중국 비단이 가지런히 포개져 있다. 손가락으로 어루만지며 매끄러운 감촉을 음미한다. 붉은색, 녹색, 청색, 노란색, 주홍색과 분홍색, 옅은 자주색의 향연이 펼쳐진다. 색깔을 고른 후에 두루마리에서 적당한 길이로 잘라 네모나게 접는 과정을 지켜봤을 줄리언을 상상한다. 한 장을 골라 길게 펼친다. 청색이 어찌나 짙은지 그늘진 부분은 거의 검게 보일 정도다. 의자 등받이에 늘어뜨린다. 두 번째 비단을 펼친다. 활짝 피어난 주홍색이 너무 강렬해서 눈이 아플 지경이다. 그렇게 한 장씩 펼치다 보니 방 안이 온갖 색으로 물들어 반짝인다. 소포에서 무지개를 꺼낸 것 같다. 비단 한 장을 허리에 두르고, 또 한 장은 팔에 늘어뜨린다. 머리에도 묶고 어깨에도 걸친다. 그리고 거울을 보니 내 모습에 웃음이 터진다. 순수한 즐거움에 춤이라도 추고 싶다. 오후 내내 소포에 빠져 비단을 이렇게 저렇게 조합하며 보낸다. 색들이 서로 어우러지고 충돌하면서 서로 다른 울림을 만들어내고 새로운 조화를 이루는 모습이 즐겁다. 아래층에 내려가야 할 때가 되어 비단을 다시 간추려 접는다. 서랍을 열고 안에 있던 스케치를 전부 들어낸다. 비단을 서랍에 넣고, 사이사이에 새 종이를 한 장씩 끼운다. 마지막 비단까지 가지런히 넣은 다음 서랍을 닫는다. 줄리언 생전에는 두 번 다시 이 서랍을 열지 않는다.

10

너희 집 창가에 서서 광장의 나무들을 바라본다. 너는 인쇄
와 관련된 무슨 문제 때문에 지하실에 내려갔다. 얼마나 가 있
을지는 모르겠다. 창가를 벗어나 천천히 방을 거닌다. 제일 안
쪽의 벽에는 네가 이곳으로 이사한 직후에 던컨과 내가 화판
에 그린 커다란 그림 세 점이 있다. 그걸 다시 바라보며 비판적
인 시각으로 평가해보려 한다. 빨강과 파랑과 갈색의 색은 지
중해풍이고, 둥근 원 안에 정물이 자리 잡고 있으며, 가장자리
에는 빗금을 엇갈려 그렸다. 정물을 유심히 관찰한다. 왼쪽의
것은 테이블과 항아리와 두루마리 종이, 정면은 피아노와 기
타와 펼친 책, 오른쪽은 부채와 만돌린이다. 던컨과 나란히 서
서 그림을 그렸을 때처럼 차분한 몰입의 기운을 다시 느껴보
려 노력한다.

네가 찌푸린 얼굴로 들어온다.

“다 처리했어?” 내가 묻는다.

“응. 순서에 약간의 혼선이 있었어. 다행히, 가서 보니까 레너드가 완벽하게 정리했더라고.” 너는 으레 앉는 의자에 앉는다. 난로 앞 양탄자에 웅크리고 있던 개들이 일어나더니 네 옆으로 가서 눕는다. 네가 핑커의 머리에 손을 얹는다.

“어제 줄리언한테서 편지를 받았어. 레너드랑 나한테 한 통씩 보냈더라.”

나는 흠칫 놀란다. 너하고 얘기를 하고 싶었던 바로 그 문제다.

“줄리언이 뭐래? 잘 지낸대?”

“자신을 입증하려고 열심인 것 같던데. 특히 레너드한테 보낸 편지는 온통 정치 얘기야. 노동당을 무장 혁명의 기반으로 삼고 싶어 해. 그리고 레너드가 그걸 도와주길 원해!”

네 말에 나는 파랗게 질린다. 줄리언의 편지는 벌써 몇 주째 상황을 수수방관하는 좌파에 대한 불만을 쏟아내고 있다.

“유럽에는 단 두 개의 선택이 있다는 거야. 파시스트에게 굴복하거나 맞서 싸우거나. 줄리언 생각엔 단호한 군사적 행동만이 스페인의 유일한 희망이라는 거지.” 나는 입술을 깨문다. “너랑 레너드도 그렇게 생각해? 그렇게 되면 지난 전쟁 때 우리가 지키려고 발버둥쳤던 모든 걸 부정하는 거 아니니?”

놀랍게도 너는 내 눈을 피한다. 그러고는 핑커의 귀를 쓰다듬는다.

“응, 우리도 그런 얘기를 했어.” 너는 모호하게 말한다. 너는 손을 들어 흐트러진 머리카락을 뒤로 넘긴다. 쓰다듬어주던 너의 손길이 사라지자 핑커가 고개를 든다.

"줄리언이 걱정이야." 나는 무심결에 속마음을 털어놓는다. 네가 몸을 돌린다.

"어째서?"

"줄리언의 얘기를 들어보면 온통 흑백논리거든. 물리적인 거리감, 혼자 멀리 떨어져 있다는 사실 때문에 현실감각을 잃은 게 아닌지 걱정돼."

"자신의 역량을 오판하는 것처럼 보이는 건 분명해!" 너는 노여운 기색을 숨기지 않는다. "스페인에 가겠다는 것도 일종의 징검다리, 그러니까 전쟁을 직접 체험함으로써 그 경험을 더 원대한 구상에 활용하겠다는 계획이거든!"

"하지만 줄리언의 계약 기간은 아직 1년 더 남았는데……." 지금까지는 스페인에 대한 줄리언의 언급이 가정 수준에 그쳤다. 너는 나의 불안한 심정을 알아차린다.

"줄리언이랑 퀜틴이 어렸을 때 전쟁놀이를 하고 놀던 거 기억해? 지금 그 애의 편지를 보면 그 모습이 떠올라. 전투복을 차려입은 꼬마의 좌절감. 줄리언이 마지막으로 여기 왔을 때 얘기를 내가 했던가? 집에 혼자 있었는데 계단에서 내려다봤더니 현관에 웬 낯선 남자가 있는 거야. 그래서 내가 누구냐고 물었지. 남자가 고개를 들었을 때에야 낯선 사람이 아니라는 걸 알았어. 커다란 모자를 쓴 줄리언이었거든. 옷차림에는 전혀 신경을 쓰지 않았더라고. 나한테 누구 전화번호를 물어봤는데, 누구 전화번호였는지는 기억나지 않아. 내가 점심을 같이 먹자며 들어오라고 했지만 고개를 저으면서 할 일이 너무 많다나 뭐라나, 그런 변명을 웅얼거렸어. 그래도 내가 같이 먹자고 물어봐줘서 기쁜 눈치인 것 같기는 하더라. 나중에야 이게 문제의 핵심이라는 데 생각이 미쳤어. 자기를 마냥 예뻐하는 가족에 둘러싸인 젊은 남자가 과연 자유를 쟁취하는 데 성공할 수 있을까?”

“그 애가 연애 얘기도 해?” 내가 불쑥 묻는다.

너는 씩 웃는다.

“글쎄, 그러면 좋은 거 아냐? 언니랑 줄리언이 서로에게 얼마나 소중한 존재인지는 알고 있지만, 어느 시점이 되면 그 애도 자신만의 인생을 살아야지.”

나는 손을 물끄러미 내려다본다. 오늘은 일도 하지 않았는데 손톱이 거칠고 갈라졌다.

“줄리언이 처음 중국에 갔을 땐 못 견디게 그리웠어. 얼마 후부터 그 애한테서 편지가 오기 시작했지. 그 편지들이 줄리언을 내게 되돌려주는 것 같았어.”

“잘못은 아니야. 그러니까 그런 글을 쓴다고 해도……” 이번만큼은 너한테 인정이나 사면을 받고 싶은 마음이 없기 때문에 네 말을 끊고 얘기를 계속한다.

“내가 줄리언한테 지나치게 매달렸다고는 생각하지 않아. 아이들이 전부 잘되길 바라는 거야 당연하고, 줄리언한테는 그 마음이 특히 더 강했을지도 모르지. 아무래도 첫째니까. 가끔은 내 행동이 결국에는 전부 아이들한테 해가 되는 게 아닌가 싶기도 해. 나는 애들을 독립된 인격체로 보지 못하고 나의 한 부분으로만 보는 것 같아. 나의 가장 좋은 부분.” 나는 손을 무릎에 내려놓는다.

너는 잠시 아무 말 없이 나를 바라본다.

“줄리언이 다른 여자랑 관계를 갖는다는 사실은 언니가 그

애를 그렇게 심하게 망가뜨리지는 않았다는 뜻이야.”

나는 고개를 젓는다.

“그건 진정한 관계가 아냐. 줄리언의 연애가 다 그래. 그 여자는 교수의 부인이야.”

“줄리언도 알아?”

“물론 모르지. 하지만 알게 되는 건 시간문제야.”

“그리고 그다음엔?”

“떠나지 않을 수 없겠지. 확실해.”

다시 창가로 걸어간다. 마지막으로 부탁을 해보자고 결심한다.

“빌리, 내 대신 줄리언한테 편지 좀 써줄래? 무슨 일이 있어도 스페인에 가면 안 된다고 설득해줘. 그 애한테 무슨 일이 일어난다면 견딜 수 없을 것 같아.”

너의 눈을 똑바로 쳐다본다. 다행히 너는 고개를 끄덕인다.

J

한가할 틈 없이 몸을 분주히 움직인다. 런던에서 열리는 초현실주의 전시회에 같이 가자는 던컨의 제안에, 그 사람들의 작품을 싫어하면서도 따라나선다. 전시장에 들어선 순간, 여기 온 게 실수라는 걸 깨닫는다. 거의 무작위로 캔버스를 선택해서 몇 분쯤 들여다본다. 나는 그림을 빨리 보는 게 불가능하다는 걸 알고 있다. 왼쪽에는 손이 클로즈업되어 있고 커다란 엄

269

지손톱이 전면을 향한다. 손에는 호두껍데기와 쇠못 같은 것으로 만든 괴상한 물건을 들고 있다. 못 몇 개가 손가락을 뚫고 나왔다. 그림 오른쪽엔 머리가 두 개 있다. 머리 모양만 보면 새가 연상되지만, 핏발 선 눈은 사람의 것처럼 보인다. 머리 하나에는 뿔이 두 개 돋았고, 거기에 끈이 묶여 있다. 위에는 풍선이 있는데, 하늘에 찍힌 검은 점 같다.

그림이 마음에 들지 않는다. 화가로서 내가 가진 직관은 주제넘은 상징주의를 거부한다. 보고자 하는 내 욕망을 방해하는 단편적인 내러티브를 거부한다. 이런 반감에도 불구하고 이 그림을 어떻게 봐야 할지 이런저런 해석을 해보느라 머릿속이 어지럽다. 왼쪽에 클로즈업된 손은 신의 손일까? 새들은 암컷과 수컷 한 쌍일까? 저 잔인한 물건은 어떻게 이해해야 할까? 저 멀리 자유롭게 떠가는 것처럼 보이는 풍선은? 이건 그림이 아니라고, 그림으로 그린 심문이라고 소리치고 싶다. 이 그림은 보지 않고 생각하게 만든다. 이제껏 내가 예술에서 중시해온 모든 것의 안티테제다. 나는 출구로 향한다.

거리의 서늘한 공기가 상쾌하다. 던컨은 한동안 전시장에 있을 테니까 공원으로 가서 기다리기로 한다. 잠시 거닐다가 연못 옆 벤치에 앉아서 쉰다. 활짝 핀 장미꽃 향기가 진동한다. 스케치북과 연필을 꺼내 분수를 그린다. 중앙의 동상에 새들이 앉아 있다. 드로잉을 하다가 조금 전에 본 새의 머리를 그렸다는 사실을 깨닫고 경악한다. 나도 모르게 작은 새의 뿔에 묶어놓은 끈은 날아가지 못하도록 채운 고삐처럼 보인다. 신의 것처럼 보였던 손을 스케치한다. 이 손가락은 남자의 것일까, 여자의 것일까? 호두껍데기를 그리고 제일 커다란 못으로 엄지를 꿰뚫는 것도 잊지 않는다. 다만, 내 그림에서는 피가 흐른다. 크레용을 꺼내서 콸콸 솟구치는 피를 칠하고, 엄지를 비틀어 고통을 표현한다. 스케치북을 찢고 다시 그린다. 이번에는 장미를 섬세하게 그린다. 조가비 같은 바깥쪽 꽃잎과 가운데의 촘촘한 나선을 표현한다. 장미를 그리니까 마음이 차분해진다. 던컨을 만나러 전시장으로 돌아갈 때까지 드로잉을 계속한다.

J

줄리언의 가정은 결국 현실이 된다. 스페인에서 공산주의자들과 함께 싸우겠다고 선언한 그의 편지를 읽는 동안 머릿속이 왈그락달그락, 뒤엉킨다. 줄리언은 배가 마르세유에 정박했을 때 만날 수 있도록 카시스로 와달라고 한다. 시간이 촉박하다는 걸 깨닫고는 곧바로 답장을 쓴다. 나 말고도 그를 보고 싶어하는 사람이 잉글랜드에 많다는 사실을 일깨워준다. 찰스턴의 집, 볕이 잘 들어서 줄리언이 책 읽기를 좋아했던 응접실의 구석진 자리, 즐겨 산책하던 고원의 길 얘기도 한다. 편지를 접어서 봉투에 넣는다. 우체국에 가는 길에 산울타리에 핀 야생 찔레꽃을 따서 편지지 사이에 끼운다. 내 호소가 통해서 줄리언은 집에 오기로 한다. 최소한 당분간은 안전하다.

줄리언의 귀국 축하 파티를 연다. 중국옷을 입은 줄리언이 파티의 주인공이다. 나는 내 아들에게서 눈을 떼지 못한다. 그토록 오랫동안 굶주렸으니, 내 눈도 호강할 필요가 있다. 줄리

271

언이 선물을 나눠준다. 내게 준 건 비단과 손으로 만든 종이다. 던컨과 퀜틴의 선물은 드로잉, 안젤리카는 인형 사이즈의 찻잔 세트다. 너와 레너드와 클라이브에게는 책을 준비했다. 우리는 더 이상 물어볼 게 없을 때까지 중국에 대한 질문을 쏟아낸다. 줄리언은 그곳의 풍경과 사람들, 생소한 풍습, 특이한 언어에 대해 이야기한다. 마치 미리 연습한 것처럼 중국 말이 술술 나온다. 이야기는 밤늦도록 이어진다. 퀜틴은 줄리언의 옷을 입어보고, 안젤리카는 중국 여성의 올바른 자세를 배운다. 너마저도 줄리언의 펜팔 친구 얘기에 흥미를 보인다. 모두가 잠이 든 후에 나는 텅 빈 테이블에 앉아 지금의 이 행복이 계속되게 해달라고 조용히 기도한다.

다음 날 줄리언과 고원을 산책한다. 오래된 연인처럼 팔짱을 낀다. 그는 기어이 내가 두려워하는 말을 꺼낸다. 정부는 수수 방관하고 파시스트가 세력을 넓혀가는 마당에 도저히 가만히 앉아 있을 수 없다고 말한다. 이미 그곳으로 떠난 사람들의 이름을 나열한다. 위험을 모르지 않으며 온몸으로 지지하는 대의를 위해 목숨을 내놓을 준비가 됐다고 말한다.

우리는 맹수처럼 으르렁거리며 싸운다. 이렇게 오래, 그리고 이렇게 격렬하게 싸우는 게 가능한지 미처 몰랐다. 밤늦도록 싸우고도 끝을 보지 못한 채 지쳐 잠자리에 들었다가 해가 뜨자마자 밤새 보충한 원기와 새로운 논리로 무장하고서 다시 싸움에 돌입한다. 생각할 수 있는 모든 무기를 총동원한다. 내 설득이 실패로 돌아가자, 나는 너와 클라이브와 메이너드에게 지원을 요청한다. 마침내 기진맥진해서 타협을 본다. 줄리언은 국제여단에 자원하지 않고, 스페인 의료지원팀에 합류해서 운전을 하기로 한다.

이게 내가 할 수 있는 최선이다. 동원할 수 있는 전략은 모두 사용했다. 이제 그나마 제한된 위험에만 노출되기를 바라는 수밖에 없다. 그동안 모은 돈으로 내부 장비까지 갖춘 앰뷸런스를 몰고 멀어지는 줄리언을 바라보다 문기둥을 부여잡는다. 얼마나 그렇게 서 있었는지는 알 길이 없다. 집 안으로 들어갔을 때 사방이 캄캄하다. 램프를 켜고 응접실 벽난로의 불을 지피며 할 일을 찾아다닌다. 그러다 고요함 속에서 줄리언이 집에 처음 왔을 때의 평온함을 다시 느껴볼 수 있을까 싶어 정원에도 나가본다.

집에 모든 관심을 집중한다. 줄리언의 물건들이 옆에 있으면 마음이 차분해지기 때문에 그의 방을 다시 꾸미기로 결심한다. 줄리언이 얼마나 깔끔하게 정돈해놓고 떠났는지 보고는 깜짝 놀란다. 책상엔 아무것도 없고 옷도 전부 개켜서 옷장에 넣었다. 나는 책꽂이의 책들을 상자에 담는다. 침대를 창가에서 멀리 치우고 낡은 침대보를 씌운다. 그러고는 물감을 준비한다. 그림을 그리는 동안에는 원래 아무 생각도 하지 않는데, 이번에는 눈앞의 색과 형태에만 집중하려면 안간힘을 써야 한다. 창문 주변에 띠를 그려 넣는다. 평화의 상징인 백합이 회색 꽃병에 담겨 있는 그림이다. 커튼 봉 위에는 가장자리에 파란 점을 찍은 노란 태양을 그린다. 태양과 태양 사이의 공간은 갈색 격자무늬와 작은 원, 빨갛고 하얀 꽃들로 채운다. 문득, 시야의 가장자리로 어떤 움직임이 감지된다. 순간적으로 퀸틴일 거라고 생각하다가 나를 향해 기울어지는 얼굴을 보니 줄리언이다. 믿을 수 없는 마음에 뒤를 돌아본다. 아무도 없다. 창턱을 짚은 손으로 몸을 지탱하며 얼어붙은 듯이 서 있다. 주변을 천천히 둘러본다. 방에는 아무도 없다. 책상의 첫 번째 서랍에 꽂힌 작은 열쇠가 눈에 들어온다. 안전한 곳에 보관해둘 생각으로 열쇠를 잡아 뺀다. 잠겨 있지 않았던 서랍이 그 힘에 딸려 나오며 살짝 열린다. 안에는 종이 뭉치가 들어 있다. 맨 위에는 줄리언의 글씨로 이렇게 적혀 있다. "제가 죽으면 읽어보세요."

J

나는 다시 한 번 바쁘게 움직일 핑계를 궁리해낸다. 퀜틴이 내 생일이라며 연극을 준비한다. 응접실의 의자를 반원 모양으로 둥글게 배치한다. 안젤리카는 '안내'라고 쓴 원뿔 모자를 쓰고 벽난로 앞에 서 있다. 종이에 뭐라고 쓰더니 마치 가구에 붙이듯이 우리에게 종이를 한 장씩 붙인다. 클라이브와 버니와 메이너드, 그다음에 너, 레너드, 던컨과 내 차례다. 안경을 쓰지 않았더니 종이에 뭐라고 썼는지 잘 보이지 않는다. 퀜틴이 등장해서 달나라 사절단에 대한 신문 기사를 읽는다. 듣자니 우리는 2036년의 미래에 와 있는 모양이다. 안젤리카는 찰스턴에 온 퀜틴을 환영하며 방을 구경시켜준다. 안젤리카는 도자기와 그림 위주의 고대풍으로 꾸민 방이라고 설명한다. 퀜틴은 하품을 하며 안젤리카의 설명이 지루하다는 시늉을 한다. 안젤리카가 이 집의 거주자들 애기를 시작하자 그제야 흥미를 보인다. 퀜틴은 입맛을 다시며 그들의 성격과 버릇에 대한 정보를

274

꼬치꼬치 캐묻는다. 안젤리카가 물감이나 텃밭의 진흙이 묻은 옷을 입고도 태연하게 손님을 맞는 내 습성을 얘기하자 퀜틴의 눈이 휘둥그레진다. 순하게 지나가는 사람은 아무도 없다. 사진 찍는 걸 싫어하는 너도 조롱의 대상이 되고, 게임에 합류하길 단호하게 거절한 레너드도 마찬가지다. 쏟아지는 질문에 신이 난 안젤리카는 우리의 약점을 줄줄이 폭로한다. 아침마다 느긋하게 단장을 하는 클라이브, 도무지 약속을 지키지 않는 던컨, 구두쇠 같은 메이너드를 꼬집는다. 연극이 끝나자 다들 박수갈채를 보내며 앙코르를 외친다. 한 시간 정도는 아무도 스페인 내전을 언급하지 않는다.

정원으로 나갔더니 테이블에 음식을 차려놨다. 너는 사과나무 아래 양탄자를 펼쳐놓고 앉았다. 나는 네 옆으로 가서 자리를 잡는다.

"안젤리카한테 재능이 있네. 제법 성공할 수 있겠던데." 네가 말한다.

"연기하는 걸 좋아하지. 예전부터 그랬어."

"아주 잘해." 너는 몸을 돌려서 나를 똑바로 바라본다. "그런데 흰색 드레스를 입은 안젤리카를 매력적이라고 느낀 사람이 나뿐만은 아니던데."

"무슨 소리야?"

"버니가 안젤리카에게서 눈을 떼지 못하던걸!"

"버니가? 말도 안 돼."

"가끔 보면 언니는 화가라는 사람이 어쩌면 눈이 그렇게 어두운지 모르겠어."

"버니는 안젤리카가 태어날 때부터 지켜봐왔어. 거의 아버지나 마찬가지라고. 뿐만 아니라 오늘 그를 초청한 건 순전히 우리가 그의 편지에 감동을 받았기 때문이야." 나는 잔디밭에 돋아난 데이지를 꺾는다. "바버라가 오래 못 살 것 같다던데."

"그러게." 너는 냉정한 눈빛으로 나를 바라본다. "안젤리카가 그의 옷깃에 종이를 꽂을 때 그가 미소 짓는 거 못 봤어?"

나는 화를 삭이지 못한다.

"못 보긴 왜 못 봐! 울 재킷이라 핀이 잘 들어가지 않아서 아래쪽에 종이를 꽂을 수 있게 도와주는 거 나도 봤어."

너는 음흉한 미소를 짓는다.

"가끔은 우리가 똑같은 눈으로 세상을 보는 것 같다는 느낌이 들어. 다만 서로 다른 안경을 쓰고 있을 뿐이지."

"안경 얘기가 나왔으니 말인데, 종이에 뭐라고 썼는지 못 봤어. 너는 책꽂이였니?"

너는 장난꾸러기처럼 눈을 찡긋해 보인다.

"허! 난 소설이었어!"

J

또 다른 전쟁의 기운이 우리를 에워싼다. 줄리언에게서 편지가 오기 시작한다. 느긋하고 신중하게 자신을 성찰하던 중국에서의 편지와 달리, 퉁명스럽고 단정적이며 무시무시한 속도로 써내려간 것 같은 인상을 준다. 그걸 부적처럼 벽난로 선반에 올려놓는다. 문장이 길수록 줄리언이 안전할 거라는 미신적인 생각을 갖는다.

워건(공산주의자로는 유일하게 상원의원으로 선출됐던 워건 필립스)을 초대한다. 팔에 붕대를 잔뜩 감고 있는 사람한테 전투 얘기를 해달라고 조른다. 그는 전투에 투입되기 전까지 대기하는 시간, 정신없이 벌어지는 전투, 거의 일상적으로 접하게 되는 죽음에 대해 들려준다.

쓰던 글을 멈추고 응접실 창밖을 내다본다. 제비들이 불규칙한 패턴을 그리며 하늘을 날아다닌다. 안경을 벗고 지끈거리는 이마를 문지른다. 이 얘기를 하기 위해서는 내가 가진 모든 용기가 필요하다.

줄리언의 마지막 날을 생각하면 이런 풍경이 떠오른다. 이른 기상, 이미 뜨겁게 이글거리는 태양, 전투가 소강 상태에 접어든 틈을 이용해서 전선으로 가는 길의 웅덩이를 메우자는 계획. 적의 비행기가 출현하고 엄폐물을 찾아 몸을 던지지만, 비행기의 폭격에 뿌옇게 일어나는 흙먼지. 줄리언이 몸을 피한 앰뷸런스 옆에서 터지는 폭탄. 산탄이 그의 살을 파고 들어가고 쇼크가 일어난다. 그런데도 나한테 글을 남기려고 공책의 빈 여백에 급히 세 마디를 휘갈겨 쓴다.

전화가 오지만, 수화기 너머의 목소리가 뭐라고 하는지는 알아들을 수 없다. 관자놀이가 쿵쾅거리고 숨을 쉬는 게 고통스럽다. 그러곤 모든 게 검게 변한다. 마침내 물이 나를 덮어버린다.

이번에도 네가 나를 구한다. 너는 내 침대 옆에 앉아 하염없이 말을 건다. 나는 구명줄이라도 되는 것처럼 너의 말에 매달린다. 생각도 할 수 없고, 말도 할 수 없고, 오로지 듣는 것밖에

할 수 없다. 처음에는 너의 말이 무슨 뜻인지도 이해하지 못한다. 그러다 어느 날 저녁, 수술대에 놓인 줄리언의 시체가 보이는 것 같아 비명을 지르며 너를 향해 몸을 돌린다. 너는 나를 꼭 끌어안는다. 세상은 예술 작품이라고, 네가 말하는 소리가 들린다. 비록 신은 없지만 우리는 섭리의 한 부분이라고.

　이상한 물건을 쥐고 있던 손이 눈앞을 스친다. 우리 둘 중에서 한 사람이 항복하면 또 한 사람은 싸워야 한다는 생각이 든다. 그 투쟁에서 흘린 피를 목격한다. 그리고 저 멀리, 괴물처럼, 찬란한 색깔의 풍선이 둥실둥실 떠간다.

11

줄리언의 책상에 앉는다. 미루고 미뤄온 순간이다. 열쇠를 꽂고 맨 윗서랍을 열어서 줄리언이 남기고 간 종이 뭉치를 꺼낸다.

너의 말이 옳다. 줄리언의 회고록은 출간되어야 한다. 나는 줄리언의 시를 모아놓았고, 편지도 모아놓았다. 나에겐 내 아들의 삶에서 영원히 지속될 수 있는 것들을 건져 올릴 의무가 있다. 첫 번째 장을 집는다. 줄리언의 글씨를 보는 건 여전히 너무나 고통스럽다. 종이 뭉치를 다시 서랍 속에 넣고, 너에게 편집을 맡아달라고 편지를 쓴다.

J

네가 차를 마시러 온다. 나는 등화관제용 커튼을 만드느라 묵직한 천을 무릎에 올려놓고 있다. 네가 내 옆에 앉지만, 나는 고개를 들지 않는다.

"좀 어때?" 한참 만에 네가 묻는다.

나는 바늘을 천에 찔렀다가 뽑아낸다.

"도와줄까?"

나는 어깨만 으쓱한다. 너는 그걸 말없는 동의로 받아들인다. 곁눈으로 힐끗 보니 너는 반대쪽에서부터 커튼 밑단을 감침질하기 시작한다. 우리는 몇 분 동안 묵묵히 바느질을 한다.

"헬렌한테서 시골집에 대한 편지를 받았다는 얘기 했던가?" 네가 입을 뗀다.

하마터면 바늘로 손가락을 찌를 뻔한다. 너무 화가 나서 소리를 버럭 지른다. "헬렌이 나한테도 편지를 썼더라. 네가 그녀한테 그걸 인수하라고 거의 애걸복걸했다던데! 도대체 무슨 자격으로!"

너는 내 맹렬한 기세에 깜짝 놀라 고개를 든다.

"헬렌이 시골집을 알아보고 있었어. 그래서 그 집을 권해봐야겠다고 생각한 거야. 헬렌이나 그녀의 아이들은 상냥한 것 같았고."

"너야 그 사람들이 2분마다 한 번씩 현관을 두드릴까 봐 걱정하지 않아도 되니까! 집 밖에 나갈 때마다 그 사람들이랑 마주칠 일도 없으니까!"

"언니가 헬렌을 그렇게 싫어하는 줄은 몰랐어."

"헬렌 때문이 아니야. 네가 무슨 자격으로 그 얘기를 다른 사람한테 하느냔 말이야." 실이 짧아져서 끝을 단단히 마무리한다.

"미안해. 나는 아는 사람이 그 시골집에 살면 언니가 혼자 고립된 느낌을 받지 않을 거라고 생각했어. 던컨 말이 몇 주째 손님이 한 명도 안 왔다던데."

바늘에 실을 새로 꿰고 바느질할 부분을 무릎에 올려놓는다. 너는 천이 움직이지 않도록 손으로 누른다.

"예전엔 주변에 사람이 있는 걸 좋아했잖아. 이 집에도 언제나 손님들이 가득했고. 언니, 이러다 은둔자 되겠어."

솔기 부분을 반듯하게 매만진다.

"이제 사람들은 볼 만큼 봤어."

"어째서 언니 자신을 차단하는지 모르겠어. 예전엔……."

"그래, 빛의 근원이었지." 나는 퉁명스럽게 말을 자른다.

"던컨 얘기로는 언니가 그림도 그리지 않는다던데."

천에 반쯤 찔러 넣은 바늘을 내려다본다. 너의 말은 조금의 거짓도 없는 사실이다. 줄리언이 죽은 후로 그림을 거의 그리지 않았다.

"그래서?"

"네스, 언니는 늘 그림을 그렸잖아."

"글쎄, 어쩌면 이제 포기할 때가 됐나 보지."

"그렇게 말하지 마." 너의 목소리는 이제 거의 속삭이는 수준이다.

"진짜야. 내가 그리는 건 전부 흉측하고, 죽었어. 그걸 계속

하는 건 아무 의미가 없어.”

너의 얼굴이 창백해진다. 죄책감이 내 가슴을 찌른다. 이런 나를 보는 게 얼마나 네 가슴을 아프게 하는지 알고 있다.

“어쨌거나 아무도 그림을 사지 않으니까.”

“책을 사는 사람도 없기는 마찬가지야. 하지만 그렇다고 그게 글을 쓰지 않을 이유는 되지 않아.”

내가 눈을 든다. 너도 전쟁의 여파를 피할 수 없을 거라는 생각이, 처음으로 나의 뇌리를 스친다.

“침공에 대한 소문이 사실일 거라고 생각해?”

“가능성은 충분하다고 생각해.” 너도 바느질을 멈췄다. 우리는 한동안 서로를 바라본다.

“저번 날 밤에는 잠은 통 안 오고 이런 상상이 들더라. 자갈길을 구르는 타이어 소리, 문을 두드리는 소리, 병사들이 집 안으로 들어오면서 독일 말로 외치는 소리.”

“레너드는 뭐래?”

“이번에는 우리가 최전선이 될 거래.” 너는 가위를 들고 너덜너덜한 가장자리를 정리한다. “언니도 소식 들었잖아. 유대인을 소탕해서 가둔다고. 레너드는 가망이 없을 거야.”

“그러면 너는?”

놀랍게도 너는 웃음을 터뜨린다.

“유대인의 미친 마누라지! 나도 가망이 있을 거라고는 생각하지 않아.”

“하지만 우리가 뭘 어떻게 할 수 있을까?” 이제 우리의 솔기는 거의 닿을 정도로 가까워졌다. 너는 지금까지 바느질한 부분을 접는다.

"대비해야지. 레너드는 차고에 여분의 석유와 호스를 챙겨
놨어."
이번에는 내가 질릴 차례다. 너는 당황스러울 만큼 침착하
다. 두려워하는 기색이라곤 찾아볼 수 없다.

J

거인이 인형의 집에서 벽을 뜯어낸 것 같다. 층계의 가운데
기둥은 그대로 남아 있지만, 그 뒤로 보이는 건 방의 잔해뿐이
다. 거울은 깨진 채 벽난로 위에 걸려 있고, 벽돌 조각 밑으로
는 테이블 다리가 삐죽 솟았으며 욕조는 뒤집혔다. 신문에서
폭격당한 런던의 사진을 보긴 했지만, 차마 이 정도일 줄은 몰
랐다. 건물에는 접근을 차단하는 띠를 둘렀고, 내가 가까이 가
자 관리인이 다가온다. 여기 살던 사람이라고 설명했더니 들여
보내준다. 계단을 올라가는데 금방이라도 건물이 폭삭 주저앉
을 것 같다. 먼지 때문에 스카프를 코에 바짝 댄다. 위층에 올
라가니 경첩이 떨어진 채 대롱거리는 작업실 문이 눈에 들어온
다. 관리인과 함께 그걸 뜯어내고 무너진 잔해 더미를 넘어간
다. 안으로 들어서자 거인이 내가 가진 걸 전부 털어간 것 같다.
소파는 날아가서 벽에 붙어 있고, 이젤은 부러지고 뒤집혔
으며, 책장의 책들과 도자기 조각이 바닥에 나뒹군다. 그림들
은 어떻게 해볼 도리 없이 손상됐다. 창문 밑에 세워뒀던 캔버
스의 잔해를 물끄러미 바라본다. 폭발의 열기에 그림들이 괴상

한 캐리커처로 변해버렸다. 나는 고개를 돌린다. 여기서 건질 건 하나도 없다.

J

　손에 든 책의 느낌이 단단하고 묵직하다. 앞으로 뒤집어서 표지에 적힌 내 아들의 이름을 바라본다. 책꽂이에 꽂고 손가락으로 책등을 어루만진다. 네가 나를 위해 만든 책은 이것 말고도 또 있었다. 한참 만에야 찾던 걸 발견한다. 네가 쓴 로저의 전기를 꺼내서 첫 장을 펼쳐본다. 그가 어린 시절을 보낸 정원, 작고 못생긴 사과나무, 한구석에 저절로 핀 양귀비꽃들에 대한 너의 글을 읽는다. 그 글을 읽고 있자니 마음은 어느새 케임브리지로 돌아간다. 기차의 좌석, 그때만 해도 몰랐던 한 남자가 떠오른다. 기차는 벌판을 달리고, 남자가 "저것 봐요, 저것 좀 봐요!"라고 외치는 소리에 그의 시선을 따라 누렇게 익은 밀밭을 배경으로 불붙은 것처럼 피어난 진홍색 양귀비꽃을 보며 감탄했던 일. 나는 다시 젊은 여자가 되고, 줄리언은 아직 어린 소년이다. 너의 글은 그런 힘을 지녔다.

J

너는 줄리언의 생일에 맞춰 카드를 보낸다. 기억하는 건 너뿐이다. 너의 카드를 무릎에 올려놓고 아이들을 생각한다. 안젤리카는 버니와 지내고 퀜틴은 런던에 있다. 던컨은 종군 화가로 플리머스에 가 있고, 나는 그가 집에 돌아올 거라고 기대하지 않는다. 정식으로 선언한 건 아니지만, 버니는 안젤리카하고 결혼할 것이다. 네가 아무리 위로를 해도 모든 걸 빼앗긴 기분이다. 응접실 창문 너머 하늘을 빠르게 가로지르는 구름이 보인다. 이렇게 계속 사는 건 아무 의미가 없어 보인다.

시동을 걸고 엔진이 부릉거리는 소리가 들리자 얼핏 흡족한 기분이 든다. 너를 만나야 한다. 배급받은 기름을 다 쓴다고 해도 상관없다. 내 삶의 상황이 지금과 사뭇 달랐을 때 너한테 했던 약속을 지킬 수 없다는 얘기를 해야 한다.

꾸준한 속도를 유지하며 길을 달린다. 나무 그림자가 길에 얼룩덜룩한 무늬를 그린다. 너희 집 앞에 차를 세우자, 너희가 레너드와 버지니아라고 이름 붙인 느릅나무들이 반갑다며 가지를 흔든다. 다행히 집에는 너 혼자뿐이다.

응접실에 들어선 나는 깜짝 놀란다. 상자와 책 더미가 쌓여 있고, 종이가 사방에 흩어져 있다. 그제야 런던에 있는 너희 집이 폭격당한 기억이 나고, 그 잔해 속에서 가져온 것들이라는 데 생각이 미친다.

"피해가 아주 심했니?" 내가 묻는다.

너는 상자 옆에 무릎을 꿇고 안에 든 것들을 꺼내기 시작한다. 유심히 살펴보지도 않은 채, 안 그래도 이미 허물어질 듯 쌓여 있는 것들 위에 계속 보태기만 한다.

"응, 모든 게 박살났어. 가구며 그림, 양탄자. 전부 망가졌어. 폭격을 견뎌낸 건 책과 원고가 거의 전부야." 너는 책 한 권을 들고 수북이 쌓인 먼지를 입김으로 불어낸다. "보다시피, 그것들도 상처를 완전히 피할 수는 없었지만."

"상자에 그냥 넣어두는 게 낫지 않아?"

너는 나를 얼빠진 사람 보듯 쳐다본다.

"아니지. 전부 꺼내야 해."

"집이 그렇게 돼서 참 안됐다."

"그럴 것 없어. 어떻게 보면 그 모든 소유에서 해방됐으니 한시름 놓을 일이지. 이런 것도 발견했고." 너는 옆에 쌓인 것들 속에서 공책을 한 권 꺼낸다. "이것 좀 봐.《등대로》를 쓰는 동안 적었던 일기야." 너는 공책을 넘기면서 몇 구절을 조용히 읽는다.

"빌리, 너한테 할 말이 있어." 나는 잠시 주저한다. "나 있잖아…… 더는 못 견디겠어."

네가 눈을 든다. 눈동자가 두려움으로 팽창하는 게 보인다. 너는 뭐라고 대꾸하는 대신 상자 속에서 편지 뭉치를 꺼낸다.

"이건 토비가 태어나기 직전에 언니가 나한테 쓴 편지들이야."

줄리언의 이름을 혼동한 게 의도적인지 아닌지 알 수 없다. 네가 봉투에서 편지를 꺼낸다.

"클라이브네 집이었던 클리브 하우스! 늙은 스콰이어 벨 기억나? 그 말의 발굽을 재떨이로 만들었잖아. 제일 아끼던 동물의 죽음을 그런 식으로 기념하다니!"

"빌리." 나는 이제 거의 애원을 하고 있다. "내가 너한테 했던 약속 기억해?"

너는 여전히 내 말을 못 들은 척한다. 너의 행동은 익숙하다. 너는 자신의 이야기 속에 스스로를 파묻고 있다. 떠날 시간이 될 때까지 하염없이 재잘대는 너의 목소리를 듣는다. 밤에 돌아다니는 건 너무 위험하다. 잘 있으라며 입을 맞출 때 내 품에 안긴 너의 몸이야말로 금방이라도 허물어져 내릴 것만 같다. 문득 너의 집에 그대로 남아서 벽난로 앞에 함께 누워 있고, 어렸을 때처럼 두툼한 토스트를 구워서 너에게 먹이고 싶은 마음이 간절하다. 하지만 나는 자동차를 몰고 그곳을 떠난다.

J

전화를 건 사람은 너희 집 정원사다. 나는 아주 먼 곳에서 말하는 것 같은 그의 목소리를 듣는다. 수화기를 내려놓고 현관 테이블의 꽃 항아리만 물끄러미 바라본다. 그 얘기를 어떻게 받아들여야 할지 알 수가 없다. 말들이 머릿속에서 빙빙 돌기만 할 뿐 도무지 이치에 닿지 않는다. 물건들이 자꾸 멀어진다. 현관의 테이블과 그 위에 놓인 것들이 전부 순식간에 내 손을 빠져나간다. 벽에 등을 기대고 균형을 잡는다. 강둑에서 돌을 주워 주머니에 넣는 너를 떠올린다. 강물로 들어갈 때 온몸이

289

마비되는 것 같은 차가움, 있는 힘을 다해 앞으로 걸어갈 때 몸을 짓누르는 젖은 옷의 무게가 느껴진다. 강은 우리를 아래로 끌어당기고, 내 입에, 내 폐에 물이 차오른다. 이번에는 도망칠 수 없다. 어둠이 모든 것을 삼킨다. 그걸 물리칠 아무런 의지도 내겐 남아 있지 않다.

12

나는 네 살이고, 세인트이브스의 거실에서 어머니의 바느질 바구니를 뒤지고 있다. 어머니는 의자에 앉아 바느질을 한다. 오랜만에 어머니와 나, 둘뿐이다. 나는 어머니의 숄 하나를 꺼내 어깨에 두른다. 숄은 부드럽고 따뜻하며, 어머니가 피곤할 때면 손목이랑 관자놀이에 찍어 바르는 라벤더 향수 냄새가 난다. 나라의 중요한 행사를 위해 멋지게 차려입은 여왕이 된 듯한 기분에 나 좀 보라며 어머니의 치마를 잡아당긴다. 내가 뭘 걸치고 있는지 알아차린 어머니는 숄을 낚아챈다. 어머니는 화난 목소리로 당신의 숄은 가지고 노는 장난감이 아니라면서 나를 방 밖으로 내보낸다. 나는 울지 않으려고 안간힘을 쓰며 허둥지둥 정원으로 나간다. 토비가 나를 잔디밭으로 데려가고, 우리는 누워서 서로의 목을 부둥켜안는다. 나는 마음이 누그러지고 위로를 받은 것 같은 기분에 하늘을 올려다

보니 흘러가는 구름의 모양이 꼭 천사 같다. 그때 그림자가 나타나고, 네가 우리 사이에 누우려 한다. 나는 엎드려서 주먹으로 눈을 꼭 누른다. 다시 돌아보니 너는 토비랑 정원 돌담에 올라가 손을 흔든다.

어김없이 이 패턴으로 돌아간다. 아무리 여러 번 흔들고 또 흔들어봐도 그 조각들은 번번이 같은 자리에 떨어진다. 나, 토비, 너.

♪

자동차가 입구에 나를 내려준다. 안으로 들어서면서 그레이스가 현관 테이블에 얌전하게 정리해놓은 편지들을 힐끔 쳐다본다. 위층으로 올라가 손님용 방 앞에 걸음을 멈춘다. 안으로 들어가 침대에 눕는다. 줄리언과 퀜틴이 어렸을 때 썼던 방이다. 문 뒤에는 안젤리카가 그림을 그렸고, 창틀에는 퀜틴이 만든 테라코타 흉상이 있다. 이불을 머리 위까지 덮어쓰고 눈을 감는다. 얼마나 그렇게 있었는지는 알 수 없다. 느릅나무 밑에 너의 재를 묻을 때 레너드의 얼굴에 가득하던 절망을 생각한다. 내 주변에서 돌아다니는 사람들이 보인다. 던컨, 퀜틴, 안젤리카, 뒤섞이고 흐릿한 얼굴들의 흐름. 한번은 눈을 떴더니 침대 맞은편 화장대 거울에 내 얼굴이 보인다. 그 은빛 거울에 비친 내 모습은 이제는 전생처럼 느껴지는 먼 옛날에 봤던 어떤 얼굴을 생각나게 한다. 나는 천천히 일어나 앉는다. 내가 어머니의 죽음을 지켜본 것도 바로 그 거울이었다.

J

　이젤의 수직 지지대부터 시작한다. 튼튼한 막대 두 개를 나란히 놓고, 거기에 수평으로 가로대를 댄 후, 마지막으로 버팀목을 그린다. 틀을 갖춘 후에는 캔버스 뒷면을 그린다. 휑한 공백을 가리거나 추함을 꾸미려는 시도는 하지 않는다. 중요한 건 이게 중앙의 공간을 메워준다는 사실이다. 이젤의 오른쪽에는 나를 그린다. 빛바랜 녹색 쿠션이 놓인 낡은 의자에 앉아 있다. 주변에는 붓, 헝겊, 팔레트, 물감을 섞는 접시, 유화물감 병과 테레빈유 같은 이런저런 화구들이 있다. 나는 이젤에서 머리를 돌려 이목구비를 불분명하게 처리한다. 화가가 아니라 그림을 그리는 행위에 초점을 맞추고 싶다. 그림 바로 위쪽에는 창문이 있는데, 그 너머로 흐린 하늘과 벌거벗은 나무가 보인다. 한참을 작업하다 잠시 붓을 내려놓고 지금까지 그린 것을 살펴본다. 이젤이 있고, 위압적으로 다가오는 빈 캔버스가 있고, 상대적으로 약한 눈과 붓과 손이 있다. 다시 들여다봤을 때 부드러운 살굿빛과 레이스 커튼 사이로 스며들어 화가의 소매를 적시는 보랏빛을 발견한다. 그녀의 자세에서는 너를 떠올리게 만드는 에너지와 결의가 있다. 그녀를 좀 더 자세히 살펴본다. 그러다 그녀가 손에 쥔 것이 붓이 아니라 펜이라는 걸 깨닫는다.

J

　네 마지막 소설의 표지를 맡았다. 가느다란 펜 놀림으로 천이 떨어지는 느낌을 표현하며 무대의 커튼을 그린다. 양 옆은 수많은 꽃으로 오버랩된다. 이 무대에서 펼쳐지는 연극이 매력적이며 풍부한 내용을 담고 있다는 느낌을 주고 싶다. 책 제목은 위에 싣고, 글자도 디자인의 일부로 포함시킨다. 우리의 이름을 눈에 잘 띄도록 자랑스럽게 적어 넣는다. 커튼을 조금 벌려서 연극의 한 장면이 보이게 할까 고민한다. 네가 뭐라고 했더라. 오래 지속되는 건 우리가 액자에 끼우는 게 아니라고 했지. 커튼은 열지 않기로 한다.

　책상 위 꽃병엔 수선화가 꽂혀 있다. 나무에 녹인 금을 부어 놓은 것 같다. 조금 있다가 저걸 그려야지. 벌써부터 머릿속으로 색을 섞기 시작한다. 하지만 스케치는 잠시 미뤄야 한다. 아직 할 이야기가 조금 더 남았다.

13

자, 이제 다 끝났다. 종이 뭉치를 한데 묶은 후 현관으로 나가 재킷을 입고 신발을 신는다. 강으로 걸어가서 강둑에 무릎을 꿇는다. 종이를 묶은 끈을 풀고 첫 장을 물에 적신다. 글자가 번진다. 바람에 날아가지 않을 만큼 푹 적신 후에 물을 따라 흘려보낸다. 내 손에서 종이를 낚아챈 물살이 하류를 향해 쏜살같이 흘러간다. 다음 장을 집는다. 마지막까지 다 떠내려 보내는 것으로 나의 봉헌은 끝난다. 이 이야기는 너를 위한 것이다.

천천히 집으로 가서 뒷문으로 정원에 들어선다. 사과나무 아래 활짝 핀 수선화가 내 눈길을 잡아당긴다. 책상 위의 수선화 대신 이젤을 밖으로 가지고 나와서 이걸 그리기로 한다. 햇볕을 받아 선명하게 빛나는 노란색을 응시한다. 네가 옳다. 중요한 건 창작을 멈추지 않는 것이다.

감사의 글

　소설이라는 형식을 빌리기는 했지만 이 작품이 완성되기까지는 수많은 비평가와 학자들의 도움이 지대했고, 그중에서도 프란시스 스펄딩의 《바네사 벨》, 안젤리카 가넷(바네사의 딸이다)의 《친절함에 현혹된: 블룸즈버리 그룹의 유년기》, 제인 던의 《버지니아 울프와 바네사 벨: 주도면밀한 음모》, 그리고 헤르미언 리의 《버지니아 울프》, 이 네 권의 탁월한 전기에 빚진 바 크다. 그런가 하면 세인트앤드루스 대학, 케임브리지의 레버흄 트러스트 & 로빈슨 칼리지도 이루 말할 수 없이 큰 도움을 주었다. 또 소설이 완성되기까지 세인트앤드루스 영문학과 동료들, 뉴라이팅 파트너십의 팀원들(특히 샐리 클라인과 미셸 스프링), 알렉스 벌퍼드, 이언 블라이스, 제인 골드먼, 재키 케이, 에릭 랭글리, 하이디 스텔라, 헬렌 테일러, 제레미 설로와 몰리 설로 등의 도움을 받았다. 그리고 에이전트인 제니 브라운, 좋은 책을 만들어준 투레이브스 출판사의 셰런 블래키와 데이비드 노울스, 하코트 출판사의 린지 스미스, 새라 로지, 소중한 친구이자 멘토이며 이 책의 출간을 보지 못한 채 세상을 떠나 나의 마음을 아프게 한 조 캠플링에게도 고맙다는 말을 하고 싶다. 마지막으로, 남다른 삶을 살고 간 두 자매가 없었다면 이 작품은 존재할 수 없었다. 삶과 작품을 통해 우리의 영혼을 끝없이 자극하며 영감과 기쁨을 안겨주는 바네사 벨과 버지니아 울프에게 감사의 마음을 전한다.

  수전 셀러스의 소설《그녀들의 방》은 제임스 조이스와 함께 '의식의 흐름'을 개척한 현대소설의 선구자이자《자기만의 방》이라는 페미니즘 의식화 교과서를 쓴 버지니아 울프를 모델로 한 실화소설이다. 버지니아가 남성보다 여성을 더 편안해했던 레즈비언이었다는 사실을 알고 있는 독자라면《그녀들의 방》이란 제목으로부터 야릇한 상상을 하게 될지도 모르겠다. 만약 당신이 그랬다면, 상상은 이 소설이 레즈비어니즘을 전투적으로 옹호하는 작품일 것이라는 데까지 한달음에 달려갈 것이다. 나부터 그런 생각을 했었다.

  전기와 소설이 합쳐진 것이 모델소설이다. 모델소설에는 우리가 익히 알고 있는 인물이나 사건을 복기하는 익숙한 즐거움과 감추어진 내막을 캐는 관음증적 쾌락이 있다. 하지만 왠지 술술 넘어갈 것만 같은 이 장르에도 골칫거리가 없지 않다. 특정 인물이나 사건에 대한 사전 지식이 없는 독자는 사실에 허구가 덧입혀지고 실제에 해석이 가해진 모델소설의 특성을 간파하기 힘들다. 예컨대, 버지니아는 작중에 나온 것처럼 진짜로 의붓오빠 조지에게 성추행을 당했을까? 이것이 작가의 머릿속에서 나온 상상에 불과하다면, 이 소설을 읽고 그것을 사실인 양 떠벌여서는 실수가 될 것이다.

  나는《그녀들의 방》을 읽고, 이 소설을 버지니아 울프에 대한 평전 두 권과 비교해 보았다. 발문을 요청받은 필자로서 이 소설을 읽는 독자들에게 필자가 제공해야 할 것은, 사실과 허구 사이의 간격 또는 실제와 해석 사이의 의미를 밝혀주는 것이라고 생각했기 때문이다.

버지니아 울프의 가족 구성은 좀 복잡하다. 아버지 레슬리 스티븐은 첫 번째 아내가 죽는 바람에 재혼을 하게 됐다. 그의 첫 번째 아내 해리엇 매리언 새커리는 유명한 소설가 윌리엄 메이크피스 새커리의 딸로, 두 사람 사이에 딸 로라가 생겼다. 로라를 낳고 난 뒤 다시 임신을 한 매리언은 아이를 낳기 전에 갑자기 죽었고, 정신박약인 로라는 매리언이 죽은 다음 정신병원으로 보내져 그곳에서 75세까지 살았다.

레슬리가 두 번째 부인으로 맞이한 줄리아는 변호사였던 첫 남편과 사별한 뒤 2남 1녀(제럴드 · 조지 · 스텔라)를 혼자 기르고 있는 미망인이었다. 두 사람이 재혼하여, 차례대로 바네사 · 토비 · 버지니아 · 에이드리언을 낳았다. 하지만 레슬리에게 헌신적이었던 줄리아는 1895년 5월, 독감의 후유증으로 죽고 만다. 이 해를 기준으로 줄리아가 첫 번째 결혼에서 낳았던 세 아이와 두 번째 결혼에서 낳았던 네 아이의 나이를 적으면 아래와 같다(아래에 없는 로라는 25세).

줄리아+덕워스: 조지(27), 스텔라(26), 제럴드(25)
줄리아+레슬리: 바네사(16), 토비(15), 버지니아(13), 에이드리언(12)

아버지 레슬리는 1882년 『영국 인명사전The Dictionary of National

Biography』의 편집인으로 명성이 드높았던 저널리스트·수필가·비평가·전기작가·역사학자로 당대의 주도적인 지식인 가운데 하나였다. 알프레드 테니슨·조지 엘리엇·헨리 제임스·토머스 하디·새커리·번 존스·매슈 아널드 등 유명 인사들이 그의 집 살롱의 문고리가 닳도록 드나들었다. 어려서부터 이야기꾼 소질이 있었던 버지니아는 그런 지적인 분위기 속에서 자라났고 장차 작가가 될 것이라는 기대를 모았다.《그녀들의 방》에서 바네사는 시종일관 자신을 버지니아보다 열등하다고 느끼면서 동생의 재능을 질투하는 언니로 묘사되었지만 실제로는 반대였던 모양이다. 언니는 동생보다 더 계획적이며 폐쇄적이지 않았고 복잡하지 않으며 처음부터 다른 사람에게 매력적인 인상을 주는 여자였다. 버지니아에게 바네사는 그녀가 되고 싶었던 그대로였다.

버지니아 집안의 행복은 어머니 줄리아와 의붓언니 스텔라의 연이은 죽음으로 막을 내린다. 연로해진 데다가 빅토리아 시대의 전형적인 가부장 인사였던 레슬리는 자신의 삶을 보좌해주던 헌신적인 여성들이 줄지어 사라지자, 신경 쇠약과 변덕으로 아이들만 남아 있는 집안을 불편하고 우울하게 만들었다. 아이들은 사랑하는 사람의 죽음을 나름 오래 슬퍼하지만 빨리 잊어버리기도 하는데, 자기 연민에 빠져 '신이시여, 왜 내게 이런 시련을 주십니까!'라고 칭얼거리던 그는 아이들의 슬픔을 덜어줄 어떤 조처도 취하지 않았다. 두 자매는 그런 아버지에게 넌더리를 내었고 그가 죽자 내심 후련해하기도 했는데, 바로 이런 상황에서 버지니아에 대한 조지의 성추행이 벌어졌다.

내가 본 두 권의 평전 가운데 한쪽은 두 명의 의붓오빠 모두가 버지니아를 성추행했다고 암시하며, 다른 쪽은 조지가 두 명의 의붓동생 모두에게 성추행을 시도했다고 기술하고 있다. 또 두 필자는 조지가 버지니아에게 저질렀던 성추행 수위를 놓고서도 추행과 폭행으로 의견이 갈린다. 분명한 것은, 버지니아가 일기를 통해 그 일을 '멈추기를 바랐던 역겨운 일'로 기록했다는 것이다. 특이하게도 수전 셀러스는 동생이 의붓오빠에게 성추행을 당했던 장면을 목격하고도 언니가 아무런 개입을 하지 않는 것으로 그려놓았을 뿐 아니라(52~53쪽), 그 자신도 이 장면에 아무런 부연을 하지 않았다. 누군가가 당하고 있는 이지메를 모른 척 방관하는 것이 행여 자신에게 향하게 될지도 모르는 이지메의 방패가 되는 것처럼, 바네사도 의붓오빠로부터 자신의 안전을 확보하기 위해 동생의 성추행을 방관했던 것일까? 버지니아의 연구자들은 조지의 성추행이 그녀의 정신병 발작과 동성애 성향에 기여했을 것이라고 본다.

버지니아가 스물두 살 때이던 1904년 2월, 레슬리는 암으로 죽으면서 버지니아 형제들에게 상당한 액수의 재산과 부동산을 남겼다. 조지는 결혼을 하고 훗날 출판사를 차리게 될 제럴드는 버클리 스퀘어에 있는 청소년 기숙사로 갔으며, 바네사는 그동안 부모와 살아온 하이드파크 게이트 22번지를 떠나 동생들을 데리고 블룸즈버리 고든 스퀘어 46번지로 이사한다. 바로 이 집에서 훗날 영국 지식계의 전설이 된 '블룸즈버리 그룹 (Bloomsbury group)'이 생겨났다. 원래 이 모임은 케임브리지 대학에 다니는 토비가 그의 친구인 클라이브 벨·리튼 스트래치·

색슨 시드니 터너 · 레너드 울프를 목요일마다 고든 스퀘어의 자기 방으로 초대한 데에서 비롯했다. 토비는 자기 친구들을 접대할 보조원으로 두 자매가 필요했고, 자신들이 넘나보지 못한 대학과 남성 지식 사회에 대한 갈구가 있었던 두 자매는 쾌히 그에게 협조했다. 다섯 사람으로 시작한 이 모임에 E. M. 포스터 · 던컨 그랜트 · 스티븐 톰린 · 레이먼드 모티머 · 로저 프라이 · 존 메이너드 케인스 등이 단골 인사로 규합했고, 버트런드 러셀 · 올더스 헉슬리 · T. S. 엘리엇도 이따금씩 어울렸다. 이 회원 가운데 화가인 클라이브 벨과 작가에서 정치가(정치평론가)로 변신한 레너드 울프는 각기 바네사와 버지니아의 남편이 되었다.

블룸즈버리 그룹은 1907~1930년대 초까지 영국의 진보적 지식계를 대표하는 모임으로 손꼽힌다. 하지만 그런 평가는 미국에서의 과대평가일 뿐 영국에서는 그렇지 않다고 주장하는 평자도 있다. 즉 당시 영국 진보 지식계를 대표한 것은 1884년 런던에서 결성된 페이비언 협회며, 블룸즈버리 그룹이 제출한 여러 가지 사회주의 정책 · 여성운동 · 반전 평화주의 사상과 같은 진보적 의제의 선구자도 조지 버나드 쇼 · 허버트 조지 웰스 · 마리 스톱스 · 에텔 스미스와 같은 페이비언 협회 성원이었다는 것이다(물론 버지니아의 남편 레너드처럼 양쪽에서 활동한 사람도 있다). 그의 말이 맞다면 블룸즈버리 그룹의 특화된 분야는 문학 · 예술 분야다. 버지니아 울프 · E. M. 포스터 · T. S. 엘리엇 · 리튼 스트래치는 각기 소설 · 시 · 전기문학의 혁신을 가져왔으며, 바네사 벨 · 던컨 그랜트 · 로저 프라이는 프랑스 인상파 회화를 최초로 영국에 소개했다.

특히 마지막 업적은 버지니아에게 강한 영향을 끼쳤다. 당시의 영국 화단은 이 전시회에 나온 세잔·반 고흐·마티스·피카소의 그림을 보고 '포르노', '미친 사람들의 작품'이라 조소했다. 반면 그녀는 인상파 회화가 전통적인 영국 미술의 '치명적인 아리따움'을 멸시했던 것과 똑같은 것을 산문으로 해볼 생각을 하게 되었다. 작중의 버지니아가 화가인 언니에게 "내 생각에는 언니가 나보다 훨씬 앞서가는 것 같아. 그림이 [현대예술의] 흐름을 주도한다는 데에는 의문의 여지가 없어. 소설은 원래의 목적을 망각했어. 소설가들은 주제의 주변을 맴돌면서 무관한 것들만 잔뜩 묘사하고는 주제가 시야에서 사라지면 깜짝 놀라지."(127쪽)라고 말하는 것은 작가가 그냥 지어낸 게 아니다.

《그녀들의 방》에 나오는 버지니아는 "클라이브, 돈, 언니의 그림을 원하는 사람들, 그런데 나는…… 아무것도 없어.", "모두가 언니를 숭배하는 걸 언니도 봤겠지."(96쪽)라며 언니를 부러워하고, 바네사는 "문득, 너는 작가로 성공해서 이름을 떨치고 호평을 받는데 내 그림은 아무도 거들떠보지 않는 장면이 눈앞에 펼쳐지며 가슴이 저릿해진다. 따돌림을 받고 이류가 된 기분이다."(102쪽)라며 동생을 부러워한다. 가끔 이런 부러움은 질투로 바뀌어 버지니아는 언니의 남편과 염문을 뿌리게 되고(117쪽), 바네사는 그것에 대한 복수로 원활하지 못한 부부관계에 대해 조언을 구했던 제부 레너드에게 상황을 악화시키는 답신을 한다.(135쪽) 어느 평전에 따르면, 6주간의 신혼여행에서 돌아온 레너드가 처형 바네사에게 버지니아와의 불만스러운 부부 관계를 고백하자 바네사는 제부에게 채찍을 사용해 보라고 권하였다고 한다.

이 소설에서 바네사는 여러 남자와 성애를 나누는데, 버지니아 울프를 다룬 평전에서도 언니의 성적 편력이 눈에 띄게 두드러지는 것은 사실이다. 그녀는 블룸즈버리 그룹 내에서 존 메이너드 케인즈와 잠을 잤다는 소문이 공공연할 때에도 아무런 부인을 하지 않았던 것으로 유명하며, 소설에도 나오는 것처럼 그녀가 낳은 셋째 아이 안젤리카의 아버지는 남편 클라이브 벨이 아닌 던컨 그랜트였다(클라이브는 이름뿐인 남편 노릇을 수락했으며, 바네사로부터 '환영받는 손님' 대우를 받았다).

참고로 이 소설에는 남성과 여성 동성애 관계가 무수히 등장한다. 블룸즈버리 그룹은 영국에서 처음으로 동성애를 정상적인 것으로 여긴 사람들이며, 그들에게 동성애란 우정이 만들어 낸 즐거운 결과였다. 작중에 나와 있듯이 바네사의 애인인 던컨은 원래 그녀의 막내 동생인 에이드리언의 동성 연인이었으며, 소설가 비타 색빌-웨스트는 버지니아의 동성 연인이었다. 출판된 해에 1만 2천 부나 팔린《올란도》는 버지니아가 비타와 나눈 애정을 찬양하기 위해 쓴 것이다. 하나 더. 작중에서 바네사가 염려한 바와 같이, 던컨의 동성 연인이었던 젊은 서점 경영자 데이비드 '버니' 가네트는 훗날 바네사와 던컨 사이에서 난 딸인 안젤리카와 결혼하게 된다.

버지니아가 최초로 정신병 징후를 보인 것은 어머니를 잃어버린 1895년부터 1897년 사이였고, 두 번째 발병은 아버지가 죽고 나서다. 버지니아는 두 번 다 어머니와 아버지에게 친절하고 희생적으로 대하지 못했던 점을 자책했을 것이다. 두 번의 발병은《그녀들의 방》43~44쪽과 68~69쪽에 나온다. 그런데 수전 셀러스는 두 번째 발병을 묘사하고 있는 69쪽에, 작가의 상상력이 발동된 아주 기묘한 것을 끼워놓았다. 간호원이 발광하는 버지니아를 침대에 눕히는 것을 보고 난 직후, 바네사는 이런 생각을 한다.

온전히 이해할 수 없는 어떤 면에서 너의 광기가 나를 살렸다고, 나는 생각한다. 거칠게 쏟아내는 너의 말을 들으며 나는 일상적인 것에서 마음의 위안을 찾았다. 너의 화장대 위로 비치는 한 줄기 햇빛, 앞서거니 뒤서거니 하늘을 가로지르는 구름. 어쩌면 너의 환상이 내 감정의 분출을 막아준 덕분에 내가 계속 살 수 있었던 건지도 모른다.

위의 구절은 바네사에게도 광증이 있었다는 것을 말해준다. 그런데 그녀가 미치지 않은 것은 동생의 발광을 보면서 자신을 억제했다는 것. 그랬기 때문에 바네사는 일평생 버지니아의 찬란한 성공을 뻔히 보면서 자신은 동생의 성공을 질투하는 자리에 머무를 수밖에 없었던 것이 아닐까? 그렇다면 작품의 거의 마지막에서 바네사가 버지니아가 실행한 것과 똑같은 방법의 자살을 앞서 시도해 보이는 것은 또 어떻게 해석해야 할까? 나는 화가 언니가 소설가 동생을 질투하고 경계하게 된 데에는 버지니아의 창작 방법론이랄까, 그녀의 소설이 가진 어떤 특성이 상당한 빌미를 제공했다고 본다.

머릿속 어디선가 경고의 종소리가 울린다. 너의 문장은 우리가 조지 오빠를 따라 참석해야 했던 무도회로 나를 데려간다. 한쪽 구석에서 작당하듯 속삭이는 우리의 모습이 보인다. 이 문장은 우리 입에서 나온 말을 그대로 옮겼다고 해도 될 정도다. […] 책장을 앞으로 넘기다가 케임브리지와 술집의 일자리를 놓고 망설이는 젊은 남자의 고민을 읽는다. 순간적으로 안도감을 느낀다. 이건 토비의 판박이잖아! 이건 문학이라기보다 저널리즘에 불과하다. 너는 그저 네가 아는 세계를 복제했을 뿐이다.(128쪽)

첫 소설부터 마지막 소설에 이르기까지 버지니아의 소설은 모두 자전적 성격이 강하다. 그녀는 자신의 일상을 항상 충격으로 받아들였고, 일상의 순간들을 관찰하고 일상의 배후에 있는 진실을 규명하려는 욕구를 갖고 있었다. 때문에 그녀의 소설에는 하나같이 주위 사람들과 그들의 일상이 수많은 단편으로 조각난 채 재조립되어 있다. 작중에서 바네사가 《등대로》에 나오는 램지 부부를 보고 "어머니와 아버지는 너무나 똑같이 그려서 숨이 막힐 지경이었다."(129쪽)고 말하고, "네가 소설에서 그려낸 어머니의 초상은 어찌나 사실적인지 책을 읽는 동안 어머니의 목소리가 들리고 꼿꼿한 어머니의 등이 보이는 것 같다."(221쪽)라고 느끼는 이유는 그래서다.

이런 소설을 쓰는 작가가 감수해야 할 부담은 두 가지다. 첫

째는 가족이나 친구로부터 '내 경험을 도둑질해 갔다'는 피해 의식이나 '서로가 공유해야 할 추억을 사유화'한 것에 대한 원 망을 듣게 되는 것이고, 둘째는 같은 가족이나 친구들로 하여 금 '저런 것이 소설이라면 나도 쉽게 쓸 수 있지 않을까?'라는 무모한 호승심(好勝心)을 불러일으키는 것이다. 공적으로나 사 적으로 동생 버지니아와 밀접한 관계를 이루면서 동생과 삶 자 체를 공유했던 언니 바네사가 동생의 소설 창작을 지켜보면서 느꼈던 일생 동안의 질투심은 바로 이런 점에 연유한다. 그렇 다면 수전 셀러스의 또 한 가지 기묘한 상상인, 바네사의 자살 시도도 해석할 방법이 생긴다. 바네사는 자신의 자살을 동생의 소설 소재로 제공하여, 도저히 이길 수 없었던 동생으로 하여 금 '펜'으로 자신의 초상화를 '그리게' 하려고 했다. 그리하여 동생의 펜 끝에서 불멸이 될 수 있다면, 이처럼 완벽한 승리(복 수)가 어디 있겠는가?

평전에 나오지 않는다고 해서, 수전 셀러스가 제시한 두 가 지 기묘한 것을 가리켜 어림없는 상상이라고 자신 있게 말할 사람은 없다. 우리는 작가가 창조력을 발휘한 허구와 해석을 통해 '그녀들의 방'에서 일어난 두 자매 사이의 애증의 심연을 새롭게 관찰하게 된다.

—

나이젤 니콜슨, 『버지니아 울프: 시대를 앞서 간 불온한 매력』, 푸른숲, 2006.

베르너 발트만, 『버지니아 울프』, 한길사, 1997.

바네사 벨(Vanessa Bell, 1879~1961)
그리고
버지니아 울프(Adeline Virginia Woolf, 1882~1941)

♩

~1879　바네사와 버지니아의 아버지 레슬리 스티븐(작가, 문학
평론가)과 어머니 줄리아 덕워스, 배우자와 사별 후 두
번째 결혼을 함. 지적장애가 있던 레슬리의 딸 로라, 줄
리아의 아이들 조지, 스텔라, 제럴드 모두 런던 하이드
파크에서 함께 살게 됨.

1879　바네사 태어남.

1880　바네사의 동생이며 버지니아의 오빠 토비 태어남.

1882　버지니아 태어남.

1883　동생 에이드리언(작가, 정신분석학자) 태어남.

1895　어머니, 병으로 사망. 어머니 자리를 언니 스텔라가 대
신함. 바네사와 버지니아, 조지와 제럴드에게 성적 괴롭

힘을 당함. 버지니아, 정신이상 증세가 처음 나타남.

1897　버지니아, 킹스칼리지 런던에서 4년간 그리스어, 라틴
어, 독일어, 역사학 공부. 바네사 역시 킹스칼리지 런던
에서 라틴어, 이탈리아어, 예술과 건축 공부. 언니 스텔
라 결혼. 그 자리를 바네사가 채움. 결혼 3개월 만에 스
텔라 사망.

1901　바네사, 로열 아카데미에 들어가 정식으로 그림 수업을
받음.

1904　아버지, 암으로 사망. 버지니아, 두 번째 정신이상 증세,
자살 시도. 대영박물관과 가까우며 지식인들, 예술가들
이 많이 살던 블룸즈버리로 이사. 바네사와 버지니아,
토비를 중심으로 케임브리지의 지식인들, 예술가들과
교류하기 시작. 이들의 집에서 블룸즈버리 그룹이 만들
어짐.

1905　버지니아, 〈타임스〉 등에 문예비평 시작. 건강이 나빠졌
으나 회복하고 형제들과 유럽 여행을 떠남. 여행 중 장
티푸스에 걸려 토비 사망.

1907　바네사, 토비의 친구이며 예술평론가 클라이브 벨(1881~
1964)과 결혼.

1908   바네사의 아들 줄리언(시인) 태어남.

1910   바네사의 둘째 아들 퀜틴(~1996)(예술사학자, 작가) 태어남.

1912   버지니아, 토비의 친구이며 정치평론가 레너드 울프
        (1880~1969)와 결혼. 바네사, 〈스터드랜드 비치Studland
        Beach〉, 버지니아 울프 초상화 완성.

1913   바네사, 화가이며 예술평론가이고 연인이었던 로저 프
        라이(1866~1934)가 주도한 오메가 공방(Omega Workshop)에서
        이후 오랜 연인이 된 던컨 그랜트(1885~1978)와 1919년까
        지 공동 책임자로 일함.

1913   버지니아, 자살 시도.

1914   1차 세계대전 일어남. 바네사, 〈추상화Abstract Painting 〉 완성.

1915   버지니아, 런던 남부 리치먼드의 호가스 하우스로 이사.

1916   바네사, 오메가 공방에서 첫 단독 전시회 가짐. 던컨의
        연인 데이비드 가네트(작가, 출판인) 초상화 완성.

1917   버지니아, 레너드와 호가스 출판사를 운영하기 시작함.

1918   1차 세계대전 종전. 바네사와 던컨의 딸 안젤리카(~2012)
        (작가, 화가) 태어남. 바네사, 〈욕조The Tub〉 완성.

1925   버지니아,《댈러웨이 부인Mrs Dalloway》출간.

1927   버지니아,《등대로To the Lighthouse》출간.

1928   버지니아,《올랜도Orlando》출간.

1929   버지니아,《자기만의 방A Room of One's Own》출간. 바네사,
        올더스 헉슬리 초상화 완성.

1930   버지니아, 조울증에 시달리기 시작함.

1931   버지니아,《파도The Waves》출간.

1932   바네사, 〈두 여자가 있는 풍경Interior with Two Women〉 완성.

1934   로저 프라이 사망.

1937   버지니아,《세월The Years》출간. 바네사의 아들 줄리언, 스
        페인 내전에서 사망.

1939   2차 세계대전 일어남.

1940	버지니아, 극심한 두통과 신경쇠약에 시달리기 시작함.

1941	버지니아, 마지막 소설 《막간Between the Acts》 탈고. 바네사
와 레너드에게 유서 남기고 자살로 생을 마감.

1961	바네사 사망.

그녀들의 방
© 수전 셀러스, 2015

초판 1쇄 인쇄 2015년 3월 11일
초판 1쇄 발행 2015년 3월 16일

지은이 수전 셀러스
옮긴이 강수정
펴낸이 김영훈
편집 이원숙
디자인 이기준
펴낸곳 안나푸르나
출판신고 2012년 5월 11일
주소 경기도 고양시 일산동구 숲속마을1로 55, 210-901
전화 010-5363-5150
팩스 0504-849-5150
전자우편 idealism@naver.com

ISBN 979-11-950547-8-7 03840

- 저자와의 협의로 인지는 붙이지 않습니다.
- 이 책은 저작권법에 따라 보호받는 저작물이므로 무단 전재와
  복제를 금하며, 이 책의 내용 전부 또는 일부를 이용하려면
  반드시 저작권자와 안나푸르나의 서면 동의를 받아야 합니다.
- 유통 중에 파손된 책은 구입하신 서점에서 바꾸어 드리며,
  책값은 뒤표지에 있습니다.
- 이 도서의 국립중앙도서관 출판도서목록(CIP)은
  서지정보유통지원시스템 홈페이지(http://seoji.nl.go.kr)와
  국가자료공동목록시스템(http://www.nl.go.kr/kolisner)에서
  이용하실 수 있습니다. (CIP제어번호: 2015007474)